www.tredition.de

AF197434

Zu diesem Buch:

Rauschendorf im Elbsandsteingebirge. Ein kleiner, abgeschiedener Ort am Rande des für seine wildromantischen Tafelberge bekannten Höhenzuges am Oberlauf der Elbe. Dort wächst Nikola Böhmer in den 1970er Jahren auf.

Sie erlebt eine behütete, aber nicht völlig unbeschwerte Kindheit. Früh verliert sie den Vater; fortan obliegt ihrer Mutter allein die Versorgung der vierköpfigen Familie. Viel Zeit verbringt das verschlossene und verträumte Mädchen in der Obhut der Großeltern und in den Bergen und Wäldern vor der Haustür.

Mit Dietmar Paulick tritt ein neuer Mann in das Leben der Mutter und bald auch der Familie ein. Aber das Zusammenleben mit ihm erweist sich als zunehmend problematisch. Paulick ist ein Trinker – und nicht nur das.

In einer eisigen Winternacht im Frühjahr 1983 kommt Paulick in den Bergen ums Leben. Ein tragischer Unfalltod – daran hat niemand auch nur den leisesten Zweifel.

Dreißig Jahre später ist Nikola Böhmer wieder in den heimatlichen Bergen unterwegs. Nunmehr bereit, sich der Vergangenheit zu stellen, begibt sie sich auf eine Wanderung, die sie zurückführt zu den Orten ihrer Kindheit und zugleich tief hinein in die Erinnerung an die Ereignisse jener Nacht.

So erzählt sie schließlich, was damals wirklich geschah – eine Geschichte, die frösteln lässt.

Autor

Udo Kleinstück wurde 1963 geboren und lebt in Dresden. „Eisbrand" ist seine erste Buchveröffentlichung.

Udo Kleinstück

Eisbrand

Erzählung

www.tredition.de

© 2015 Udo Kleinstück

Verlag: tredition GmbH, Hamburg

ISBN
Paperback: 978-3-7323-2719-5
Hardcover: 978-3-7323-2720-1
e-Book: 978-3-7323-2721-8

Printed in Germany

Die Geschichte ist frei erfunden. Mögliche Ähnlichkeiten mit realen Ereignissen und Personen wären rein zufällig.

Für Sybille

Der Schwache muss klüger sein.
Lift: „Sindbad"

Prolog

Aber ich bin doch gar nicht den Wilkensteinweg nach Hause gegangen!

Ich hätte es am liebsten laut hinein gerufen in die Dunkelheit des nächtlichen Schlafzimmers, aber neben mir schlief Christian, mein Mann, und so schwieg ich. Sagte diesen Satz nur in Gedanken auf und schüttelte genervt den Kopf.

Warum nur gaukelte dieser fürchterliche Traum mir etwas vor, das ich gar nicht getan hatte?

Ich hob den Kopf und sah nach der Uhr auf meinem Nachttisch, kurz nach halb vier, lauschte einen Moment lang auf Christians tiefe Atemzüge und ließ mich wieder zurück sinken. Ich zog mir die Decke bis hoch unters Kinn, weil mich fröstelte. Langsam entspannte ich mich. Wusste jedoch, dass ich in dieser Nacht keinen Schlaf mehr finden würde. Also erhob ich mich nach einer Weile, verließ leise das Schlafzimmer. Kleidete mich im ehemaligen Kinderzimmer an und ging hinunter in die Küche.

Ich machte kein Licht an. Ich trat ans Fenster, zog die Gardine zur Seite und sah hinaus.

Es schneite. Große weiße Flocken sanken aus der Finsternis herab, tauchten in die Lichtkegel der Laternen wie in Schaugläser ein. Verschwanden, wo sie auf warmen Erdboden fielen. Blieben als ein wuseliger Flaum auf den kahlen Hecken und Büschen liegen.

Der Winter kehrte noch einmal zurück. Schlich sich über Nacht ins Land ein.

Hoffentlich zum letzten Mal.

Ich hatte es geahnt, gestern Abend schon. Als wir in der Dämmerung nach Hause kamen, müde und mit schmerzenden Füßen vom langen Laufen an diesem herrlich sonnigen Ostersonntag, der uns wie ein Vorbote des Frühlings erschienen war. Ein trügerischer jedoch, wie sich nun zeigte.

Ich sah es an der Färbung es Himmels, als die Sonne sank. Fühlte es im abendlichen Verebben des Windes. Und als ich gegen zehn das Fenster zum Lüften öffnete, roch es schon nach Schnee. Und das hatte mich beunruhigt.

Deswegen also der Traum?

Mich fröstelte wieder. Ich drehte die Heizung weiter auf. Ging hinüber zum Herd und setzte den Wasserkessel auf die Kochplatte. Bereitete mir eine Tasse Tee zu, als das Wasser kochte.

Während ich am Küchentisch saß und trank, spürte ich noch einmal dem Traum nach, der mich in die Zeit zurückversetzt hatte, als ich zwanzig Jahre alt war.

Ich war in einer Winternacht allein in den Bergen unterwegs. Ich wollte nach Hause, so schnell wie möglich. Ich lief den Wilkensteinweg hinab, weil ich dort – er verlief in einer tiefen Senke zwischen den Wiesenhügeln – vor dem Schneesturm, der über die Wiesen und Felder raste, einigermaßen geschützt war. Ich hatte nicht mehr weit zu gehen, keinen halben Kilometer, ich konnte schon deutlich sehen, dass in unserer Küche das Licht brannte. Aber ich geriet unterwegs in eine tiefe Schneewehe. Verlor die Orientierung und kam vom Weg ab. Verhedderte mich in den Schlehen- und Brombeerbüschen am steilen Hang unterhalb des Weges. Panik erfasste mich. Ich schrie um Hilfe, aber wer sollte mich im Tosen des Sturms hören?

Dennoch vernahm jemand meine Rufe und kam herbei – Paulick. Ausgerechnet Paulick! Ich hörte ihn atmen, als er sich näherte, abgehetzt, keuchend, von Hustenanfällen unterbrochen, erkannte ihn daran schon. Und ich konnte nicht weglaufen, konnte mich nicht rühren! Ich roch seinen säuerlichen Fuselatem, als er sich über mich beugte. Ich schrie laut auf vor Entsetzen. Ich fürchtete mich sehr vor ihm, dass ich glaubte, ich stürbe bereits vor Angst, ehe er mich tötet, alles in mir war panischer Schrecken. Ich konnte sein Gesicht in der Dunkelheit nicht sehen, dennoch wusste ich genau, was in seinen reglosen schwarzen Vogelaugen stand. Und schon fasste er mich am Hals. Packte mit beiden Händen fest zu und würgte mich. Ich wollte Claudia, meine kleine Schwester, zu Hilfe rufen, bekam aber keinen Ton heraus. Verzweifelt versuchte ich, ihn zu schlagen, zu treten, irgendwie von mir zu stoßen, aber meine Arme und Beine waren hoffnungslos in den Brombeerranken gefangen.

Aufgewacht.

Ein fürchterlicher Traum. Den ich so oder ähnlich schon einige Male geträumt hatte.

Lange Zeit hatte ich allerdings Ruhe vor ihm. Jahre. Warum kehrte er jetzt wieder? Und warum wieder so – so ganz und gar verkehrt? Ich bin doch den Wilkensteinweg damals gar nicht entlang gegangen, verdammt nochmal!

Aber was sollte ich mich darüber aufregen. Das brachte doch nichts.

Ich stand auf, ging zur Spüle und stellte die Teetasse ab. Dann trat ich wieder ans Fenster.

Inzwischen lag der Schnee auf den Straßen und Gehsteigen lückenlos zwei bis drei Zentimeter hoch. Wenn das so weiter geht, werden wir am Morgen Schnee schippen müssen, dachte ich.

Ich schaute noch eine ganze Weile dem gleichmäßigen, lautlosen Fallen der Schneeflocken zu und empfand das als zutiefst beruhigend. Vielleicht könnte ich doch noch etwas Schlaf finden.

Ich dachte daran, dass ich demnächst einmal hinauf ins Gebirge fahren sollte. Eine Wanderung unternehmen. Allein. Das hatte mir jedes Mal geholfen.

Aber nicht morgen. Auch nicht nächste Woche.

Lange wird das ja wohl nicht mehr gehen, sagte ich mir mit einem letzten Blick auf das Weiß da draußen. Ich zog die Gardine wieder vor und verließ die Küche.

Demnächst hieß: Nach dem Winter.

Erster Teil

1

Ich finde die Buschmühle, das historische Gasthaus am Eingang zum Wilkengrund, schmuck herausgeputzt vor. Passend zum Frühling leuchten die Wände lindgrün über dem Spritzsockel aus grob behauenem Granit. In der Höhe glänzt, schwarz vor Nässe, ein nagelneues, sorgfältig aus dünnen Schieferschindeln gefügtes Fischhautmuster auf dem Dach. Und die aus Postaer Sandstein gefertigten Fenstereinfassungen zeigen nach Jahrzehnten in Wettergrau wieder das gelb und orangerot bis rostbraun gebänderte Cremeweiß, wofür der Stein aus den nahgelegenen Brüchen berühmt ist.

Dahinter steckt wahrscheinlich zu einem großen Teil die Flutopferhilfe nach dem verheerenden Hochwasser vor fünf Jahren, vermute ich. Und, wie ich beim Betreten der Gaststube bemerke, ein neuer Wirt – ein graustoppliger Mittfünfziger mit einem sorgfältig gestutzten Seehundsschnauzer, speckig glänzender Lederschürze vorm Bauch und – dass es das noch gibt! – einem Bleistiftstummel hinterm Ohr, der meinen Gruß freundlich, aber nicht leutselig erwidert, als ich mich vor einem plötzlichen Regenschauer in die Gastwirtschaft flüchte.

Wie es aussieht, bin ich der einzige Gast. Ich nehme den Rucksack vom Rücken und lege die Wetterjacke ab, hänge beides an den Garderobenständer rechts neben der Tür. Ich wähle den Tisch vor der Ofenbank und lehne mich entspannt an die warmen Kacheln. Dann gebe ich dem Wirt ein Zeichen.

Ich nehme mir viel Zeit für das Kännchen frischen heißen Kaffee. Sitze einfach nur da. Lausche in die stille Gaststube und auf das Tröpfeln vorm Fenster. Genieße das Getränk. Und die wohlige Wärme, die der alte Kachelofen verströmt. Ich bin sehr froh, dass er das tut, denn es ist – der Kalender zeigt den vierzehnten Mai – für die Jahreszeit viel zu kalt. Selbst für hier oben im Gebirge. Selbst für die Eisheiligen.

Es ist noch früh am Vormittag, gerade halb zehn vorüber. Kein Wunder also, dass ich allein hier sitze; gewöhnlich stellen sich Gäste erst zum Mittagstisch ein. Ausflügler, Wanderer, Bergsteiger. Touristen. Manchmal auch ein paar Forstarbeiter. Jedenfalls war das früher so.

Ich stehe auf und trete ans Fenster, blicke hinaus auf die Terrasse. Auf den ausgetretenen Sandsteinplatten stehen Pfützen mit gelbgrünen Rändern aus Blütenpollen. Triefnass glänzen die jungen Blätter der Linde im Hof. Regentropfen winden sich die Fensterscheibe hinab. Kein Anblick, der mich begeistert. Da schaue ich mich lieber in der Gaststube um.

Die gefällt mir heute entschieden besser als früher. Kleine, feine weiße Stores hängen vor blank geputzten Fenstern, die Wände rings sind frisch geweißt – es ist erstaunlich hell hier, im Raum ist viel mehr Licht als früher. Ich empfinde das als sehr wohltuend, denn an Licht mangelt es doch hier unten im tiefen Talgrund zwischen den dicht bewaldeten Berghängen immer. Auf den breiten Fensterbänken stehen Orchideen und Rittersterne. Nur wenige Tische sind für Gäste aufgestellt, genau angemessen der Größe des Raumes. Die klobigen Wandbänke, auf denen man saß wie eingekeilt, sind allesamt verschwunden. Ja, der neue Wirt hat durchaus Geschmack. Ich hoffe, dass er sich halten kann, denn es ist nicht einfach, hier ein Auskommen zu finden. Zwar ist dieser etwas abgelegene Winkel des Gebirges gerade wegen seiner Abgeschiedenheit für die Liebhaber dieser Landschaft überaus reizvoll und anziehend, aber zünftige Wanderer und Bergsteiger leben eher aus dem Rucksack, und die meisten Touristen – abgesehen davon, dass die Zeit der großen Urlauberströme längst vorbei ist – kommen kaum über die nähere Umgebung von Fürstenstein und Bad Lindenau, den mit der Eisenbahn bequem erreichbaren Städten unten an der Elbe, hinaus.

Auch all die Spruchschilder und Brauerei-, Spirituosen- und Tabakreklametafeln von anno dazumal, mit denen der alte Wirt die Wände bedeckt hatte, sind fort, dem Himmel sei's gedankt. Jetzt hängen da, sauber gerahmt und unter Glas, verschiedene historische Ansichten des Hauses und der Umgegend. Fotographien zumeist, schwarzweiß und sepiabraun, aber auch einige Zeichnungen sind darunter. Der neue Wirt zeigt offenbar reges Interesse an der Geschichte seines Hauses und dessen Umgebung, das gefällt mir.

Ich gehe die Wände entlang, um mir die Bilder näher anzusehen. Ich finde eine sehr schöne Kohlezeichnung des Großen Wilkensteins, sie bietet den Blick auf die steile und wild zerklüftete Südwestflanke. Sie ist undatiert, aber ich erkenne bei genauer Betrachtung, dass sie vor dem Frühjahr 1956 entstanden sein muss, denn sie zeigt das Massiv im Zustand vor dem großen Bergsturz im März jenes Jahres.

Rechts davon hängt eine alte Fotographie. Eine Aufnahme des Kleinen Wilkensteins, anscheinend vom Ziegenkopf her, einem dem Felsmassiv vorgelagerten Klettergipfel, gemacht. In der Mitte des Bildes erkenne ich die Aussichtsplattform. Hinter dem Eisengeländer stehen vereinzelt ein paar Wanderer, ganz zünftig in Knickerbockern und Wetterjacken, sie lachen und winken dem Fotographen fröhlich zu. Im Hintergrund ist die Bergwirtschaft zu sehen.

Die gibt es schon lange nicht mehr. Ist abgebrannt, kurz nach dem Krieg. In einer Nacht war alles weg. Dabei blieb es auch; in jenen Tagen hatte niemand Geld oder Baumaterial übrig, um sie wieder aufzubauen, die Leute hatten andere Sorgen. Im Gegenteil: Was von den Trümmern noch verwendbar war, holten sich die Bauern aus den umliegenden Dörfern zur Reparatur ihrer kriegsversehrten Häuser und Scheunen. Den Brandschutt warfen sie kurzerhand hinab in die Schluchten und Klammen unterhalb des Felsplateaus. Heute sind da oben nur noch die in den Fels gehauene Treppe, Reste der Grundmauern und Teile der elektrisch betriebenen Lastenaufzugsanlage zu finden.

Und dann entdecke ich etwas ganz Besonderes: Eine farbige Postkarte mit einer Aufnahme der berühmten Schlangenkiefer in der Fiedlerklamm, einer engen und düsteren, an einigen Stellen auch schwierig begehbaren Schlucht, die an der Westseite des Großen Wilkensteins hinab zum Wilkengrund führt. Diese Kiefer hatte sich als junger Baum anderthalbmal um einen anderen jungen Baum, eine Birke, herum gewunden. So verbunden wuchsen die beiden zu großen Bäumen heran. In dieser Form und mit der schuppig borkigen Rinde, die einer Schlangenhaut verblüffend ähnlich sah, glich die Kiefer einem mächtigen, die Birke würgenden Schlangenkörper. Ich weiß noch, dass ich mich, als ich den Baum zum ersten Mal sah, als ein Kind von etwa fünf Jahren, vor dem Anblick fürchterlich erschrak. Ich hielt den Baum tatsächlich für eine Schlange, hatte große Angst vor dem vermeintlichen Ungeheuer und ließ mich nur schwer von meinem Vater beruhigen.

Sie ist auch schon lange dahin. Im schlimmen Winter 1978 auf '79 riss ein gewaltiger Sturm der Kiefer die halbe Krone weg und beschädigte auch die Birke schwer. Beide Bäume wurden darauf von Pilzen befallen und gingen innerhalb weniger Jahre ein.

Nichts blieb von dieser wunderbaren Spielerei der Natur erhalten; nur ein paar Fotographien und Zeichnungen zeugen noch von ihr. Dabei wäre es ohne große Aufwendungen möglich gewesen, den beiden Bäumen das Leben zu erhalten, hätte man sich sofort fachmännisch um ihre Verletzungen gekümmert. Aber dem Mann, der damals hier Förster war, war das anscheinend völlig gleichgültig, jedenfalls rührte er dafür keinen Finger.

Der alte Klauschke.

Klauschke-Bruno. Ich sehe ihn noch vor mir, wie er die Morgenleite herunterkommt, mit Thekla, seiner alten Dackeldame an der Leine, die Flinte über der Schulter. Böhmers Waldläuferin hat er mich genannt, wenn er gut gelaunt war, Rotzgöhre, wenn nicht. Leider war letzteres eher der Fall. Ich mochte ihn nicht. Weil er mich nicht mochte. So einfach war das. Oder auch nicht. Denn war ich mit dem Opa im Wald unterwegs und wir trafen aufeinander, tat er auch freundlich mit mir. Begegnete ich ihm jedoch allein, war er meist knurrig und misslaunig. Dann hätte er mich wohl am liebsten mit vorgehaltener Flinte aus dem Revier gejagt. Dass sich ein Mädchen für Wald und Flur interessiert und ganz allein durch den Busch streift, kam in seinem Weltbild anscheinend nicht vor. War schon ein seltsamer Mensch.

Ist auch schon lange tot – also nichts für ungut. Oder auch: Der Herrgott hab' ihn selig, wie die Oma immer formelhaft sagte, wenn sie auf einen Toten zu sprechen kam.

Ein alter Junggeselle sei er, sagte der Opa, als ich ihn einmal auf Klauschke-Bruno ansprach. „Da ist man meistens kauzig. Außerdem hat er im Krieg das halbe linke Bein verloren. Is' weg bis kurz unterm Knie. Hast du nicht gewusst, Nikola? Da schmerzt ihn so manchen Tag der Stumpf, besonders wenn das Wetter wechselt. Und solche Schmerzen machen gallig."

Und zu gerne schnäpseln tut er auch, höre ich da die Oma sagen, davon brummt ihm so manchen Tag der Schädel. Worauf der Opa nur etwas Unverständliches murmelte und unwillig den Kopf schüttelte. Was hieß: Das verstehst du nicht. Du bist eben keine Hiesige. Denn die Oma stammte aus der Lausitz, aus einem kleinen Dorf an der Spree.

Das war hier so: Kam der Nachbar oder ein Kollege zu Besuch, war er noch nicht mal richtig aus dem Mantel raus, da stand schon die Flasche Klarer auf dem Tisch. Meist Bergmannsschnaps. Kostete ja fast nichts.

So ist das bei uns, erklärte der Opa, bei uns Gebirglern und Bergleuten, erst mal 'nen Schnaps, dann ein Wort.

Mein Rest vom Kaffee ist inzwischen kalt geworden. Ich stelle die Tasse zurück.

Vor den Fenstern wird es zusehends heller. Still steht das Wasser in den Pfützen. Vögel zwitschern in den Büschen und Bäumen. Ich greife meine Jacke und meinen Rucksack, zähle dem Wirt vier Eurostücke auf den Tresen. Wir wünschen einander einen schönen Tag, und ich verlasse das Haus.

An der Brücke über den Grundbach ist neuerdings eine Tafel mit einer Wanderkarte aufgestellt (ob da wohl auch der neue Wirt dahintersteckt?), vor ihr bleibe ich stehen.

Eigentlich wollte ich durch den Wilkengrund gehen, aber der ist mir bei diesem Wetter zu dunkel, zu nass und zu kalt. So entscheide ich mich für die Morgenleite, den ältesten Weg hinauf zum Kleinen Wilkenstein, er wurde bereits gegen Ende des 18. Jahrhunderts vom Liebenauer Forstamtsmann Johann Jakob Fiedler -- ihm zu Ehren erhielt die Fiedlerklamm seinen Namen – erschlossen. Die Karte nennt den Weg einen bequemen Aufstieg und gibt für seine Bewältigung eine Zeit von zweieinhalb Stunden an. Er ist markiert durch einen roten Balken auf einem weißen Rechteck. Er führt zunächst über Wiesen- und Weideland, dann durch alten Hochwald, vor allem Fichten- und Kiefernbestand, an den Berg heran und auf sanft ansteigenden Schlängelwegen fast ganz um ihn herum. Durch die Schwarze Klamm, eine schmale, mäßig steile Schlucht an der Nordostflanke des Berges, geht es weiter zum Gipfel hinauf. Schließlich erreicht man über eine schmale Treppe das Plateau, auf dem sich früher die Restauration Fels Wilkenstein, wie der Name der einstigen Bergwirtschaft lautete, erhob.

Ich nehme diesen Weg nicht gern, denn er ist der am häufigsten begangene Weg, aber heute, mitten in der Woche und bei diesem Wetter, werden sicherlich nur wenige Wanderer unterwegs sein.

2

In einer frühen Erinnerung sehe ich mich an der Hand meines Vaters hier entlang gehen. Das war in einem Sommer gegen Ende der sechziger Jahre. Ich trug Lederhosen wie ein Junge und ein rotweiß gestreiftes Nicki, wie man damals T-Shirts nannte, jedenfalls hierzulande. An den Füßen nur Sandalen, keine Strümpfe. Ich weinte vor Angst, als mir, während wir vor einem großen Ameisenhaufen stehen blieben, die flinken Tierchen über die nackten Füße liefen und die Beine heraufgekrabbelt kamen. Vater lachte und nahm mich hoch auf seine Schultern. Ging dann mit mir huckepack hinunter in die Hocke. So war ich in Sicherheit vor den Ameisen und konnte sie dennoch ganz aus der Nähe in aller Ruhe beobachten. Vater störte das Gekrabbel auf seinen Füßen und Beinen nicht im Geringsten; er sagte, wenn er die Ameisen in Ruhe ließe, täten sie ihm auch nichts.

Der Hochwald unterhalb der Weißen Klippen, des dem Berg vorgelagerten, schroff zerklüfteten und in Türme und Pfeiler aufgelösten Felsmassivs an der Ostseite des Berges, wurde damals gerade gefällt. Sooft ich auch seitdem hier entlang gegangen bin, jedes Mal hörte ich den Lärm der Motorsägen, das Krachen der fallenden Stämme, die gellenden Rufe der Waldarbeiter und die Schläge der Äxte. Sah die bläulichen Abgasfahnen der Motoren und die an den gefällten Bäumen hantierenden verschwitzten Männer im grellen Sonnenlicht. Und rieche ich irgendwo frisch geschlagenes Nadelholz oder den Duft des Harzes, das die Föhren in der Sommerhitze ausschwitzen, habe ich immer die Bilder jenes Tages vor Augen, so fest hat sich mir diese Erinnerung eingeprägt.

Ich denke also auch jetzt wieder daran. Und an meinen Vater sowie die Wanderungen mit ihm, das sind sehr eng miteinander verknüpfte – oder verlinkte, wie man heute wohl sagt – Speicherplätze in meinem Gedächtnis. Ich sehe seine große Hand, wie sie die meine hält, und ich sehe seinen dunkelblonden Lockenkopf, an dem ich mich festhalte, während ich hoch oben auf seinen Schultern schaukle und die schönste Aussicht der Welt habe; ich höre ihn reden und lachen, aber sein Gesicht bleibt mir unkenntlich. Seltsam ist das, und ich bedauere es sehr.

Vielleicht liegt es ja daran, dass ich erst elf Jahre alt war, als ich ihn verlor.

Erinnerungen – im Grunde hält da jeder Schritt des Wegs, jeder Fußbreit Boden in den Bergen hier einen Anstoß für mich bereit.

Ich bin eine Hiesige. Oder besser gesagt, eine ehemalige Hiesige. Ich bin hier geboren und aufgewachsen, aber vor über dreißig Jahren weggezogen und nur selten und dann auch nur für kurze Zeit wieder hergekommen. Und mein letzter Besuch liegt, wenn ich mich recht entsinne, inzwischen auch schon wieder fünf oder sechs Jahre zurück. Dennoch bin ich noch immer mit jedem Weg und Steg hier bestens vertraut.

Wir wohnten in Rauschendorf, drüben auf der anderen Seite der Wilkensteine. Mein Großvater, der Vater meiner Mutter, besaß einen kleinen Bauernhof am südöstlichen Ende der Ortschaft. Es war das letzte Grundstück vom Dorf, oben auf dem Hügel, dem Birkenhübel, gelegen. Ringsum Wiesen, Weideland vor allem für die beiden großen Rinderherden der Genossenschaft, und alte Obstanlagen. Die Straße endete an unserem Hoftor, ging dann über in eine unbefestigte Wagenspur, den sogenannten Wirtschaftsweg. Der war beiderseits von Birken und Haselbüschen gesäumt und führte durch die Wiesen zum alten Steinbruch am Kahlen Stein hinauf. Als vor über hundert Jahren die Straße nach Fürstenstein ausgebaut wurde – der Schlussstein des Brückenbogens über den Landgraben trägt die Jahreszahl 1912 – wurden dort Steine für deren Randmauern gebrochen.

Später holten sich die Bauern aus der Umgegend Steine für Feldmauern und Wegbefestigungen von da, zu mehr taugte der Stein nicht; er enthält, wie der Stein der Weißen Klippen auch, zu viel Ton. Längst ist der Bruch aufgegeben und verfallen. Die Rauschendorfer nutzten ihn nur noch als Schuttabladeplatz, als Müllkippe. Der Opa verbot uns Kindern, dorthin zu gehen und herumzukramen, er erklärte, es könnten lose Steine von den Wänden herabfallen und uns erschlagen. Wir taten 's trotzdem. Was für andere Leute Müll war, war für uns ein riesiges Abenteuer.

Der Ginster am Weg im Stillen Grund blüht spät in diesem Jahr, gerade erst öffnen sich die ersten Blüten. Viel ist von den Büschen ohnehin nicht übrig; im vergangenen Winter ist viel Gehölz erfroren. Auch in den Schlehenbüschen erkenne ich Frostschäden; selbst der robuste Efeu, der hier den Waldböden auf weiten Flächen bedeckt und sich an den Föhren hoch emporrankt, zeigt dort, wo er strengen Barfrösten ausgesetzt war, braune, erfrorene Blätter.

Der vergangene Winter war hart wie kaum einer.

Fast so hart wie jener damals vor dreißig Jahren. In dem ich mir zwei Zehen und vier Fingerkuppen erfror.

Hart und lang – alles ist später in diesem Frühjahr; der Laubwald ist auf den Nordhängen noch durchsichtig wie im tiefsten Winter. Die Eschen haben die Blätter noch nicht voll entfaltet, die Robinien stehen sogar noch völlig kahl. Auffallend spärlich auch zeigt sich der Maiwuchs im Nadelholz; es ist einfach zu kalt, nichts will so richtig wachsen bei diesen kümmerlichen Temperaturen. Fast scheint es, als wolle der Frühling dieses Jahr gar nicht bis hier herauf kommen.

Wie sagte der Opa, wenn die Leute nach langen und strengen Wintern klagten, dass es, wie heuer, gar nicht Frühling werden wolle: „Ach was. Das wird schon. Hat doch bis jetzt jedes Jahr geklappt." Der Spruch gefiel mir gut. Er war aber nicht von ihm, wie er mir später gestand, sondern von Oma Anna, seiner Mutter, die ich nur von einigen wenigen Fotographien kannte.

Meine Mutter arbeitete bei der Eisenbahn, der Deutschen Reichsbahn, wie sie bei uns noch immer hieß, obwohl das Deutsche Reich lange schon Geschichte war, tot und begraben. Als Fahrdienstleiterin auf dem Stellwerk in Fürstenstein. Im Schichtdienst rund um die Uhr, "rollende Woche" genannt. Und mein Vater war Bergmann bei der Wismut, Steiger, ebenfalls in drei Schichten arbeitend. So waren die Eltern froh, dass die Großeltern für uns drei Kinder – meinen zwei Jahre älteren Bruder Rico, meine vier Jahre jüngere Schwester Claudia und mich – immer da waren. Wir wohnten alle auf Großvaters Hof, im alten Bauernhaus. Die Großeltern im Erdgeschoss, wir im Obergeschoss, Küche und Toilette benutzten wir gemeinsam. Sicher, es war eng und unmodern, aber meine Eltern hatten gar keine andere Wahl, Wohnungen waren äußerst knapp. Zwar hatten sie nach der Geburt von Claudia sofort einen Antrag auf eine geräumige Neubauwohnung gestellt, aber erst nach einigen Jahren, im Herbst '73, glaube ich, bezogen wir eine nagelneue Vier-Raum-Wohnung in der Wismut–Siedlung in Fürstenstein-Hainsberg.

Eine riesige Neubau-Siedlung. Schmale fünfstöckige Häuserblöcke in langen Reihen den ganzen Berghang hinauf. Ringsum nichts als mit Melde und Beifuß überwucherte Lehmhaufen und Bauschutt. Den ganzen Tag Baulärm und auf Schritt und Tritt viele fremde Leute. Ich fand's schrecklich. Ich wäre tausendmal lieber in Rauschendorf geblieben.

Aber das ist nicht der Grund, weswegen ich die Jahre bei den Großeltern für die schönste Zeit meiner Kindheit halte.

3

Am Fuß der alten Eiche am Waldrand hoch über dem Stillen Grund lege ich eine Rast ein. Eine Bank, grob gefügt aus halbierten Baumstämmen, lädt dort zum Verweilen an, aber sie ist moosig grün, nass und schon recht verwittert; ich bleibe lieber stehen. Ich lehne mich mit dem Rücken gegen die Eiche und schaue ins Tal hinab.

Von hier geht mein Blick weit. Vom Waldsaum vor mir fallen die grünen Wiesenhänge sanft ab bis zur Straße nach Wilkenau am Rand der Hochebene. Dahinter sehe ich ein paar vereinzelte Apfel- und Birnbäume in spärlicher Blüte; das müssen die Reste von Brodkas Obstgut sein, das einstmals das gesamte Terrain unterhalb der Straße einnahm. Weit im Hintergrund, jenseits des Flusstals, erkenne ich locker bewaldete, felsige, steile Hänge; darüber wölben sich flache, grasgrüne Hügel, in deren Mitte ein ehrwürdiger alter Bauernhof throhnt. Das ist Lindners Gut, hoch über der Elbe, umweht von Nebelschwaden, die aus den regennassen Wäldern und dem Flusstal aufsteigen.

Als Kind saß ich bei Regenwetter oft am Fenster und sah diesen Nebeln zwischen den Bergen zu. „Der Wald dampft", sagte der Opa über meine Schulter.

An einem Sonntag im August unternahmen wir, Rico, Claudia, die Mutter und ich, mit den Rauschendorfer Großeltern einen Ausflug hinauf zur Talsperre Lichtenberg. Unser Vater kam nicht mit, obwohl er es ursprünglich vorhatte. Aber als er am Samstagmittag von der Arbeit kam, fühlte er sich gar nicht gut. Er klagte über starke Kopfschmerzen. Legte sich schon zeitig am Abend zu Bett. Am Sonntagmorgen ging es ihm jedoch nicht wesentlich besser. So sagte er, er wolle lieber einen Ruhetag einlegen. Mal gar nichts tun. Sich mal richtig ausschlafen.

Das war am 25. August 1974.

Ein Tag, den ich gleichsam fest im Gedächtnis behalten habe. Ein Sommersonntag wie aus dem Bilderbuch. Die Sonne schien heiß, aber dazu wehte, wie fast immer im Gebirge, ein leichter Wind und machte die Hitze erträglich. Wir drei Kinder tobten im Wasser und rekelten uns faul in der Sonne. Eis und Limonade, Cola und Kekse, soviel wir wollten. Spielten mit anderen Kindern Taucherhaschen und Ballfangen, stundenlang. Am Abend waren wir schön geschafft.

Auf dem Nachhauseweg hielten wir noch einmal an, aßen in einer Gaststätte zu Abend. Im Erbgericht in Bärwalde, das lag auf unserer Strecke.

So kamen wir erst spät heim. Opa trug die Claudi hinauf, sie war schon im Auto fest eingeschlafen. Oma führte Rico am Arm, die Mutter hatte mich an der Hand; ich konnte vor Müdigkeit kaum noch einen Fuß vor den anderen setzen.

In der Wohnung war es still. Völlig still. Kein Fernseher lief, kein Radio. Nicht ein Laut war zu hören.

Mutter rief nach Vater. Erhielt keine Antwort. Ging ins Schlafzimmer. Dann hörte ich sie erschrocken aufschreien, gleich darauf weinen. Opa hielt mich fest, als ich zu ihr eilen wollte. Er brachte Rico und mich ins Kinderzimmer, ermahnte uns streng, im Zimmer zu bleiben. Claudia wachte kurz auf, schlief aber sofort wieder ein. Oma kam zu uns Kindern, drückte und streichelte uns, nahm uns zärtlich beim Kopf. Sie weinte leise dabei. „Euer Papa ist gestorben", sagte sie unter Tränen.

Die Großeltern blieben in jener Nacht bei uns, nachdem ein Arzt dagewesen, und der Vater von den Männern vom Bestattungswesen abgeholt worden war. Die Oma schlief bei Rico und mir im Kinderzimmer; die Claudi nahm Mutter mit zu sich ins Schlafzimmer. Opa verbrachte die Nacht in der Stube auf dem Sofa. Ich lag noch lange wach. Hörte den Opa und die Mutter in der Stube leise miteinander reden und die Mutter immer wieder aufschluchzen.

Mutter erklärte uns Kindern später, der Vater sei an einem Herzschlag verstorben. Einfach so im Schlaf. Und tröstete sich und uns damit, dass er nicht habe leiden müssen.

Genaues weiß ich bis heute nicht. Ob es ein Infarkt war oder eine Embolie oder ein Aneurysma. Oder was sonst ihm den viel zu frühen Tod brachte.

4

Am Ende des Stillen Grundes führt die Morgenleite durch niedrigen Buschwald und erreicht nach einem kurzen, aber steilen Anstieg eine kleine, lichte Ebenheit. Früher gab es hier einen Kiosk. Eine Bretterbude zum Verkauf von Kaffee, Bier, Bockwurst, Keksen und Reiseandenken an die Wanderer während der Sommersaison. Davor standen im Schatten der Bäume drei oder vier „Touristenfutterraufen", wie die Forstleute spöttisch jene Holzkonstruktion der Wald-und-Wiesen-Gastronomie nannten, die einen Tisch, zwei Bänke beidseits und ein mit Teerpappenschindeln gedecktes Spitzdach darüber fest miteinander verband.

Am Himmelfahrtstag war hier immer der Teufel los. Wir Kinder zogen dann am Freitagnachmittag und das ganze Wochenende lang mit Rucksäcken, manchmal auch mit einem Handwägelchen, durch die Berge und sammelten all die weggeworfenen Bier-, Wein-, und Schnapsflaschen ein. Und was entlang der Wanderwege sonst noch so liegengeblieben war.

Ähnlich war's im Frühjahr. Sicher nicht so ergiebig, aber dafür spannender. Was fand man nicht alles, wenn der Schnee getaut war. Münzen, Schlüsselbunde, Abzeichen, Knöpfe, Taschenmesser. Bekleidung sowieso: Mützen, Schals, Handschuhe. Manchmal auch intimere Kleidungsstücke.

Auch diese Wirtschaft ist abgebrannt, irgendwann in den späten 1970er Jahren. Es hieß, dass da jemand gekokelt habe. Kann auch sein, dass eine undichte Propangasflasche am Brand schuld war. Wie auch immer, was das Feuer übrig ließ, verschwand kurzerhand in den zahlrei-

chen Felsspalten am Rand der Ebenheit, ohne viel Feder-
lesens. Zahlreiche Felsspalten in den Bergen sind ange-
füllt mit Müll aus den umliegenden Dörfern, aufgehäuft
in Jahrzehnten, vielleicht auch Jahrhunderten. Keine feine
Tradition.

Eine Bank, ein grobschlächtiger Tisch und eine kleine
Wetterschutzhütte, erst vor wenigen Jahren vom hiesigen
Heimatverein aufgestellt, empfangen heute hier den Wanderer. Von der einstigen Kioskwirtschaft findet sich keine
Spur mehr, nicht die geringste. Als hätte es sie nie gegeben. Ein bisschen seltsam ist das schon. Wer nicht weiß,
dass es sie gab, kommt nicht darauf, keine Chance.

Mutter wollte und konnte nicht in der großen Wohnung
bleiben. Sie verdiente bei der Eisenbahn zu wenig Geld,
als dass sie die noch fälligen Genossenschaftsanteile hätte
bezahlen können. Die Großeltern vermochten nur wenig
zur Unterstützung beizutragen; Opa war Invalidenrentner,
seit ihm beim Holzeinschlag ein Baum den linken Fuß
zertrümmert hatte, und Oma half halbtags in der Küche
im Lindenhof drüben in Cunnerswalde. Da blieb kaum
was über. Die kleine Landwirtschaft, die sie ihr Leben
lang noch nebenbei betrieben, brachte nur ein Zubrot ein.

Die Wohnungsverwaltung der Wismut, froh über die
Aussicht, eine kaum bewohnte Vier-Raum-Wohnung im
Neubau zurückzubekommen, unterstützte die Mutter nach
Kräften bei der Suche nach einer neuen Bleibe für uns.
Nur so ist es zu erklären, dass wir noch vor Ende des Jah-
res in Hartmannsdorf, das ist in der weiten Talsenke zwi-
schen dem Großen Wilkenstein und dem Taubenberg
gelegen, eine kleine Wohnung im Obergeschoss eines
Landhauses aus den 1930er Jahren beziehen konnten.
Renoviert und teils modernisiert. Was allerdings lediglich
hieß, dass sich die Toilette auf der Etage befand und in

der Küche eine kleine Duschecke eingerichtet worden war.

Ich wäre ja am liebsten wieder nach Rauschendorf gezogen, zu Oma und Opa auf den Hof. Aber Mutter wollte davon nichts wissen, das kam für sie überhaupt nicht in Frage. Was ich ganz und gar nicht verstand, es wäre doch das Einfachste und Nächstliegende gewesen.

Heute glaube ich, dass sie unbedingt Abstand gewinnen wollte. Abstand vom Vater. Abstand von dem Leben mit ihm. Weil sie als erste von uns begriff, dass nun alles anders werden würde. Und dass sie sich dem stellen musste. Das alte Leben war vorbei. Dorthin gab es kein zurück.

Mir hingegen sah das damals nicht so aus. Ich war traurig über Vaters Tod, aber ich war ein Kind von elf Jahren; was wusste ich vom Leben, geschweige denn vom Tod. Für mich ging alles schon bald wieder seinen gewohnten Gang. Ich war froh, dass wir wieder aufs Land zogen; in der Stadt bin ich ja nie so richtig warm geworden. Bis zu den Großeltern war's nicht weit, mit dem Fahrrad eine halbe Stunde. Ich gestehe, dass ich bald kaum noch an meinen Vater dachte.

Was Vaters Tod letztlich für mein Leben bedeutete, erfuhr ich erst viele Jahre später.

5

Im Fichtenhochwald zwischen dem alten Steinbruch und
der Wilkensteinsüdwand schiebt der Adlerfarn seine spi-
ralig aufgerollten Triebe aus dem Boden. Mir sah das als
Kind immer gruselig aus – als wüchsen seltsam grün-
braune, fransige Hände und Arme aus der Erde.

In jedem Herbst grub ich mit dem Opa Wurzelstöcke
vom Tüpfelfarn aus. Der wuchs in großen Mengen im
Schwedengrund drüben am Rabenstein. Die Wurzeln
schmeckten süß und aromatisch, Opa verkaufte sie dem
Wirt vom Lindenhof, der bereitete aus ihnen und anderen
Kräutern einen delikaten, in der Region sehr beliebten
Magenschnaps. Und in der düsteren Schwarzen Klamm
gedieh an einigen Stellen sogar der überaus seltene Haut-
farn. Die Art stand unter strengem Schutz, trotzdem holten sich eifrige Sammler immer wieder Pflanzen für ihre
privaten Herbarien, dadurch schrumpfte die ohnehin kleine Population immer mehr. Die letzten kümmerlichen
Reste des Bestandes gingen schließlich an der Verände-
rung des Kleinklimas in der Klamm zugrunde, nachdem
ein schwerer Sturm den Wald dort ringsum stark verwüs-
tet und gelichtet hatte. Schade drum.

Als wir in Fürstenstein wohnten, arbeitete die Mutter
nur im Frühdienst, um mehr Zeit für uns Kinder zu haben.
Das bedeutete zwar ein geringes Einkommen, aber der
Vater verdiente bei der Wismut sehr gut. Geldsorgen
kannten wir nicht. Das wurde nun anders. Mutter wechselte wieder in den Rund-um-die-Uhr-Schichtdienst, die
"rollenden Woche", um den Unterhalt der Familie überhaupt bestreiten zu können. Viel Arbeit für wenig Geld;
die Eisenbahn bezahlte mehr schlecht als recht.

Nur noch selten fand sie ein paar Stunden für Rico, Claudia und mich. Und ließ ihr die anstrengende Schichtarbeit mal etwas mehr Zeit für sich und uns, dann kam es oft vor, dass sie für einen plötzlich erkrankten Arbeitskollegen einspringen musste. Hatte sie Nacht- oder Spätdienst, begegneten wir einander nur wenig und kurz. Alles zu besprechen Notwendige wurde dann schriftlich abgemacht; Mutter legte uns Briefe auf unsere Plätze am Tisch, und wir legten ihr unsere Antwortbriefe auf den Nachttisch. Gewiss tat es gut, zu lesen, dass sie oft an uns dachte und uns ganz toll lieb hatte, aber ein schönes Familienleben war das nicht mehr.

Dafür waren die Großeltern in Rauschendorf immer für uns da. Oma kochte für uns das Mittagessen, betreute uns bei den Hausaufgaben; Opa fuhr mit Rico zum Fußballtraining im Wismutverein und zu den Spielen an den Wochenenden. Oma besuchte mit Claudia alle vierzehn Tage den Hautarzt in Bad Lindenau – meine Schwester hatte nach Vaters Tod und all den darauf folgenden aufregenden Veränderungen in unserem Leben eine heftige Neurodermitis bekommen und litt immer wieder unter hässlich aussehenden, heftig juckenden Hautausschlägen. Zum Glück verlor sich die Krankheit nach ein paar Jahren. Dennoch blieb die Claudi immer unser kleines, zartes Nesthäkchen.

Ich war, sooft ich konnte, drüben bei den Großeltern. Meistens fuhr ich mit dem Rad, manchmal ging ich auch zu Fuß, je nach Wetter, Lust und Laune. Am liebsten war ich mit dem Opa im Busch unterwegs. Ab und zu ging er für Klauschke-Bruno Bäume anzeichnen oder half bei anderen Forstarbeiten aus, trotz seiner Behinderung. Verdiente sich so noch ein paar Mark Taschengeld zu seiner mageren Rente hinzu. Da ging ich, sooft es passte, mit ihm. Oder wir suchten Pilze. Sammelten Beeren. Lasen dürre Äste für Feuerholz. Und zogen vom Birken-schwamm zermürbten und gefällten, oft schon halb ver-rotteten Birken „die Haut ab", wie es der Opa nannte, wenn wir Birkenrinde sammelten – Birkenrinde ist der beste Feueranzünder. Brennt auch nass, frisch vom Baum, vorzüglich.

Aber am schönsten war es, wenn wir gemeinsam Holz machten. Mal war ein Windbruch auszuräumen, mal ein abgestorbener Baum zu fällen. Für den Forst war das Kleinkram, deshalb trug der Klauschke-Bruno solche Arbeiten gern dem Opa auf, und der Opa nahm sie gern an. Dann holten wir unseren Eigenbautraktor, ein dreiräd-riges Wald-und-Wiesenfahrzeug, das Opa aus seiner alten Touren-Awo und diversen Autoteilen zusammengebaut hatte, aus der Scheune, packten Schrotsäge, Baumsägen und Äxte in den Ladekasten, kuppelten den Anhänger an und zuckelten in den Busch, Opa hinter dem Lenker und mein Bruder Rico und ich im Anhänger oder im Ladekas-ten sitzend. Den ganzen Tag verbrachten wir im Wald, und wenn wir abends müde und hungrig heimkehrten, war der Hänger randvoll mit Feuerholz.

Wenn's nichts zu tun gab, war ich allein im Wald un-terwegs, bei Wind und Wetter. Ich lebte schon bald mein eigenes Leben. Wurde immer mehr zum Einzelgänger. Ich war, wie mir Mutter erzählte, schon als kleines Kind ziemlich verträumt, jetzt wurde ich immer mehr zum Tag-träumer. Zog mich, so oft ich konnte, in meine eigene Welt zurück, zu der die stillen Wiesen und Wälder und verborgenen Felsgründe hier oben unbedingt gehörten.

Klauschke-Bruno, der alte Revierförster, sah mich nicht gern herumstromern. "Störst mir das Wild auf, Mädel", schalt er, "In den Felsen herumzuturnen ist kreuzgefähr-lich! Das ist doch kein Spielplatz hier!" Und Thekla schnüffelte misstrauisch an meinen Schuhen.

Ich hab mich damals immer wieder gefragt, warum er so barsch und grantig zu mir war. Mochte er Kinder, oder zumindest Mädchen, nicht leiden? Möglich, dass es so war. Heute denke ich, dass er in seinem Revier, in seiner Welt, wahrscheinlich einfach nur allein sein wollte. Ungestört. Er war halt ein Einzelgänger. So wie ich.

Ich ging ihm aus dem Weg, sah zu, dass er mich nicht im Revier erwischte. Mied die großen Wege. War eher auf Wildwechseln und Bergsteigerpfaden unterwegs. Schlich quer durch den Busch. Folgte den Wasserläufen. Stieg in allen Klammen und Gründen herum. Fand alte, lange aufgegebene und verwilderte Wege und Pfade, „tote Wege" nannte ich sie. Ich zeichnete mir eigene Karten. Natürlich waren das keine topographisch exakten Aufrisse der Landschaft, sondern einfache, kindliche Skizzen dieser meiner Bergwelt, wie ich sie sah. Und sie enthielten Daten, die keine Wanderkarte auswies. Standorte seltener Pflanzen zum Beispiel – alle Stechpalmen, Eiben, Holzäpfel, Waldbirnen vermerkte ich. Den Hirschzungenfarn im Tümpelgrund. Mispelbüsche unterhalb der Weißen Klippen. Lohnende Pilz- und Beerenflecken sowieso. Auch Wasserstellen, winzige Rinnsale in den Klammen und Quelltöpfe in den Gründen, die selbst im heißesten Sommer nicht völlig versiegten.

Und ich gab all dem, was ich entdeckte und verzeichnete, Namen. Wie es mir gefiel. Zum Beispiel hieß ein grün bemooster Felsen in der Schwarzen Klamm, der aussah wie der Kopf eines Krokodils, Theophil. Nach dem damals, zumindest bei uns, ziemlich bekannten Schlager „Krokodil Theophil". Kennt den einer? „Krokodil Theophil ist ein lustiges Reptil…" Nein? Vaclav Nečkar, ein tschechischer Schlagersänger, sang ihn. Weiß keiner mehr? Schade.

Ist aber nicht wichtig. Jedenfalls hatte ich hier meine eigene Welt gefunden und mich häuslich in ihr eingerichtet. Alles andere rings um mich her blendete ich beinahe völlig aus. Daran muss es wohl gelegen haben, dass ich von den wichtigen Veränderungen, die sich in unserer Familie anbahnten, nichts bemerkte.

Deshalb weiß ich gar nicht genau zu sagen, wie und wann der neue Mann an Mutters Seite in unser Leben kam.

6

In der Schwarzen Klamm ist es mindestens fünf Grad kälter als im Hochwald und nass. Wasser rinnt auf dem Weg und tröpfelt von überhängenden Felsen herab. Der Pfad ist ausgewaschen und aufgeweicht, ich komme nur langsam voran. Der nasse Stein bietet keinen sicheren Tritt. Oder ist womöglich gar vereist, so rutschig wie er ist? Ich kann's nicht genau erkennen, hier unten herrscht den ganzen Tag Dämmerung. Ich nehme die Taschenlampe aus dem Rucksack. Tatsächlich! Ich sehe es am Boden glitzern: Eis. Überall ragen winzige nadelspitze Kristalle vom Boden auf, vor allem in den kleinen Mulden am Fuß der Felswände. Steinbrocken und Geröll auf dem Pfad scheinen wie mit einer hauchdünnen Glasur überzogen. Und wo Regenwasser herab rann, haftet Eis in welligen schwarzen Wülsten auf den Felswänden.

Überall entdecke ich noch die Spuren des Frostes der vergangenen Nacht. Ich bin äußerst achtsam und halte mich, wo es möglich ist, mit den Händen am nasskalten Stein fest. Handschuhe könnte ich jetzt gut gebrauchen; meine Hände sind leider sehr kälteempfindlich geworden. Und ich bedaure jetzt, mir unterwegs keinen Wanderstock geschnitten zu haben.

Als Kind nahm ich dafür am liebsten Stämmchen vom Faulbaum, der bildet schöne gerade und schlanke Stangen aus weichem, fast weißem Holz. Er riecht nur etwas streng, daher der Name. Wächst hier überall massenhaft und ist mit dem Schwarzen und Roten Holunder das typische Unterholz ringsum. Seine Blüte ist unscheinbar, aber im Sommer glänzen an seinen Zweigen kleine dunkelrote und schwarze Beeren.

Der Neue hielt sie für Tollkirschen.

„Nicht den Baum anfassen! Der ist giftig!" Ich widersprach und klärte ihn auf. „Das ist ein Faulbaum. Der ist nicht giftig! Stinkt nur. Ist sogar 'ne Heilpflanze. Die Beeren sind ungenießbar, aber nicht giftig."

Er winkte unwirsch ab, blaffte mich an: „Lass ja die Finger da weg! Du hast doch gar keine Ahnung."

Was für ein aufgeblasener Vogel, dachte ich. Er war's, der keine Ahnung hatte. Nicht die geringste. Und er gab das nicht zu. Er konnte es einfach nicht ertragen, wenn jemand etwas besser verstand als er. Noch dazu ein Mädchen von vierzehn, fünfzehn Jahren. Dabei hätte er sich doch bloß zu sagen brauchen, dass ich das alles wusste, weil ich mich dafür interessierte. Ich war doch im Wald so gut wie zu Hause.

Nein: Ich war im Wald zu Hause! Und ich las alles, was mir über Wald und Flur in die Finger kam. Hätte er sich doch denken können; so blöd war er doch nicht.

Nein. Blöd war er ganz und gar nicht.

Im Gegenteil. Anfangs war er gar kein übler Kerl.

Die Mutter meinte immer, er wäre erst so geworden, nachdem Niklas gestorben war. Vor Kummer.

Aber diese Erklärung war mir zu einfach. Zu billig. Und sie stimmte auch nicht. Mutters pauschale Entschuldigung für ihn, ihre Generalabsolution für alles, was er uns antat, habe ich nie akzeptiert. Niemals. Es kann doch nicht sein, dass ein Mensch, nur weil ihm im Leben etwas furchtbar Trauriges zugestoßen ist, zum Säufer und Schläger werden darf.

Aber das Schlimmste hat Mutter ja gar nicht gewusst.

Oder?

Nein. Hat sie nicht. Nein, nein und nochmals nein. Etwas anderes scheint mir einfach unvorstellbar.

Ich bleibe stehen und suche mit den Augen die Felswand rechts über mir ab. Dort! Da ist er! Dort oben liegt Theophil. Treu und brav und moosgrün gepanzert wacht er über die Schwarze Klamm.

7

Vorgestellt hat ihn uns die Mutter als einen Arbeitskollegen. Das war an einem Abend im Advent; das Jahr weiß ich nicht mehr genau, ich glaube, es war 1976. Auf dem Weihnachtsmarkt in Bad Lindenau – Mutter hatte zufällig einmal Zeit für uns Kinder. Vor einer Bude, in der kandierte Äpfel und Lebkuchenherzen verkauft wurden, trafen Mutter und er wie zufällig aufeinander. Beide taten sie ganz freudig überrascht und verlegen zugleich. Und er blieb unser Begleiter, den ganzen Abend lang. Rico sagte später, er habe sofort geahnt, dass da was im Busch ist. Und ich glaube bis heute nicht, dass diese Begegnung ein Zufall war.

Er war also auch bei der Eisenbahn. Arbeitete ebenfalls in Fürstenstein. Als Lokführer auf dem Rangierbahnhof.

Er war nicht groß. Auch nicht sonderlich kräftig. Mehr so ein sehniger, drahtiger Typ. Nur Haut und Knochen, aber unglaublich zäh.

Ein zäher Hund war er, weiß Gott.

Ein zerfurchtes Knittergesicht. Nicht schön, aber irgendwie markant. Fast schwarzes, glattes Haar. Dunkelbraune Augen. Eigentlich schöne Augen. Aber wenn er betrunken war und ihm etwas gegen den Strich ging, bekam er diesen eigenartigen Blick, den Tote-Augen-Blick, so habe ich ihn genannt; reglose schwarze Raubvogelaugen, kalt und böse. Gnadenlos. So ein Blick, von dem man sagt, wenn er töten könnte, würde auf der Stelle tot umfallen, wen er trifft.

Eine große Nase, klotzig und fleischig. Passte gar nicht so recht in das eher schmale Gesicht. Ich höre noch, wie er Rotz hochzieht. Höre, wie er ihn ausspuckt. Und wie der Fladen schmatzend auf den Boden klatscht.

Pfui Deibel. Ekelhaft. Mich schüttelt 's heute noch.

Riesige Pranken. Schartige, nie ganz saubere Nägel und gelbe Finger vom Rauchen. Der rechte Daumen stand seltsam ab. Den hätte er sich mal gebrochen, erzählte er. Als Jugendlicher. Bei einer Schlägerei auf dem Tanzsaal. Ich hab's anfangs geglaubt. Aber später war ich sicher, dass es nur Angabe war. Er hat sich doch nur zu schlagen getraut, wenn er nicht fürchten musste, dass was zurückkommt. Den Daumen hat er sich wohl eher im Suff ramponiert.

Er war zwei Jahre jünger als die Mutter. Und auch schon mal verheiratet. Geschieden. Einen Sohn, so alt wie Claudia, glaube ich. Ich habe ihn nie kennengelernt.

Er konnte doch so vieles Gutes, Nützliches. Handwerksarbeiten aller Art, gar keine Frage. Kannte sich auch mit Tieren ganz gut aus; er schnitt unseren Schafen die Klauen nicht schlechter als der Opa. Und Bratkartoffeln kriegte keiner so gut hin wie er, das musste selbst die Oma zugeben. Sogar einen Streuselkuchen konnte er backen, mit schön knusprigen dicken süßen Butterstreuseln. Schmeckte genauso lecker wie Omas Kuchen.

Wie gesagt, anfangs war ein gar kein übler Kerl. Er war auch freundlich zu uns Kindern, richtig nett. Spielte mit Rico Fußball. Für Claudia baute er ein altes Fahrrad, das ich vom Steinbruch angeschleppt brachte, wieder auf.

Aber außerdem war er ein Gernegroß. Ein mächtiger Angeber. Und streitsüchtig obendrein. Besonders, wenn er einen zu viel getrunken hatte, wie's immer wieder vorkam, leider. War immer zu schnell mit der Flasche bei der Hand. Und dann war er unberechenbar – von einer Sekunde zur anderen konnte seine Laune umschlagen. Eben noch war er gut drauf und völlig locker, und im nächsten Moment traf dich schon der Tote-Augen-Blick …

Und so war er bereits vor Niklas' Tod. Auch wenn Mutter das nie zugeben wollte.

Danach ist es natürlich noch viel schlimmer geworden.

Schon bald war er für uns Kinder der Onkel Dietmar. Vater wollte ich ihn nicht nennen, auch wenn Mutter das gefallen hätte, später dann, als sie verheiratet waren. Ich nannte ihn Stief, abgekürzt von Stiefvater, obwohl ich wusste, dass er das nicht mochte. In den letzten Jahren allerdings sprach ich ihn kaum noch an; wenn ich es tat, sagte ich zu ihm nur „du". Einfach „du". Nichts weiter.

Und ganz zuletzt rief ich ihn bei seinem Nachnamen.

Nein. Schrie ich ihn an.

So ist er in meiner Erinnerung verblieben: Paulick.

8

In dem kleinen Hochtal, in das die Schwarze Klamm mündet, ragt eine riesige Rotbuche hoch in den Himmel. Sie mag an die zweihundert Jahre alt sein, vielleicht auch älter. Viele Wanderer hinterließen ihre Spuren in der silbrig weiß schimmernden Rinde; vom Boden bis hinauf in eine Höhe von etwa zwei Metern sind in den Stamm rings Namen, Initialen und Jahreszahlen eingeschnitten. Ich bin immer wieder erstaunt, wie gut die Zeichen nach Jahrzehnten noch zu erkennen sind; „Karl + Martha" lese ich da, darunter die Jahreszahl 1947. Nach sechsundsechzig Jahren ist die Inschrift zwar stark vernarbt, aber noch immer mühelos lesbar. Wahrscheinlich sind ihr langsames Dickenwachstum und die geringe Neigung zur Bildung von Borke die Gründe dafür, dass Buchen Inschriften so gut verwahren.

Der vergangene Winter hat dem Baumriesen sichtlich zugesetzt. Einer der drei Leittriebe der Krone ist heruntergebrochen, wahrscheinlich durch Schnee-, Eis- und Windlast; er liegt zerspellt am Boden, und im Stamm klafft eine riesige Wunde. Dort werden Baumpilze einziehen und das Zerstörungswerk fortsetzen. In zehn, fünfzehn Jahren wird es die Buche wahrscheinlich nicht mehr geben, jedenfalls lebendig. Das ist bedauerlich, aber die nächste Generation steht ja schon bereit; junge Buchen in allen Größen, rings um den Mutterbaum locker verstreut, lauern scheinbar nur darauf, dass die alte Dame endlich Platz macht, und aus dem Laub des Vorjahres, das den Erdboden in einer dicken Schicht weit bedeckt, recken sich zarte Buchenkeimlinge und halten ihre dunkelgrünen

Keimblätter wie Parabolantennen ins Licht – soweit ich sehe, ist also alles in bester natürlicher Ordnung.

Der Weg wird breiter, als er die Gipfelebenheit erreicht. Der Wald tritt zurück und lichtet sich; es sind vor allem Birken und Kiefern, die in der flachen Bodenkrume noch ein Auskommen und genügend Halt finden, um den rauen Winden hier oben standzuhalten.

Linkerhand die Konradnadel. Eine dünne, steile Felssäule, nur wenige Meter vor dem Wilkensteinmassiv frei stehend, sticht fast sechzig Meter schnurgerade gen Himmel. Einst einer der bekanntesten und beliebtesten Kletterfelsen der Umgegend, aber auch recht anspruchsvoll: Kein Weg unter der Schwierigkeit sechs. Wegen Einsturzgefahr jedoch seit vielen Jahren schon für Begehungen gesperrt; der Nadelkopf droht abzustürzen.

Mein Vater war einige Male dort oben. Das Klettern war sein Ausgleich für die Arbeit im Berg. Im doppelten Sinn: Er sagte, wenn er aus dem Schacht komme, aus der Enge im Erdinneren, möchte er am liebsten sofort hinauf in luftige Höhen.

Die glückliche Wiederkehr aus der Tiefe war ihm nicht genug. Auch die Erde wollte er weit unter sich lassen.

Aber vielleicht hat er die beiden Extreme einfach geliebt und die Gefahren, die sie so verschieden bergen, als eine willkommene Herausforderung angesehen.

Mit dem Prohaska-Helmut, seinem Kollegen und Freund schon seit der Lehrzeit, ging er auf Klettertouren. Manchmal durften Rico und ich die beiden begleiten. Rico stieg schon erste einfache Wege am Fels, ich aber musste zusehen. „Bist noch zu klein, Nikola, kommst doch noch nicht richtig ran an die Griffe und Tritte. Nächstes Jahr bist du groß genug."

Es hatte nicht sollen sein.

Am nordöstlichen Ende der Ebenheit steige ich eine schmale Eisentreppe hinauf und erreiche die Mathildenhöhe, die berühmte Panorama-Aussicht vom Kleinen Wilkenstein.

Was für ein Anblick! Tief unter mir Wälder, Wiesen und Weiden. Der große Elbebogen vor Fürstenstein. Dahinter erhebt sich das Elbsandsteingebirge in seiner ganzen Pracht. Lilienstein, Königstein, Gohrischstein – die bekannten Tafelberge stehen wie zur Parade aufgereiht. Und die Gans, die Lokomotive, das Lamm und wie sie alle heißen, die berühmten Kletterfelsen im Rathener Grund. Weiter südlich die Schrammsteine. Die Affensteine. Und am Horizont ragt, kaum auszumachen im Dunst, der Kegel des Großen Winterberges empor.

So oft ich hier auch schon stand, ich bin von dem Anblick jedes Mal aufs Neue vollkommen überwältigt. Ich könnte Stunden hier zubringen, diese Aussicht würde mir nicht langweilig. Was für ein Panorama. Einzigartig. Wirklich ein Grußpostkartenblick.

Omas Postkartensammlung mit so vielen wundervollen Ansichten der Umgegend, teilweise über hundert Jahre alt. Was mag aus ihr geworden sein? Ob die Mutter sie aufbewahrt hat?

Im Frühjahr 1978 verstarb der Opa an einer schweren Lungenentzündung. Anfang März. Seit Ende Januar hatte er gelegen, erst zu Hause, dann im Bad Lindenauer Krankenhaus. Beim Holz machen nach Neujahr hatte er sich übernommen. Zuviel gerackert bei eisiger Kälte. Und dabei wohl auch zu viel geschnäpselt mit dem Klauschke-Bruno und den anderen Forstleuten.

Die Oma lebte nun allein auf dem Hof, und es ging ihr gar nicht gut dort. Der Verlust bekümmerte sie sehr. Sie litt unter der Stille und Einsamkeit in den Räumen, die so viele Jahre ihrer beider Lebensräume gewesen waren und jetzt ständig Erinnerungen an den Verstorbenen wachriefen. Dazu kam die kleine Landwirtschaft, die sie nun allein zu bewältigen hatte – mit all dem war sie bald völlig überfordert. So kam es, dass wir im September des Jahres wieder nach Rauschendorf zogen.

Ich war überglücklich. Ich war wieder daheim.

Nun kann man aber, wie die alten Griechen sagten, niemals an denselben Ort zurückkehren, den man verlassen hat. Damals wusste ich das noch nicht. Ich konnte es allerdings bald ahnen. Denn Paulick zog mit uns.

Bussardschreie. Über der grünen Ebene tief unter mir kreist langsam ein Pärchen. Ansonsten ist es still.

Was gibt es von hier aus nicht alles zu sehen.

Weit im Nordosten ist auf einer Anhöhe mitten in den Wiesen ein Wäldchen zu erkennen. Das ist die Franzosenschanze bei Hohnstein, vielmehr das, was von ihr übrig blieb. Dort standen im August 1813 Napoleons Kanonen. Deckten von da aus die Straße hinab ins Elbtal und den Flussübergang bei Fürstenstein. Die französische Armee unter General van Damme ging dort über den Fluss und nahm hier, auf der rechten Elbseite, ihren Weg durchs Gebirge hinüber ins Böhmische.

Auf dem Kamm im Südwesten, entlang der Fürstensteiner Landstraße, jetzt der Bundesstraße 172, hatten sich die Verbündeten Preußen, Russen und Österreicher unter der Führung des Herzogs Eugen von Württemberg – ein Denkmal nahe der Straße zeigt seine Büste – verschanzt; auf einer Linie, die von den Neustruppener Höhen über Krietzschwitz bis zum Sonnenstein bei Pirna reichte, stellten sie sich den Franzosen entgegen. Zwei Tage lang wurde dort erbittert gekämpft. Meinholds Wanderkarte von 1910 gab noch unweit des kleinen Gehöfts an der Straße nach Struppen ein ehemaliges Franzosengrab an.

Drüben am Rauschenstein liegt, verborgen in den dicht bewaldeten Felsgründen, eine kleine Höhle. Dort versteckten sich die Rauschendorfer Bauern im Dreißigjährigen und im Nordischen Krieg vor den Schweden. Inschriften im Stein aus jenen Tagen sind dort heute noch zu finden.

Was gibt es noch zu sehen?

Der flache Fels auf dem langen Grat vor dem Großen Wilkenstein heißt Jungfernsprung. Von dort hat sich im Dreißigjährigen Krieg ein Mädchen von sechzehn Jahren verzweifelt in den Tod gestürzt. Auf der Flucht vor plündernden, mordenden und vergewaltigenden Landsknechten.

Die Baumreihe zwischen den Feldern im Südosten markiert den Verlauf der alten Fürstensteiner Landstraße. Sie überquert kurz vor Liebenau, dem kleinen Dorf da in der Senke hinter den Feldern, einen kleinen Bach, das Wiesenwasser. Neben der Brücke steht ein Kreuz aus Sandstein am Weg. Ein Sühnekreuz. Vor fast zweihundert Jahren fand man unter der Brücke einen toten Handwerksgesellen. Erschlagen und bis aufs Hemd ausgeraubt. Sein Mörder wurde nie gefasst.

Und über dem großen Feld an der Straße von Cunnerswalde nach Hartmannsdorf ist im April 1945 ein Bombenflugzeug der Royal Air Force abgestürzt. Eine riesige Lancaster, abgeschossen im Luftkampf. Vor wenigen Jahren erst wurden die Reste des Flugzeugwracks geborgen. Ein Gedenkstein im Feldrain nennt seitdem die Namen der acht britischen Soldaten, die hier gefallen sind. Kanadier seien es gewesen, erzählte der Opa, ganz junge Burschen noch.

Eine einzigartige Landschaft. Und andererseits auch nicht – das ist eine Frage der Perspektive. Oder anders gesagt: Der Grußpostkartenblick ist eine schöne Ansicht. Man kann sich mit ihr begnügen. Oder auch nicht.

Es gibt eine Geschichte, die auch in diese Landschaft gehört. Die möchte ich erzählen, hier und jetzt. Denn ich bin der einzige Mensch, der sie erzählen kann – jedenfalls vollständig.

Von Cunnerswalde klingt das Mittagsläuten herauf. Mal sehen, was der Wirt vom Lindenhof heute aufzutischen hat.

2. Teil

9

Große Pläne. Am Anfang hatten Oma, Mutter und Paulick große Pläne.

Das alte Bauernhaus sollte komplett renoviert, die Scheune und der Stall zu einem Wohnhaus ausgebaut werden. Keine Kuh mehr, keine Schafe, keine Karnickel. Nur eine Schar Hühner sollte bleiben.

Das war das erste, was mir nicht gefiel. Opas Hof ohne Tiere? Max und Moritz, Thea und Carola, und wie unsere lieben Viecher alle hießen, fort? und Das konnte ich mir nicht vorstellen.

Aus der Scheune und dem Stall – das war ein Gebäudekomplex – sollte ein großes Wohnhaus entstehen. Dort würde die ganze Familie, auch die Oma, einziehen. Dann käme das Haus dran. Modernisiert und ausgebaut sollte es werden, zum Ferienhaus für Sommergäste. So kämen die Baukosten wieder herein, nach und nach. Das waren in etwa ihre Vorstellungen.

Wäre es nach mir gegangen, wäre alles so geblieben wie es war, ich fand's gut so. Allerdings sah auch ich ein, dass wir mehr Platz brauchten. Und dass die Gebäude erhalten werden mussten. Warum also nicht von Grund auf renovieren, anstatt immer nur zu flickschustern?

Große Pläne. Alles würde viel Geld, Zeit und Mühe kosten.

Mit dem Geld stand es überraschenderweise gar nicht so schlecht. Opa hatte einen heimlichen Notgroschen für Haus und Hof angelegt, ein Sparbuch, das er sogar der

Oma verheimlicht hatte. Dieses Geld sollte nun für den Bau verwendet werden.

Dennoch würde es kaum für mehr als das nötigste Material reichen. Allein schon deshalb, weil Baumaterial damals schwierig zu beschaffen war; ohne Beziehungen ging da fast gar nichts. Und dabei kostete es am Ende viel mehr als den Ladenpreis – daran waren die vielen Schmierstellen schuld, die unterwegs bedient sein wollten.

Zeit: Wir rechneten damit, den gesamten Umbau in vier bis fünf Jahren zu schaffen. Allein aus eigener Kraft, in Feierabend- und Wochenendarbeit. Denn Baubetriebe für solche Arbeiten gab es kaum; ohnehin hätten wir eine Firma nicht bezahlen können, und eine Feierabendbrigade konnten wir uns erst recht nicht leisten.

Viele Mühen und Anstrengungen lagen vor uns, gewiss. Zugleich aber winkte die Aussicht auf ein schönes neues Heim. Die spornte uns an.

Um den Papierkram – Baupläne, Bauanträge, Genehmigungen und all das – kümmerte sich die Oma; Schriftverkehr mit Ämtern und Behörden war kein Problem für die niederschlesische Kaufmannstochter. Die Baupläne erstellte uns Herr Liebermann, ein freier Architekt im Ruhestand. Er besaß am Dorfrand, nicht weit von uns, ein Wochenendhaus. Ein netter alter Herr, wir kannten ihn gut. Der Opa hatte manchmal für ihn kleine Handwerksarbeiten in Haus und Hof ausgeführt und im Winter immer auf dem Grundstück nach dem Rechten gesehen.

Nach etwa einem Jahr lagen alle nötigen behördlichen Genehmigungen vor. Erstaunlich schnell, denke ich im Nachhinein, aber damals war die für Wohnungsvergaben zuständige staatliche Behörde froh, wenn sich jemand in Eigeninitiative, wie man das nannte, selbst neuen Wohnraum schuf und ihr nicht ständig wegen einer besseren und größeren Wohnung in den Ohren lag.

Der Anfang war leicht – Abrissarbeiten. Hinzu kam die für jeden Anfang einer großen Arbeit typische Begeisterung. Wir waren voller Schwung und Elan, die Arbeit ging flott von der Hand, das Wetter spielte mit – so kamen wir schnell vorwärts. Innerhalb von zwölf Wochen – das war der Sommer 1979 – bekam die Scheune ein nagelneues Dach. Im Erdgeschoss glänzte ein frisch gestampfter Betonfußboden. Alte Mauern waren abgebrochen worden. Auf dem Hof lagerten zwei große Stapel Ziegelsteine – sauber geputzte Abbruchsteine, neue waren ja kaum zu kriegen; Ricos und meine Arbeit über die Sommerferien. Aus den alten Wänden würden neue entstehen.

Zudem halfen uns in jenem Sommer viele Leute, Freunde und Kollegen von Mutter und Paulick. Im Herbst ließ das Tempo etwas nach, dennoch stand Anfang Dezember der Rohbau komplett fertig. Im Erdgeschoss heftete Jürgen, der Elektriker aus dem Fürstensteiner Bahnbetriebswerk, eifrig Kabel an die Wände; noch vor Weihnachten wollten wir mit dem Verputz anfangen.

Dann starb der kleine Niklas. Ganz plötzlich. In der Nacht auf den 16. Dezember. Nicht mal ein Jahr wurde er alt.

Jetzt, da ich darüber nachdenke, fällt mir auf, dass ich auch an meinen Halbbruder keine richtige bildliche Erinnerung habe. Ich weiß, dass es ihn gab; ich sehe den Kinderwagen auf dem Hof stehen, sehe die Mutter mit ihm im Arm, und ich sehe den süßen kleinen Kerl auf der Wickelkommode liegen und quietschvergnügt strampeln aber er bleibt gesichtslos wie mein Vater. Warum ist das so?

Vielleicht, weil er nur so kurze Zeit auf der Welt war.

Mutter und Paulick hatten irgendwann geheiratet, ich weiß nicht mehr wann. Sie taten 's heimlich, ohne Feier, allein und nebenbei. Ebenso beiläufig teilten sie's uns irgendwann mit; die Oma war darüber, wie sagt man, nicht amüsiert.

Sei's drum. Im Februar 1978, am 15., glaube ich, kam Niklas zur Welt.

Paulick freute sich riesig über seinen kleinen Sohn. Niklas war sofort sein ein und alles, sein Herzblatt, sein Allerliebstes; das sagte er allen und jedem, und es war für niemanden zu übersehen.

Niklas' Tod war für uns alle ein Schock. Der Doktor erklärte, er sei im Schlaf gestorben. Einfach so. Mitten in der Nacht habe sein Herz plötzlich aufgehört zu schlagen.

Mutter fand ihn am Morgen kalt und regungslos in seinem Bettchen. Sie rief sofort den Notarzt. Der konnte jedoch nur noch Niklas' Tod feststellen. Anzeichen für eine Erkrankung fand er keine.

Wahrscheinlich starb der Kleine eines plötzlichen Kindestodes. Heute ein bekanntes Phänomen. Aber damals noch wenig geläufig.

Und Paulick kam am Morgen ahnungslos von der Nachtschicht.

Er litt fürchterlich. Mehr als Mutter, glaube ich. Und besonders machte ihm zu schaffen, dass es für Niklas' Tod keine überzeugende Erklärung gab.

Mutter und Oma half, wie schon nach Vaters und später auch nach Opas Tod, ihr Glaube. Ihr tiefes Vertrauen in eine von Gott gefügte gerechte Ordnung dieser Welt und in die Heilsbotschaft Jesu Christi. Für sie war Niklas' Tod, so unverständlich das auch mir und anderen anmutete, ein Teil des göttlichen Weltenplans. Die Oma sagte: „Irgendetwas Besonderes hat der liebe Gott mit unserem Niklas vor, sonst hätte er ihn doch nicht zu sich gerufen."

Für sie war Niklas nicht tot und erst recht nicht verloren – er war gerettet. Er war nun im Himmel. In Gottes unmittelbarer Obhut. In diesem Glauben fanden Oma und Mutter in ihrer Trauer einen tiefen Trost.

Paulick hatte keinen Glauben. So war er seinem Schmerz völlig hilflos ausgeliefert.

Damals tat er mir sehr leid.

Drei Tage vor Heiligabend trugen wir den Kleinen zu Grabe. Es war ein heller und freundlicher Vormittag. Milder Sonnenschein von einem fast blauen Himmel, nur feine Schleierwolken in großer Höhe. Kein Frost, aber ein kalter, böiger Wind ging. Ich wollte gefasst sein, gelassen wirken, fing aber fürchterlich an zu heulen, als der winzige weiße Sarg in das Grab hinab gesenkt wurde.

Am Nachmittag zogen Wolken auf, eisengrau und schneeschwer. Der Wind legte noch etwas zu, es wurde rasch merklich kälter. In der Dämmerung fing es zu schneien an.

Es war ein entsetzlich trauriges, düsteres Weihnachten. Das schlimmste meines Lebens, dachte ich damals.

Aber es war leider erst der Anfang.

Vielleicht wäre manches anders gekommen, wenn der Winter jenes Jahres nicht so ungewöhnlich hart gewesen wäre, so bitterkalt und lang. Aber das ist eine müßige Spekulation. Und ich möchte nicht der Witterung eine Schuld geben, die ihr kaum zukommt. Der strenge Winter kann weder die Erklärung noch die Entschuldigung für all das sein, was dann geschah.

Winter '78 auf '79: Schneestürme und gewaltige Schneeverwehungen, vor allem in Norddeutschland; Eisenbahn- und Straßenverkehr kamen dort zeitweise völlig zum Erliegen. Dörfer in Mecklenburg, Niedersachsen und Schleswig-Holstein waren tagelang unerreichbar. Menschen verirrten sich in Schneestürmen und erfroren.

Stromausfälle, Heizungen auf Sparflamme mangels Kohle: Schulfrei und Abende in dicken Wollsachen bei Kerzenschein. Ganz Deutschland war wochenlang im Ausnahmezustand.

Als ein Katastrophenwinter ging er in die Geschichte ein, hüben wie drüben.

In unsere Geschichte auch.

10

Silvester betrank Paulick sich zum ersten Mal. So richtig, meine ich. Fing schon nachmittags damit an. Mutter hatte Spätdienst auf dem Stellwerk, gegen Mittag verließ sie das Haus. Ich fuhr mit der Oma gleich nach dem Essen zum Friedhof, wir stellten an den Gräbern von Vater, Opa und Niklas Kerzenlämpchen auf. Gegen halb vier waren wir wieder zu Hause. Rico kam uns gerade die Treppe herab entgegen, er verschwand zu einer Silvesterfeier mit seinen Kumpels vom Fußball und der freiwilligen Feuerwehr. Claudia lag in Omas guter Stube auf dem Sofa vorm Fernseher.

Oma bereitete den Vesperkaffee, ich deckte den Tisch. Da hörte ich Paulick die Treppe herunterkommen. Ich dachte, heute möchte er wohl auch eine Tasse Kaffee trinken – in den letzten Tagen war er kaum zu den Mahlzeiten erschienen –, aber dann hörte ich die Haustür zuschlagen. Aus dem Küchenfenster sah ich ihn über den Hof gehen und im Bau verschwinden. Er trug Arbeitssachen, anscheinend wollte er irgendeine dringende Arbeit noch zu Ende bringen im alten Jahr – kein schlechter Gedanke. So zog ich mir nach dem Vespern auch meine Arbeitsklamotten an und ging hinüber; vielleicht könnte ich ihm ja zur Hand gehen. Und wenn nicht, fände ich gewiss schon irgendetwas zu tun für mich allein.

Es war seltsam still im Bau, das fiel mir sogleich auf. Dass das Radio nicht lief, war nicht verwunderlich, es schwieg fast immer seit Niklas' Tod. Aber ich hörte keine Arbeitsgeräusche, keine Hammerschläge oder das Scharren der Schaufel im Mörtelkasten, nichts. Ich rief nach Paulick, erhielt aber keine Antwort. Ich ging langsam den

Flur entlang, schaute in alle Räume. Fand ihn schließlich in der Küche auf einem Schemel hocken, Bierflasche in der Hand, Kasten auf dem Boden. Und im Mörteleimer stand 'ne Flasche Schnaps. Klarer. Wismutfusel. Als ich ihn fragte, ob ich ihm bei etwas helfen könnte, schwieg er. Sah mich nicht mal an. Blickte abweisend durchs Fenster auf den Hof. „Lass mich in Ruhe und verschwinde", zischte er nur, als ich ihn noch einmal fragte. Ich verkniff mir eine Antwort. Ließ ihn in Ruhe und verzog mich nach nebenan ins neue Bad, hängte mir die Kabellampe auf und pinselte die Rohrleitungen mit Rostschutzfarbe. Machte damit in der Küche weiter, als ich im Bad fertig war. Er hockte stumm da und trank vor sich hin, die ganze Zeit. Und rauchte, eine Zigarette nach der anderen, warf die Kippen achtlos auf den schönen neuen Fußboden. Aber ich ließ ihn in Ruhe, ich wusste ja, dass es ihm nicht gut ging. Ich brachte meine Arbeit zu Ende und verschwand wieder. Die Lampe ließ ich hängen. Abends gegen halb acht wollte ich ihn zum Abendessen holen. Er fixierte mich mit seinen kleinen, kohlrabenschwarzen Vogelaugen, blaffte mich giftig an mit schon deutlich schwerer Zunge: „Hau ab! Brauch' euer Fressen nich!"

Oma schickte Claudia nach acht ins Bett. Ich setzte mich zu Oma in die Stube vor den Fernseher. Mutter kam gegen elf vom Dienst. Schaute uns verwundert an, fragte, wo Paulick sei. Oma zog nur ein Kummergesicht und deutete mit einem Kopfnicken zum Bau hinüber. Mutter eilte hinaus.

Es war ganz still im Zimmer, als sie gegangen war. Wir schwiegen, die Oma und ich, und lauschten angespannt nach draußen. Es lag doch etwas in der Luft, den ganzen Nachmittag schon, es knisterte regelrecht.

Und dann ging drüben das Theater los.

„Lass mich in Ruhe! Lasst mich doch alle in Ruhe, ihr blöden Arschlöcher! Hau ab, du blöde Kuh!"

Dummes, böses, besoffen vernuscheltes Geplärr, kaum zu verstehen. Dann klirrte Glas.

Ich sprang auf, rannte in Hausschuhen auf den Hof, wunderte mich ganz nebenbei über den vielen Schnee, der in den letzten Stunden gefallen war, stapfte hinüber zum Bau und schaute durch das Fenster.

Wahrscheinlich hatte er eine Flasche auf den Boden oder gegen die Wand geworfen. Er hockte noch immer auf dem Schemel, hielt den Kopf gesenkt, weinte und schluchzte, eine Hand vor den Augen. Mutter beugte sich über ihn, legte ihm sanft ihre Hand auf die Schulter; er stieß sie grob von sich weg, so dass sie rückwärts gegen die Wand taumelte, und schrie sie an: „Hau ab, du dämliche Fotze! Verschwinde! Du hast mein Kind sterben lassen! Du bist dran schuld, dass mein Sohn tot ist!" Dann warf er eine leere Flasche nach ihr, verfehlte sie jedoch, besoffen wie er war.

Ich war entsetzt. Dachte, meinen Ohren und Augen nicht trauen zu dürfen.

Mutter stand erschrocken. Fassungslos. Ihre Hände lagen flach auf dem rauen, unverputzten Mauerwerk, als suchten sie nach einem Halt. Dann fing auch sie an zu weinen.

Was das neue Jahr bringen würde, war bereits deutlich abzusehen.

11

Vielleicht hätte er sich mit Arbeit betäuben können. Aber der Winter war, wie schon gesagt, lang, schneereich und bitterkalt. Kein Wetter für den Bau. So lungerte er an seinen freien Tagen nur herum, schwieg uns alle vorwurfsvoll an und starrte finster vor sich hin. War immer öfter mit der Flasche bei der Hand. Dann gab's selbstmitleidiges Gejammer, Zank und Streit mit Oma, Mutter und uns Kindern. Immer dieselbe Leier: „Ihr seid dran schuld, dass mein Junge tot ist, alle miteinander!" Am Ende hockte er besoffen da und heulte Rotz und Wasser. Es war schrecklich.

Irgendwann erwischten sie ihn betrunken auf der Lok. Beim ersten Mal kam er mit einer Verwarnung davon. Dann überfuhr er ein Haltesignal, verursachte einen Unfall. Zum Glück kam kein Mensch zu Schaden, aber nun gab's kein Pardon mehr, er musste runter von der Maschine. Aus und vorbei war's mit dem Fahrdienst. Endgültig. Das war im Sommer.

Fortan arbeitete er in der Werkstatt, als Schlosser und Wart. Ein halbes Jahr später etwa war auch damit Schluss, diesmal schmiss Paulick selber hin. Er fand eine Anstellung als Hausmeister im Heimatmuseum in Liebenau. Mit dem Fahrrad eine halbe Stunde. Immerhin eine geregelte Arbeit.

Da war schon lange Ruhe auf dem Bau. Es kam auch keiner mehr von den alten Freunden. Die hatte er alle längst vergrault, weil er ständig Streit vom Zaun brach, wenn er etwas getrunken hatte, und sich auch mit ihnen nur noch in den Haaren lag.

Anderthalb Jahre nach Niklas' Tod war ich mit der Schule fertig und fing meine Lehre an. Natürlich im Forst – ich wollte Försterin werden. Was sonst.

Der erste Schritt auf dem Weg dorthin war die Ausbildung zum Forstfacharbeiter. Ende August zog ich deshalb um nach Grillenburg am Tharandter Wald, wohnt fortan im Internat der Forstschule. Selten nur fuhr ich heim; die Eisenbahnverbindung war umständlich und die Fahrt somit lang – was sollte ich auch dort. Im Sommer hatte ich zudem Alexander kennengelernt, wir beide wurden bald ein Paar. Er wohnte in Rabenau, das lag nicht weit von Grillenburg. Klar, dass ich viel lieber jede freie Minute mit ihm verbrachte.

In den Weihnachtsferien kam ich nach Hause. Ich bemerkte verwundert, dass die Mutter eine dunkel getönte Brille trug. Dann sah ich die braungrünen Flecken auf den Wangen und am Hals. Ich war sprachlos und wollte es nicht glauben.

Mutter weinte nur still, als ich sie schließlich nach dem für alle so Offensichtlichen fragte.

„Das kannst du dir doch nicht einfach gefallen lassen, Mama!" Ich war ziemlich erbost. Zornig. Sie sagte: „Das verstehst du nicht. Was soll ich denn tun deiner Meinung nach? Ihn bei der Polizei anzeigen? Das geht doch nicht. Er ist doch mein Mann."

Sie behauptete, es sei nur ein Ausrutscher gewesen. Ein übler, gewiss, aber Paulick werde sich schon wieder beruhigen. Das dauere halt seine Zeit.

Oma ging weniger schonend mit ihm ins Gericht. Anfangs war sie fürchterlich wütend auf Paulick. Sie hatte keine Angst vor ihm und stellte ihn einige Mal zur Rede. Vergeblich. Manchmal hätte sie ihm wohl am liebsten das Haus verboten, aber sie wusste, dass das die Mutter niemals zugelassen hätte. Fortan strafte sie ihn mit stiller

Verachtung und vermied jede Begegnung mit ihm. Sie gab sich gefasst, war jedoch zutiefst betrübt. Aber was konnte sie tun? Sie ging viel in die Kirche und auf den Friedhof. Suchte und fand Trost im Gebet. „Leid führt zum lieben Gott, mein Kind." Sie klagte nicht. Nur einmal sagte sie verbittert zu mir: „Ein Glück, dass das der Opa nicht mehr erleben musste."

Ich sprach mit Rico, der inzwischen ausgezogen war und bei seiner Freundin in Fürstenstein wohnte, über all das. Er war schrecklich aufgebracht. Er schimpfte auf Paulick, aber auch auf die Mutter, weil sie Paulicks Demütigungen und Misshandlungen anscheinend stillschweigend ertrug und gar nichts gegen ihn unternahm. Er sorgte sich vor allem um Claudia.

„Ich hab' einfach Angst, dass er irgendwann auch der Claudi was antut", sagte er. „Wenn da die Mama auch so lasch ist? Ich hau' den Kerl windelweich, sag' ich dir!"

„Die Oma ist doch auch noch da", versuchte ich ihn zu beruhigen, „und vielleicht fängt er sich ja wirklich wieder, wie die Mama meint."

Rico schüttelte energisch den Kopf. „Fang du nur auch noch so an! Die Mama macht sich doch bloß was vor. Das ist 'n versoffner Mistkerl! Der hat's faustdick hinter den Ohren, glaub' mir; der verstellt sich bloß, damit die Mama ihn nicht rausschmeißt."

Ganz so streng wie Rico sah ich es nicht. Ich meinte in diesem Moment sogar, für Paulick eintreten zu müssen. Weil alle über ihn herfielen. Aber ich wusste nichts zu seiner Verteidigung zu sagen. So schwieg ich.

Paulick ließ sich während der Feiertage kaum blicken, er ging uns offensichtlich aus dem Weg. Keine Ahnung, wo er sich herumtrieb. Vielleicht schämte er sich. Keine zehn Worte wechselte ich mit ihm.

Mutter hatte, wie sollte es auch anders sein, nur einen einzigen Tag frei. Oma schuftete in der Küche, aber wofür? Es war doch kaum jemand da zu den Mahlzeiten, geschweige denn, dass wir mit Appetit und Freude aßen. Frohe Weihnachten.

Das war doch keine Familie mehr.

Warum ertrug die Mutter das alles? Warum mutete sie uns das zu? Und nahm Paulick obendrein noch in Schutz? Das habe ich damals überhaupt nicht verstehen können. Und verstehe es auch heute nur zum Teil.

Denn ich glaube, dass es wahrscheinlich nicht zum Äußersten gekommen wäre, wenn Mutter sich von Paulick nicht alles hätte gefallen lassen. Ja, ich gebe meiner Mutter eine Mitschuld, sie liegt in ihrem Nichtstun. Alles verstehen und gar alles verzeihen! Auf die Art ermuntert man solche Typen doch noch!

Aber ich habe ihr das nie vorgeworfen und ihr auch längst verziehen. Sie hatte weiß Gott genug Kummer.

Ich verlasse den Wald und laufe nun zwischen Feldern hindurch. Wintergerste rechts und links, sie ist arg ausgewintert und sprießt nur kümmerlich – „Ach, wenn es doch endlich wollte wärmer werden!", seufzte die Oma so manches Mal, wenn ein gar zu langer Winter die Schmerzen in ihren vom Rheuma entzündeten Knien zu einer nicht enden wollenden Qual anwachsen ließ.

Ich bleibe stehen und drehe mich um. Schaue nach links hinüber zu den schroffen Wänden des Großen Wilkensteins. Schwarz und kalt abweisend blicken die lotrechten Wände zurück. Schrägen und Felsvorsprünge heben sich dunkelgrau davor ab, und als grauweiß verwitterte Steinhäupter zeigen sich die Gipfel der dem Felsmassiv vorgelagerten Türme und Pfeiler.

Hinter dem Berg liegt Rauschendorf. Liegt der Hof meiner Großeltern.

Ich weiß gar nicht genau zu sagen, was aus ihm geworden ist. Ich glaube, Mutter hat ihn an eine Familie aus Hessen oder Franken verkauft, kurz nach der Wende; nach Omas Tod wollte sie dort nicht allein leben.

Von uns Kindern wollte ihn ja keiner haben.

Und die Hiesigen haben sich auch nicht um den heruntergekommenen Hof gerissen.

12

Als ich mit der Berufsausbildung fertig war, kehrte ich
nicht nach Rauschendorf zurück. Ich war neunzehn Jahre
alt und wollte meine eigenen Wege gehen. Ich bekam
eine Anstellung als Forstgehilfin beim Forstamt Freital
und zog mit Alexander nach Freital-Burgk in eine winzige Wohnung unterm Dach, anderthalb Zimmer mit Küche
im Korridor und Plumpsklo im Treppenhaus. Gewiss
nicht der Traum von einem Zuhause, aber immerhin der
Anfang eines selbständigen Lebens. Meine Träume von
der Zukunft waren recht simpel: So bald wie möglich ein
Studium an der Forstakademie in Tharandt beginnen. Mit
Alex und zwei oder drei Kindern in einer glücklichen
Familie in einem friedlichen Zuhause leben. Ohne Zank
und Streit. Ich wollte alles andere, die Familie, die keine
mehr war, hinter mir lassen.

Später habe ich oft darüber nachgedacht, ob all das geschehen wäre, was letztlich geschah, wenn ich nach Rauschendorf zurückgekehrt wäre. Arbeit gab es ja auch im
dortigen Forst mehr als genug, und gewiss hätten wir
auch für Alex – er war Landmaschinenschlosser von Beruf – eine passende Arbeitsstelle gefunden. Wir hätten uns
vielleicht fürs erste im angefangenen Ausbau einrichten
und ihn nach und nach fertigstellen können.

Damals, als die Ereignisse eskalierten, warf ich mir vor,
mich blind gestellt zu haben und feige geflohen zu sein.

Aber jetzt will ich darüber nicht mehr nachdenken, das
habe ich lange genug getan. Es ist nun mal so gekommen,
wie's gekommen ist. Daran ist nichts mehr zu ändern.

Ich höre die Oma sprechen: „Schicksal, mein Kind,
sagen die einen. Ich sage: Gottes Wille."

Ach Oma. Manchmal habe ich dich um deinen Glauben beneidet. Denn er hat dir sicherlich einige Dinge im Leben leichter gemacht.

Ich hingegen glaubte weder an ein vorbestimmtes Schicksal noch an einen göttlichen Willen. Wenn es denn eine Maxime gab, der ich vielleicht folgen konnte, dann jene, in der sich, sehr zu Omas Kummer, Opas Religiosität erschöpfte: „Hilf dir selbst, so hilft dir Gott!"

13

Grundwehrdienst in der Nationalen Volksarmee – weiß einer nicht, wie das war?

Anderthalb Jahre in eine Kaserne gesperrt, meistens weit weg von zu Hause. In jedem Halbjahr stand den Jungs regulär nur zweimal Urlaub zu, sieben Tage und drei Tage. Höchstens zweimal die Woche bekamen sie Ausgang, von etwa vier Uhr nachmittags bis Mitternacht. Nur wer immer schön brav war, erhielt auch mal Sonderurlaub übers Wochenende oder den Ausgang bis früh um sechs verlängert.

In den ersten Wochen und Monaten hatten die Rekruten ziemlichen Stress – Grundausbildung, Spezialausbildung, Geländeübungen und Manöver, aber ab dem zweiten Diensthalbjahr bestimmten zunehmend Routine und Langeweile den Alltag. Bald warteten alle nur noch genervt auf das Ende der Dienstzeit und zählten die Tage bis dahin. Manche fingen aus Frust an zu trinken. Zwar war Alkohol in den Kasernen verboten, aber die Jungs waren erfinderisch – irgendwie schafften sie es immer, Schnaps hineinzuschmuggeln.

Alexander erwischte es Anfang November '82. Drei Wochen nach seinem neunzehnten Geburtstag.

Er wurde weit weg verbracht. Mitten hinein in eine riesige Pampa im nordöstlichen Mecklenburg, zirka fünfundzwanzig, dreißig Kilometer vor der Ostsee. Drögeheide hieß das Kasernenkaff; ein winziges Dorf, in dem nur Armee hauste, entweder in der Kaserne oder in der Siedlung daneben. Und ringsum nichts als ein riesiges Truppenübungsgelände aus Kiefernwäldern und Sandwüsten.

Urlaub hieß für ihn: Nach Hause einen ganzen Tag lang auf der Bahn, zurück ebenso. Dazwischen blieben zwölf, bestenfalls vierzehn Stunden. Was sollte er da erst losfahren. Da lohnte sich nur der Wochenurlaub, aber den bekam er ja nur einmal im halben Jahr. Viel zu wenig für eine junge Liebe.

Ich blieb im grauen, tristen November allein in Burgk zurück. Die ersten Wochen waren schrecklich. Ich sehnte mich geradezu schmerzhaft nach ihm, vermisste ihn so sehr. Hoffte jeden Tag auf Post, aber er schrieb nur wenig.

Zu Weihnachten habe ich ihn besucht, genau am Heiligabend; als Neuling und ledig zudem bekam er da doch keinen Urlaub.

Ich fuhr in der Morgendämmerung von zu Hause los und kam erst spät am Abend in Drögeheide an; ich hatte schon Angst, dass ich gar nicht mehr eingelassen werde in die Kaserne. Die Zugfahrt war eine einzige Katastrophe; immer wieder hielt der Zug auf offener Strecke, weil eingefrorene Weichen, zugeschneite oder verwehte Gleise oder sonst irgendwelche Schäden an den Bahnanlagen die Zugfahrten behinderten; es kam mir fast wie ein Wunder vor, dass wir überhaupt noch am selben Tag ankamen.

Vom Bahnhof dann noch eine halbe Stunde mit dem Bus hinaus in die Wildnis. Draußen auf dem Land war es stockfinster, nirgends ein Licht. Unheimlich war das. Und ich bin sicher, ich habe in meinem ganzen Leben keinen Ort kennengelernt, der trauriger und trostloser war als das Besucherzimmer der Drögeheider Kaserne an diesem Weihnachtsabend.

Auch Alex gefiel mir überhaupt nicht. Blass sah er aus, und abgemagert war er. Er rauchte ziemlich viel, wirkte fahrig, nervös. Manchmal schien er weit weg in seinen Gedanken zu sein, während ich ihm etwas erzählte.

Natürlich waren wir froh, nach so vielen Wochen endlich wieder einmal zusammen sein zu können, aber es war eine gedämpfte Freude. Daran war nicht nur die triste Umgebung schuld.

Viel Zeit füreinander hatten wir ohnehin nicht; mein Zug nach Hause fuhr ja schon bald.

Ich kehrte mit gemischten Gefühlen heim. Ich freute mich sehr, bei ihm gewesen zu sein, aber daneben machte ich mir große Sorgen um ihn. Ja, ich hatte regelrecht Angst: Mein Alex geht mir dort vor die Hunde, fürchtete ich. Und wenn ich über die ganze Begegnung nachdachte, hatte ich das Gefühl, dass wir uns in diesen gerade mal acht Wochen der Trennung bereits fremd geworden waren. Das machte mich betroffen. Und traurig.

Die ganze Nacht wieder auf der Bahn. Warum um Gottes Willen hat man ihn so weit weg verschleppt? So fürchterlich weit weg von mir – als wäre die achtzehn lange Monate dauernde Zeit der Trennung nicht schon schlimm genug. Scheiß Armee. Verdammte, bekloppte, beschissene Armee! Ich war wütend. Fürchterlich wütend. Und dann traurig, weil ich nicht wusste wohin mit meiner Wut.

Und es tröstete mich überhaupt nicht, dass es nicht mir allein so ging, sondern dass alle Frauen, deren Männer, Freunde, Söhne, Brüder in jener, wie wir heute wissen, frostigsten Zeit des Kalten Krieges Soldaten wurden, dieses Schicksal mit mir teilten.

Es war schließlich unser Leben, Alexanders und meines. Niemand außer uns hatte ein Recht darauf.

Silvester bummelte ich am späten Abend allein durch die dunklen und verlassenen Burgker Straßen, stieg dann auf den Windberg, eine große Anhöhe im Süden des Städtchens, hinauf. Schaute in den Himmel und sehnsüchtig nach Norden und träumte vor mich hin. Nach elf Uhr kamen ein paar Mädchen und Jungen auf den Berg, alle etwa in meinem Alter; sie zündeten ein Feuer an, bereiteten sich Glühwein zu und stießen mit mir zur Mitternacht auf das neue Jahr an.

1983 hieß das. Es würde dahingehen, zwölf lange, einsame Monate, und auch noch die ersten vier Monate des nächsten Jahres – fast nochmal ein halbes Jahr! – würden vergehen, dann erst würde ich wieder mit Alexander zusammen sein. Ich muss wohl nicht sagen, wie sich diese Erkenntnis anfühlte.

In jenem Winter war ich oft auf den Skiern unterwegs. Streifte an den Wochenenden allein durch den Tharandter Wald und die Dippoldiswalder Heide. Dabei fand ich wieder zu klaren und vor allem zuversichtlichen Gedanken. Die körperliche Anstrengung tat mir in der Seele wohl wie nichts sonst. Meine Traurigkeit verlor sich, wenn ich über weiße Hänge glitt und durch tief verschneite Wälder stapfte. Dann hatte ich das Gefühl, dass mir die körperliche Kraft, die ich unterwegs verbrauchte, als seelische Stärkung doppelt und dreifach wieder zufiel, und ich war mir gewiss, dass ich mich von nichts und niemandem unterkriegen lassen würde. Auf diesen Skitouren erwuchs mir ein tiefes Selbstvertrauen, das mich sicher durch die düsteren und einsamen Winterwochen trug.

Ich wollte meinem Alex eine verlässliche Stütze sein. Täglich schrieb ich ihm einen Brief, manchmal auch zwei; er sollte jeden Tag ein zärtliches Wort von mir erhalten und immer wissen, dass ich ihn liebte und fest zu ihm stand. Denn seine größte Sorge war, wie er mir einmal gestand, dass ich ihn verlasse, weil mir die Zeit des Wartens auf seine Heimkehr zu lang würde.

Ich habe ihn nicht enttäuscht. Ich habe ihm die Treue gehalten und geduldig auf ihn gewartet, die ganzen anderthalb Jahre lang. Dass wir dennoch auseinander gin-

gen, nur kurze Zeit, nachdem er wieder nach Hause gekommen war, mag da vielleicht überraschen, aber das
gehört nicht mehr hier her. Das ist eine andere Geschichte.

14

Ende Januar erreichte mich ein Brief aus Rauschendorf. Meine Mutter schrieb mir.

All die Zeit, die ich von zu Hause fort war, hatte ich mit Oma, Mutter, und meinen Geschwistern schriftlich Kontakt gehalten. Keine besonders umfängliche Korrespondenz, aber wir wechselten immerhin ziemlich regelmäßig Briefe miteinander. Alles wichtige Neue wusste einer vom anderen.

Seit Alexander bei der Armee war, hatte ich allerdings nur noch selten nach Hause geschrieben. Meine letzte Nachricht war die Weihnachtspost gewesen, fiel mir ein, nicht mal Neujahrsgrüße hatte ich geschickt.

Ich freute mich sehr, als ich den Brief in der Hand hielt, ich fühlte mich sofort nicht mehr ganz so einsam. Und war zugleich in Sorge, er könne Unangenehmes berichten. Krankheit zum Beispiel. Oder neuen Ärger mit Paulick. Von dem Kerl wollte ich gar nichts wissen, der interessierte mich nicht im Geringsten.

Aber falscher Alarm. Mutter war in Sorge um mich, weil ich so lange nichts von mir hatte hören lassen; sie wusste ja, dass Alexander seit November Soldat war, sie wollte einfach wissen, ob bei mir alles in Ordnung sei. Wie es mir geht und wie ich zurechtkomme so allein.

Mutters Brief tat mir gut, so wunderbar gut. Mir wurde wohlig warm ums Herz und ich bekam ganz weiche Knie. Ich musste plötzlich an früher denken, an die Zeit, als der Vater noch lebte und wir eine richtige Familie waren.

Und Mutters Brief erinnerte mich an die Briefe, die ich als Kind morgens auf meinem Platz bei Tisch gefunden hatte. Die hatten auch immer so geendet: „Pass gut auf dich auf, mein Schatz. Ich habe dich sehr lieb. Deine Mama."

Es war seltsam. Mutters Brief berührte mich zutiefst. Er gab mir einen Trost, nach dem ich mich schon lange gesehnt hatte, ohne es zu wissen.

Ich schrieb noch am Abend zurück. Schrieb, dass ich am Freitagnachmittag hinauskäme auf einen Besuch übers Wochenende. Und wie sehr ich mich nach ihr und Oma und Claudi sehne und darauf freue, sie zu sehen.

Freitag. Also in vier Tagen.

So fügte sich schließlich alles zusammen zu jenem schrecklichen Wochenende, an dem die Ereignisse sich häuften und miteinander verhakten und letztlich in ein gespenstisches, tödliches Finale mündeten.

Damals und auch noch viele Jahre danach habe ich das ganze Geschehen als eine Verkettung verhängnisvoller Umstände angesehen. Als ein Schicksal, dem niemand zu entrinnen vermochte.

Wahrscheinlich konnte ich gar nicht anders, das war einfach ein Akt des Selbstschutzes.

Aber diese Sichtweise scheint mir heute zu einfach. Und sie entspricht nicht der Wahrheit. Ich will nicht bestreiten, dass man die Abfolge der Ereignisse in ihrer Dichte und gegenseitigen Abhängigkeit durchaus schicksalhaft nennen könnte. Entscheidend für eine Bewertung ist aber, so meine ich heute, die Lösung dieser – ja, meinetwegen – schicksalhaften Verstrickung.

Und die geht allein auf meine Kappe. Weder trägt daran das Winterwetter eine Schuld, noch die Topographie der Landschaft. Ebenso wenig irgendeine Schnapsbrennerei. Auch nicht eine wahrscheinlich längst untergegangene und vergessene Amateur-Rockband. Geschweige denn Napoleon Bonaparte, der berühmte Kaiser der Franzosen.

3. Teil

15

Kurz hinter Walthershütte hielt der Zug erneut. Ich glaube, es war mittlerweile der dritte Halt auf freier Strecke, gezwungenermaßen; die Schneemassen, die seit dem Morgen unausgesetzt von Himmel fielen, behinderten den Zugverkehr überall im Land, erst recht auf den Strecken hinauf ins Gebirge.

Ein letztes Ächzen der Bremsgestänge. Dann Stille. Nur von vorn, gedämpft durch den Schnee, das dumpfe Röhren der Diesellok im Leerlauf. Und ich hörte den heißen Dampf in den Heizungsrohren zischen; immerhin funktionierte die Zugheizung tadellos.

Ich stand auf und ging zum Perron. Entriegelte die Tür und schwenkte sie auf. Versuchte in Schneegestöber und Dunkelheit etwas zu erkennen.

Walthershütte lag, ich schaute auf meine Armbanduhr, eine knappe Viertelstunde zurück. Allerdings Zuckeltempo. Die nächste Station war Radewalde. Dann kam Fürstenstein, mein Ziel.

Schon acht Uhr durch. Ich war genervt.

Ich wollte schon längst in Rauschendorf sein. Aber ausgerechnet heute war ich erst spät von meiner Arbeit weggekommen.

In den ersten Wochen eines neuen Jahres gibt es im Forst immer viel zu tun. Da herrscht im Holzeinschlag Hochbetrieb. Vor allem Laubholz wird in dieser Zeit geerntet; die Kronen sind offen und somit gut einzusehen, die Bäume enthalten zudem nur wenig Wasser. Das Holz trocknet leicht und reißt kaum dabei; Bau- und Möbelholz, das so entsteht, ist von bester Güte.

Wir waren seit Dezember schon jeden Tag draußen und maßen Stämme aus. Fiel mal ein Kollege durch Krankheit aus, bekamen die anderen seine Arbeit obendrauf gepackt, es ging nicht anders. Und so war es mir an jenem Freitag ergangen; ein älterer Kollege war ausgefallen – Grippe – und ich musste einen Teil seines Pensums übernehmen. Fast bis zur Dämmerung war ich draußen im Wald, erledigte dann noch den Papierkram; es ging bereits auf sechs, als ich endlich nach Hause kam. Duschen, umziehen und los. Ich kam nicht mal mehr dazu, etwas zu mir zu nehmen. Schaffte den Zug gerade so.

Und nun das hier.

Mein Magen knurrte. Wann hatte ich das letzte Mal etwas gegessen?

Mittags. Im Lager der Waldarbeiter. Eine Doppelschnitte mit Salami. Dazu einen großen Pott heißen Tee. Mit viel Zucker. Und einem winzigen Schuss Weinbrand.

Mir lief das Wasser im Mund zusammen. Ich hatte Hunger. Durst. Ich war müde. Ich wollte nach Hause.

Draußen tönte eine laute Stimme. Ich schob meinen Kopf hinaus und lauschte.

Ein paar Wagen weiter vorn schimpfte ein Fahrgast laut in Richtung Lokomotive. Scheiß Reichsbahn. Ob der Lokführer die Nacht hier verbringen wolle. Und so weiter in der Art. Von der Lok kam keine Antwort.

Wo genau hielten wir überhaupt?

Schneeflocken wehten mir ins Gesicht, als ich mich aus der Türöffnung lehnte, ich kniff die Augen zusammen. Im mattgelben Schein, der aus den Wagenfenstern fiel, nichts als wild wirbelndes Weiß. Ich versuchte hinter den Flockenvorhang zu blicken, erkannte weiß schimmernde

Berghänge, verschneite Baumspitzen und rechtsab vage eine Niederung, ein Tal vielleicht.

Ich schwenkte die Tür bis zum Anschlag auf.

Weiß vom Schnee und rau vereist war die Griffstange neben dem Einstieg. Weiß schimmerten auch die eisernen Trittroste unterhalb der Tür; der Schnee darauf war fest angebacken und vom Fahrtwind verschliffen, sicherlich war auch unter ihm Eis verborgen. Und weiter unten sah ich, gefährlich tief und steil abfallend, die Gleisböschung.

Was waren das dahinten für seltsame weiße Linien in der Luft?

Zwei lange, parallel verlaufende Striche. In regelmäßigen Abständen, so etwa alle drei, vier Meter, von senkrechten Strichen gekreuzt.

Ein Geländer! Das war ein Geländer! Ein verschneites Geländer!

Alles klar. Das musste die Brücke über die Müglitz sein. Und der Zug stand noch halb drauf.

Weit waren wir seit Walthershütte demnach nicht gekommen. Wann würde ich bei diesem Tempo zu Hause sein? Falls der Zug heute überhaupt noch ankam, denn gegen diese Schneemassen war wahrscheinlich auch der Schneepflug machtlos.

Wieder knurrte mein Magen.

Ich wollte nach Hause. Ich wollte nicht im Zug übernachten.

Ich dachte darüber nach, ob ich bei diesem Wetter eine Chance hätte, zu Fuß nach Rauschendorf zu kommen.

Durchs Müglitztal bis Reinhardtsdorf hinauf. Hinter der alten Pechhütte zum Lerchenberg hinüber, dann den Waldweg nach Liebenau. Die Liebenauer Landstraße war zwar kürzer, aber bei dieser Witterung zog ich den Waldweg vor; im Wald würde nicht so viel Schnee liegen wie auf der zwischen Wiesen und Feldern verlaufenden

Straße, außerdem wäre ich dort dem Wind und dem heftigen Schneefall nicht so sehr ausgesetzt.

Von Liebenau nach Rauschendorf war es ein Katzensprung. Wenn alles gut ginge, könnte ich in zwei, zweieinhalb Stunden zu Hause sein.

Was sprach dagegen?

Hier war es warm. Ich war vor Wind und Wetter geschützt.

Aber unterwegs würde ich kaum frieren, solange ich in Bewegung blieb. Passende Kleidung trug ich; Schal, Wollmütze, Handschuhe – alles dabei. Und mit Wind und Wetter war ich doch bestens vertraut. War ja zu jeder Jahreszeit draußen.

Also raus hier! Keine Zeit mehr verlieren; was sollte ich hier versauern, vielmehr verhungern, wie es mir mein Bauch in einem fort androhte. Ich hievte entschlossen meine Reisetasche auf die Schulter.

Einzig riskant war der Ausstieg über die verschneiten und vereisten Tritte. Aber da hätte der viele Schnee sein Gutes, dachte ich, als ich mich an den Griffstangen vorsichtig aus dem Waggon hangelte; wenn ich jetzt abrutsche und stürze, dämpft er meinen Fall.

Aber ich kam sicher unten an. Rutschte vorsichtig die Gleisböschung hinunter. Stapfte hinter der Brücke durch den Wald zur Talstraße und marschierte zügig los.

16

Ich brauchte länger, als ich vermutet hatte; es ging schon auf Mitternacht, als ich leise die Haustür öffnete. Schob sie behutsam hinter mir wieder ins Schloss und stand einen Moment lang lauschend im Flur. Hoffte, niemandem mit meinem Kommen aus dem Schlaf geweckt zu haben.

Nein, nichts regte sich im Haus.

Ich legte meine Sachen ab, hängte sie an die Flurgarderobe. Zog die Stiefel aus und schlüpfte in meine schönen warmen Hausschuhe, die zuverlässig im Regal lagen, als ginge ich hier täglich ein und aus. Dabei war ich seit mehr als einem Jahr schon nicht mehr zu Hause gewesen.

Jetzt schnell ins Warme.

Ich schlich in die Küche. Schaltete das kleine Leselicht über dem Sofa an. Schaute nach dem Feuer im Herd. Schürte vorsichtig die Reste der Glut und legte Holzscheite auf. Stellte den Wasserkessel aufs Gas. Dann setzte ich mich an den Tisch. Dorthin, wo früher mein Platz war.

Fand vor mir einen Brief von Mutter an mich.

Sie schrieb, dass sie sich sehr auf mich freue. Leider habe sie am Freitag und am Samstag Nachtdienst, wir hätten also erst am Sonntag so richtig Zeit füreinander. Oma habe einen Quarkkuchen gebacken, wie ich ihn so gern mag, und ein Gulasch gemacht, das stehe in der Ofenröhre. Ich könne in Ricos Zimmer schlafen, sein Bett sei frisch bezogen.

Und sie wünschte mir eine gute Nacht.

Ich nahm mir einen Teller voll Gulasch, schnitt frisches Brot ab, schmierte Butter drauf und ließ es mir schmecken. Omas Gulasch! Frisches, knuspriges Brot von unserem guten alten Bäcker Augustin! Köstlich!

Ich aß mit Genuss. Und aalte mich in der wohligen Wärme, die der Herd verbreitete. Ich war erschöpft vom langen Arbeitstag und dem nächtlichen Fußmarsch, meine Füße fühlten sich schwer an. Aber ich war glücklich, endlich wieder zu Hause zu sein.

Das Wasser kochte. Ich brühte mir Tee auf. Schob Briketts ins Herdfeuer, griff mir die Zeitung vom Tisch und streckte mich auf dem Sofa aus.

Plötzlich schrak ich hoch. War ich eingeschlafen? Die Zeitung lag am Boden; ich berührte die Teetasse auf dem Tisch, nur noch lauwarm. Sah nach der Uhr an der Wand, gleich dreiviertel eins.

Von oben, durch die Decke über mir, drang ein Geräusch herab. Ein dumpfes Scharren auf dem Fußboden. Als wäre ein Möbel bewegt worden, ein Stuhl vielleicht.

Über der Küche lag das Mädchenzimmer, mein und meiner Schwester Zimmer vormals, jetzt Claudias Zimmer allein.

Wieder hörte ich das Geräusch.

War Claudi aufgewacht und musste auf die Toilette? Dann würde sie die Treppe herab kommen.

Ich richtete mich auf, angelte mit den Füßen nach meinen Hausschuhen. Lauschte in den Flur hinaus. Käme Claudia, wollte ich sie begrüßen.

Aber niemand kam die Treppe herunter.

Ich stand auf, goss den kalten Tee in die Spüle. Überlegte, ob ich mir einen neuen bereite oder ins Bett gehe. Zeit wurde es weiß Gott, ich war hundemüde.

Plötzlich oben ein Poltern. Als wäre etwas auf den Fußboden gefallen. Dann klang es wie Schritte. Langsam. Schleichend. Schwer. Ich lauschte neugierig.

Und dann hörte ich ein Wimmern oder Weinen. Ganz leise, kaum hörbar.

Ist Claudia vielleicht aus dem Bett gefallen?, dachte ich; als sie noch klein war, ist ihr das einige Male passiert.

Ich stand auf und löschte die Lampe. Trat leise hinaus in den Flur. Lauschte wieder nach oben, ganz konzentriert jetzt.

Ich hörte Claudia schluchzen. War sie tatsächlich aus dem Bett gefallen und hatte sich wehgetan? Auf Socken stieg ich die Treppe hinauf. Lauschte vor der Tür.

Da weinte jemand, ich hörte es ganz deutlich, und das konnte ja nur Claudia sein. Ob ich nach ihr sehe?, überlegte ich, vielleicht brauchte sie ja Hilfe. Auf alle Fälle ein wenig Trost.

Ich knickte den Zeigefinger zum Anklopfen ein. Zögerte noch.

Da hörte ich ein dunkles Raunen. Eine zweite Stimme. Eine tiefe Stimme. Eindeutig die Stimme eines Mannes.

Ich erschrak: Claudia ist fünfzehn! Was macht mitten in der Nacht ein Mann in ihrem Zimmer? Und warum weint sie?

Verdammt nochmal, was ist hier los?

Ich riss die Tür auf.

Der Anblick, der sich mir bot, ist mir fest ins Gedächtnis eingebrannt. Leider. Denn dieses Bild wäre ich weiß Gott gern los.

Durch das Fenster fiel kaum Licht, die Gardine war vorgezogen. Aber meine Augen hatten sich schon in den letzten Minuten im Flur an die Dunkelheit gewöhnt. Ich sah Claudias Bett an der Wand gegenüber dem Fenster, und ich sah sofort, dass dort jemand lag und sich bewegte. Auf dem Bauch liegend: ich erkannte einen nackten Hintern, der auf und nieder schwang – eine Bewegung, die keiner Erklärung bedurfte.

Es war eine komische Situation. Ich kam mir in diesem Augenblick fürchterlich blöd vor, ich bin doch kein Voyeur. Es war mir peinlich, und ich war zugleich wütend. Auf mich. Aber auch auf die beiden da drinnen.

Ganz verlegen stand ich da und versuchte, die Tür leise wieder schließen, hielt dann aber inne damit. Schlagartig. Denn der Hintern rührte sich nicht mehr, dafür blickte mir derjenige, dem dieser Hintern gehörte, ganz erschrocken ins Gesicht.

Paulick. Ich erkannte ihn sofort.

Wir waren beide gelähmt vor Schreck.

Mein Kopf war völlig leer. Ich dachte nichts. Hörte nichts. Alles war wie taub. Ich stand nur starr und sah ihn an. Ich kam mir vor wie in einem Vakuum.

Plötzlich sprang er aus dem Bett, und ich stürzte in das Zimmer, genau in dem Moment, als er vom Bett hoch kam. Paulick wollte rasch an mir vorbei, er war völlig nackt; ich sah seinen noch immer erigierten Penis, ekelhaft; er stieß mich zur Seite; ich erwischte seinen Arm, hielt ihn fest. Er dreht sich zu mir um und schlug nach mir. Traf mich seitlich am Kopf, aber ich ließ nicht los; „Was machst du mit Claudia, du Schwein", schrie ich ihn an; er trat nach mir, traf mich am Schienbein, aber barfuß, das tat mir nicht sehr weh. Claudia im Zimmer drinnen schrie auf, weinte dann laut. Ich war voller Wut, riss Paulick am Arm zu mir herum, schlug nach ihm, traf ihn nicht richtig und rutschte aus – blöde Socken; er taumelte aber auch, hielt sich am Türrahmen fest. Ich wollte ihn nicht entkommen lassen; ich sprang auf, warf mich auf ihn und ging mit ihm zu Boden. Draußen im Flur vor Claudias Zimmer rangen wir miteinander, wälzten uns auf den Dielen. Ich konnte ihn nirgends richtig zu fassen kriegen, nichts als nackte Haut, obendrein verschwitzt. Ich versuchte, ihn bei den Haaren zu packen, aber schaffte es nicht. Ich war ihm einfach nicht gewachsen. Er warf sich auf mich, boxte mich in die Seiten, schlug blindlings nach mir, traf mich an den Armen und im Gesicht. Ich schrie laut auf, da hockte er sich rittlings auf meinen Bauch, griff er nach meinem Hals und würgte mich. Seine Hände pressten mir die Kehle zu, ich bekam keine Luft mehr, sah sein Gesicht über mir, verkrampft vor Wut und Anstrengung. Ich dachte entsetzt, jetzt bringt er mich um – so ist es also, wenn man erwürgt wird! Er atmete laut und stoßweise, zischte irgendetwas, ich verstand kein Wort. Ich wollte nicht sterben; ich griff verzweifelt nach seinen Händen, die fest um meinen Hals geklammert waren, aber ich schaffte es nicht, sie zu lockern, geschweige denn zu lösen.

Ich hörte Claudia im Zimmer rufen: „Nikola! Nikola!" Ich wollte ihr antworten, brachte aber nur ein heiseres Keuchen hervor. Ich schlug verzweifelt mit der Faust auf den Fußboden, einmal, zweimal, dreimal, so fest ich noch konnte; sie verstand und kam aus dem Zimmer gerannt, schlug Paulick mit irgendetwas auf den Kopf, mehrmals; er ließ meinen Hals los, sprang auf, stieß Claudia zurück, so dass sie zu Boden stürzte, und rannte die Treppe hinab.

Raus aus dem Haus, nackt wie er war. Ich hörte wie die Haustür ins Schloss krachte.

Ich lag völlig benommen. In meinen Ohren toste und rauschte es. Allmählich bekam ich wieder Luft. Mein Hals tat mir weh. Ich atmete vorsichtig ein paarmal ein und aus. Dann erhob ich mich langsam. Stand ganz wacklig. Zu wacklig. Ich tastete nach der Wand, stützte mich ab, lehnte mich dann mit dem Rücken an und ließ mich hinunter in die Hocke sinken; mir war ziemlich mulmig, ich musste mich beinahe übergeben. Atmete flach ein und aus. Als ich mich etwas besser fühlte, ging ich auf die Knie und die Hände hinab und kroch auf allen vieren zu Claudia hin.

Sie lag auf der Türschwelle und weinte leise, hielt sich den Kopf mit beiden Händen; als sie fiel, war sie mit dem Kopf gegen den Türrahmen geschlagen.

Ich schaute nach ihrem Kopf. Ich fand kein Blut, aber ertastete eine riesige Beule. Sie war nackt und fühlte sich kalt an. Ich versuchte ihr aufzuhelfen, aber ich schaffte es nicht, ich war selbst noch zu kraftlos. Taumelig, wie betrunken, wankte ich ins Zimmer, holte Claudias Federbett und deckte sie damit zu. Dann ging ich zur Haustür hinunter und schloss sie ab. Zweimal. Ließ den Schlüssel stecken. Stieg wieder zu Claudia hinauf.

Da lag etwas im Flur. Ein großes, dickes Buch. Ich hob es auf, wog es in der Hand. Ziemlich schwer – damit hatte Claudia Paulick auf den Kopf geschlagen. Und mir so wahrscheinlich das Leben gerettet.

Ich legte das Buch auf den Tisch in Claudias Zimmer. Dann ging ich wieder zu ihr. Diesmal schaffte ich es, sie aufzuheben. Führte sie zu ihrem Bett. Sie ließ es geschehen und legte sich hinein. Ich deckte sie zu. Setzte mich zu ihr und strich ihr vorsichtig übers Haar. Sie drehte sich zur Wand. Weinte heftig. Schluchzte und bebte am ganzen Körper. Sagte kein Wort. Aber sie ergriff meine Hand und hielt sie ganz fest.

Unten im Hof hörte ich einen Motor anspringen. Ich erkannte das Geräusch, es war unser Traktor. Der Saukerl haut ab, dachte ich, ein Glück. Die Torflügel knarrten träge, der Motor tourte hoch, dann entfernte sich das Geräusch, und bald war es draußen wieder still.

Wahrscheinlich hat er seine Arbeitssachen angezogen, die hingen ja gewöhnlich drüben im Bau oder im Schuppen. Ich dachte das ganz sachlich, ohne jede Emotion. Ich war völlig entspannt, wie ich verwundert feststellte.

Vielleicht ist das so, wenn man etwas Schreckliches gerade glücklich überstanden hat, vermutete ich.

So fiel mir auch die Oma plötzlich ein, sie schlief in ihrem Schlafzimmer unten im Erdgeschoss. Dass sie nicht wach geworden war bei dem Radau?

Ich sagte zu Claudia, dass ich rasch mal nach der Oma sehen wolle, und stand auf. Sie ließ mich jedoch nicht los, sondern sagte leise: „Die Oma schläft sicher ganz fest. Sie nimmt doch jeden Abend eine Schlaftablette. Wegen ihrer Knie." Ich nickte. Natürlich. Omas Rheumaknie. So war das in jedem Winter.

Ich war froh, dass Claudia mit mir sprach, setzte mich wieder zu ihr und sagte leise: „Ja. Und das hat der Stief ja sicher auch gewusst. Das verdammte Dreckschwein." Sie lag still, dann holte sie tief Luft, nickte kurz und schluchzte wieder laut auf. Weinte heftiger. Ich kam mir so hilflos vor, wusste nicht, was ich tun sollte, wie ich sie trösten könnte. Sollte ich vielleicht besser gehen und sie allein lassen?

Wir schwiegen. Gedanken schwirrten in meinem Kopf herum. Es gab so vieles, was ich Claudia gern gefragt hätte; ich wusste aber, dass dafür jetzt nicht der rechte Zeitpunkt war. Sie musste erst mal einigermaßen zur Ruhe kommen.

Ich dachte, ein kleines bisschen Normalität wäre im Moment vielleicht das Beste für uns beide, so fragte ich sie: „Soll ich uns 'ne Tasse Tee machen?"

Sie nickte. Schniefte und sagte dann mit fester Stimme: „Ja." Und ließ meine Hand los.

Ich verschwand in der Küche und kehrte bald mit zwei großen, dampfenden Tassen zurück.

Claudia saß mit einem Wollpullover und einer Strickhose bekleidet am Tisch und trocknete sich ihr Haar mit einem Handtuch. Sie hatte inzwischen geduscht. Sie wich meinem Blick aus, sah an mir vorbei oder vor sich auf den Tisch. Ich stellte die Tassen ab und nahm mir den zweiten Stuhl.

Wir saßen in der Dunkelheit und tranken langsam und schweigend unseren Tee. Mein Hals schmerzte noch beim Schlucken, aber das würde sicher bald vergehen.

Ich wollte sie trösten, aber ich wusste nicht wie. Worte? Mir fiel nichts zu sagen ein, was in dieser Situation hätte tröstend sein können. Vielleicht hätte ich sie einfach nur in die Arme nehmen sollen. Ich dachte daran, aber wagte es nicht. Ich hatte plötzlich Scheu, sie zu berühren. Sie schien mir mit einem Mal um Jahre gereift, und ich empfand mich nunmehr als die kleine, hilflose Schwester. Eine dumpfe Traurigkeit stieg in mir auf, als hätte mich jemand verlassen, den ich sehr liebte.

Ich wollte jetzt nur noch meine Ruhe haben, ich fühlte mich nicht gut und war entsetzlich müde. Ich trank meinen Tee aus und stand auf. Warf einen Blick auf meine Armbanduhr, schon fast drei. Ich sagte zu Claudia, dass wir jetzt versuchen sollten zu schlafen. Dass ich drüben in Ricos Zimmer sei und die Tür offen lasse. Sie solle rufen, wenn sie sich fürchtet oder schlecht träumt. „Ruf mich, wenn was ist. Ich bin da. Wie früher." Sie nickte, aber sie tat es ohne innere Teilnahme. Und ich bereute sofort meine unbedachten Worte. Weil doch nichts, aber auch gar nichts, je wieder so sein würde wie früher.

17

Das Erwachen an jenem Samstagmorgen war schrecklich. Im genauen Wortsinn – ich empfand nichts als Schrecken. Den Rest der Nacht hatte ich nur wenig und unruhigen Schlaf gefunden, voller wirrer, beängstigender Träume, aus dem ich in der ersten Dämmerung erwachte.

Zunächst war ich verwundert; Ricos Zimmer schien mir fremd, erst recht im Dämmerlicht, hinzu kam der Nachhall des Geträumten. Aber schnell erkannte ich meine Umgebung und begriff die chaotischen Bildfolgen, die mir noch im Kopf herumspukten, als Traumgespinste. Der Moment der Erleichterung währte allerdings nur kurz. Denn dann brach unvermittelt die Erinnerung an die Ereignisse der vergangenen Nacht über mich herein. Dass die kein Alpdruck war, wusste ich sofort. Und wollte es nicht glauben – ich konnte nicht fassen, was da geschehen war.

Ich lag mit offenen Augen da, und die Bilder der vergangenen Nacht zogen gestochen scharf und wie in Zeitlupe durch mein Bewusstsein – klarer, als ich sie in der Nacht erlebt hatte. Alles erschien unglaublich präzise, auch alles Gehörte, Geräusche und Worte, die gefallen waren. Ich hörte Paulicks Keuchen, als er mit mir rang, seine bösen Flüche, die er dabei ausstieß. Fühlte seine kalte, vom Schweiß klebrige Haut. Roch seinen nach Tabakrauch stinkenden, alkoholisch-säuerlichen Atem. Widerlich. Ich schüttelte heftig den Kopf: Unglaublich. Habe ich das tatsächlich erlebt, fragte ich mich, ist das wirklich passiert? Und ich wusste sofort die Antwort: Ja.

Alles wahr. Jedes Bild. Jedes Wort und jede Empfindung.

Diese Erkenntnis war ein Schock.

Und während ich alles noch einmal durchlebte, stellten sich auch all die Gefühle ein, die ich vor nur wenigen Stunden empfunden hatte, ohne dass sie mir richtig bewusst geworden waren – und sie waren nun ebenso gesteigert wie die Schärfe aller Bilder und der anderen Wahrnehmungen.

Vor allem empfand ich Angst. Eine riesige Angst. Ich fragte mich, wie ich das alles nur hatte aushalten können. Es schien mir plötzlich ganz und gar unvorstellbar.

Jetzt war die Betäubung, die mich in der Nacht noch so seltsam ruhig und gelassen gemacht hatte, weg. Jetzt war ich nackt und bloß. Ohne Schutz. Meinen Gefühlen völlig ausgeliefert.

Alles kam nun ungefiltert hoch. Es war Stress hoch drei. Mindestens.

Zur Angst kamen Gefühle von Schuld und Scham. Ich machte mir Selbstvorwürfe: Ich hatte meine kleine Schwester nicht schützen können, im Gegenteil; sie hat mir wahrscheinlich das Leben gerettet. Mein überstürztes Eingreifen war ja wohl ein Witz gewesen!

Und außerdem: Wäre ich hier nicht ausgezogen, hätte es gar nicht so weit kommen können. Ich konnte mir nicht vorstellen, dass Paulick gewagt hätte, Claudia anzurühren, wenn ich noch hier gewohnt hätte.

Ich hatte meine kleine Schwester im Stich gelassen.

Ich hatte völlig versagt.

Ich fühlte mich hundeelend. Ich war niedergeschlagen wie nie zuvor. Es ging mir absolut beschissen, anders kann ich es nicht sagen.

Ich wollte nicht aufstehen. Wozu? Alles da draußen war fürchterlich. Ich wünschte, ich könnte wieder einschlafen und so meinen ganzen Kummer hinter mir lassen.

Ich war keine selbständige junge Frau von zwanzig Jahren. Keine große Schwester. Ich war ein winzig kleines Mädchen, das im Bett seines großen Bruders lag und verzweifelt eine Zuflucht suchte. Ich dachte sehnsüchtig an Alexander und wünschte mir so sehr, von ihm in die Arme genommen zu werden, ganz fest.

Ich fühlte Schmerzen. An Armen und Beinen. Am Hals. Am Kopf. Im Gesicht. Überall.

Ich wünschte, ich hätte diese schreckliche Nacht niemals erlebt. Ich verkroch mich unter der Bettdecke und weinte voller Selbstmitleid.

Mein Herz raste. Schweiß brach mir aus, ich war plötzlich voller Panik. Ich hatte das Gefühl, ich müsste sterben. Und ich wollte sterben. Ich hatte alles so satt.

Aber ich starb nicht. Ich heulte Rotz und Wasser, aber beruhigte mich allmählich. Wurde langsam wieder klar im Kopf.

Ich begriff als erstes, dass ich etwas tun musste.

Vor allem durfte ich hier nicht liegenbleiben. Ich musste aufstehen und nach Claudia sehen. Sie war doch noch viel schlimmer dran als ich.

Und ich musste ich mit ihr reden. Bald. Heute noch. Jetzt gleich.

Also hoch.

Ich stand entschlossen auf und trat ans Fenster. Zog die Gardinen beiseite.

Die Sonne blitzte flach über den Horizont von einem Himmel wie Gletschereis, goss weiches, rötliches Morgenlicht ins weite Tal zwischen dem Rauschenstein und den beiden Wilkensteinen. Die Wiesen und Wälder waren tief verhüllt von makellosem Weiß. Kein Lüftchen regte sich. Stille ringsum. Völlige Stille.

Ich glaube, es konnte kaum einen härteren Gegensatz geben als diese friedvolle Natur an jenem Morgen und meinen inneren Zustand.

Was für ein Licht. Was für eine wunderbare Landschaft. Und ich war wieder hier. Zuhause.

Alles hätte so schön sein können.

Was hatte Paulick nur angerichtet.

So ein verdammtes, widerliches Dreckschwein!

In diesem Moment hasste ich ihn auf den Tod. Ich fühlte eine riesige Wut in mir. So ungeheuer, so brennend heiß, wie ich noch keine Wut empfunden hatte. Ich sehnte mich nach Rache. Ich stellte mir vor, wie ich Paulick erschlage, mit einem Beil oder einem Hammer, und er dann tot zu meinen Füßen liegt. Es musste ein wunderbares Gefühl sein, ihn so zu sehen.

Paulick war ein böser und gefährlicher Mensch geworden. Ein Verbrecher. Er hat Claudia vergewaltigt, wahrscheinlich nicht zum ersten Mal, und er würde es bei der nächsten Gelegenheit wieder tun, davon war ich fest überzeugt. Mich hätte er vielleicht erwürgt, wenn mir Claudia nicht zu Hilfe gekommen wäre.

Paulick musste weg von hier. Paulick gehörte hinter Gitter.

Wir mussten ihn bei der Polizei anzeigen. Daran führte kein Weg vorbei.

Darüber musste ich mit Claudia reden. Sofort.

Claudia ging es sehr schlecht. Sie hatte Fieber. Litt unter Kopf- und Halsschmerzen, konnte kaum sprechen. Alles tat ihr weh. Sie mochte nichts essen. Die Oma vermutete eine Grippe. Sie verordnete strenge Bettruhe und bereitete Fliedertee zu.

Als wir allein im Zimmer waren, fragte ich Claudia, ob ich für sie zur Polizei gehen und Paulick anzeigen solle.

Sie schüttelte entsetzt den Kopf. Sagte nur heiser: „Das geht nicht!" Ganz entschieden. Mehr brachte ich nicht aus ihr heraus. Sie beschwor mich, niemandem ein Wort über das, was in der vergangenen Nacht geschehen war, zu sagen. „Nicht mal der Mama!" Ich versprach es.

Aber ich verstand es nur teilweise. Ich verstand, dass es für sie fürchterlich peinlich und schmerzhaft sein müsse, über das Geschehene zu sprechen. Auch, dass es ihr im Moment natürlich nicht möglich war, selbst zur Polizei zu gehen. Aber sobald sie wieder gesund sei, müsse sie Paulick anzeigen, drängte ich. Ich würde doch alles bezeugen. Und dann würde Paulick festgenommen und könnte ihr nichts mehr tun. So sah ich das.

Sie wiederholte nur leise: „Das geht nicht." Dann schwieg sie. Sah mich nur matt und traurig an. Schüttelte den Kopf und fing still an zu weinen. Tränen rannen ihr aus den Augenwinkeln, ihr Mund bebte. Sie tat mir so leid. Ich streichelte und umarmte sie, drückte sie ganz fest an mich. Dann verließ ich das Zimmer.

Samstagmorgen. Mutter schlief nach dem Nachtdienst, erst am Nachmittag würde ich sie sehen. Was sollte ich anfangen mit dem Vormittag?

Oma wirtschaftete in der Küche, buk und kochte. Ich fragte sie, ob ich ihr Holz und Kohlen bringen solle, sie bejahte, und ich ging hinaus in den Hof.

Ich sah die Spur des Traktors unter dem frischen Schnee – Holz und Kohlen waren sofort vergessen. Ich folgte ihr bis zum Hoftor. Nach links bog sie weg, auf den Feldweg in Richtung der Wilkensteine. Wohin ist Paulick mitten in der Nacht gefahren?

Ich verfolgte die Spur mit den Augen weiter. Nach vielleicht zwanzig Metern verlor sie sich hinter einer Wegbiegung. Weiter sah ich keine Spur weit und breit. Die weißen Wiesen und Felder schienen rein und unberührt, nicht die kleinste Fährte konnte ich entdecken. Ein leichter Wind zog über die verschneiten Hänge, ein Hauch nur, er fegte eine Handvoll Schnee vom Dach und griff sich verspielt den Rauch aus unserem Schornstein. Es schneite noch immer, winzige, harte Eiskörnchen; es klang aus dem Kohleneimer, als riesle feiner Sand hinein. Über der Wiese vorm Wald schwebte hoch oben lautlos ein Bussard.

So schön war's hier draußen, so unglaublich schön und friedlich.

Wie ging das alles nur zusammen.

Die Füße wurden mir kalt, ich trug nur Holzpantinen. Ich lief zum Schuppen, häufte rasch Holz und Kohlen in Korb und Eimer, trug sie ins Haus.

Während ich frühstückte, schwatzte ich mit der Oma. Gaukelte ihr eine heile Fassade vor und tat so unbefangen wie möglich. Erzählte ihr bereitwillig alles, was sie von mir wissen wollte. Fragte sie im Gegenzug über den neuesten Stand der Dinge bei Paulick aus.

Ich erfuhr, dass er seit dem Sommer im Forst arbeitete. Als Waldarbeiter. Hilfsarbeiter nur, viel verdiente er also nicht, aber besser als gar nichts, und vor allem ging er einem ordentlichen Tagewerk nach, wie die Oma sich ausdrückte. Ob er noch viel trinke, fragte ich. Zu Hause nicht, erzählte sie, die Mutter dulde es nicht mehr. Ein Glück. Dafür komme er manchmal nächtelang nicht heim. Wo er sich da herumtrieb, wusste die Oma nicht zu sagen.

Sie schüttelte vorwurfsvoll den Kopf und seufzte.

Ich dachte darüber nach, ob ich Paulick allein anzeigen könnte. Für das, was er mir angetan hatte; ich könnte ja behaupten, dass er versucht habe, mich zu vergewaltigen. So könnte ich Claudia vielleicht aus der Geschichte heraushalten. Ginge das? Ich überlegte hin und her, aber kam zu keinem klaren Ergebnis.

Das Radio auf dem Wandregal verkündete die Zeit – neun Uhr dreißig. Ich hörte mir die Nachrichten und den Wetterbericht an. Es sollte ein freundlicher Tag mit viel Sonne bis in den frühen Nachmittag hinein werden, später würde es wieder stärker schneien. In der Nacht könnte uns ein Sturmtief erreichen, im Bergland mit Böen bis Stärke zehn. Die Temperaturen …

Oma fragte mich plötzlich, wo ich mir die Schmarren im Gesicht geholt hätte. Ich erzählte ihr, dass ich bei der Arbeit im Wald nicht richtig aufgepasst und versehentlich einen Ast ins Gesicht bekommen hätte. Gestern erst.

Sie blickte mich mit großen Augen erschrocken und entrüstet an. „Pass bloß auf dich auf, Kind! Denk daran, was dem Opa passiert ist!"

Ich verzog mich lieber aus der Küche – ich sah doch, dass ihr das Thema noch keine Ruhe ließ. Und sie konnte so bohrende Fragen stellen. Ganz unerwartet. Und hartnäckig.

Ich schaute nach Claudia. Fand sie schlafend und war darüber froh. Ich setzte mich zu ihr ans Bett und strich ihr sacht übers Haar. Sie bewegte sich im Schlaf und murmelte etwas Unverständliches.

So ein kleines, zartes Mädchen. Fast noch ein Kind. Himmel, wie konnte er nur. Was für ein gemeiner und brutaler Mensch muss man sein, um so etwas zu tun.

Was für ein fieses Schwein.

Ich betrachtete Claudias Hände. Sah die roten, schorfigen Flecken. Ich berührte sie, tastete sie vorsichtig ab. Rau fühlten sie sich an, rau wie Sandpapier – ja, die Neurodermitis war wieder da. Ich hatte es schon in der Nacht gefühlt, als ich versuchte, sie vom Boden aufzuheben.

Paulick! Du Verbrecher! Du Monster!

Hätte ich in diesem Moment die Gelegenheit gehabt, Paulick bei lebendigem Leib die Haut abzuziehen, ich hätte es getan. Streifen für Streifen. Mit dem größten Vergnügen.

Ich verließ Claudia und ging hinüber in Ricos Zimmer. Ließ mich aufs Bett fallen. Und sprang sogleich wieder hoch. Ich kam mir vor wie der berühmte Tiger im Käfig. Ich musste etwas tun!

Aber was?

Da kam es wieder, diese Gefühl der Ohnmacht und des Ausgeliefertseins. Schlich sich leise an, höhnisch grinsend.

Nein! Nein und abermals nein!

Ich werde mich nicht unterkriegen lassen! Von nichts und niemandem! Erst recht nicht von so einem Scheißkerl wie dem Paulick!

Ich musste hier raus. Ich musste jetzt irgendwas tun. Etwas Sinnvolles. Sonst würde ich verrückt.

Ich trat ans Fenster.

So ein schöner Tag.

Die Sonne stand inzwischen über dem Waldflecken zwischen dem Kahlen Stein und dem Südosthang des Großen Wilkensteins. Ein Streif Sonnenlicht fiel durchs Fenster, kroch über den Schreibtisch. Ich legte meine Hand hinein, fühlte die Wärme wohltuend auf meiner Haut.

Wie gern wäre ich jetzt da draußen unterwegs, dachte ich.

Ich stutzte. Warum denn nicht? Was hinderte mich? Warum sollte ich diesen schönen Tag völlig verlieren?

Ich könnte meine alten Skier nehmen. Eine Runde über die Wiesen. Durch den Busch. Vielleicht durch die Wilkensteine hinüber nach Cunnerswalde? Dann über den Taubenberg zurück?

Ich hätte Zeit, in Ruhe über alles nachzudenken. Schließlich musste ich doch zu einer Entscheidung kommen, was nun mit Paulick geschehen sollte.

Genau: Nachdenken. Nicht grübeln.

Und nachdenken konnte ich besser, wenn ich in Bewegung war. Diese Erfahrung hatte ich schon als Kind gemacht.

Schlechter gehen als jetzt konnte es mir nicht. Dass ich mich hingegen besser fühlte, wenn ich mich körperlich belastet hatte, wusste ich sicher.

Noch ein guter Grund.

18

Ich holte meine Reisetasche herauf und zog mich um. Kleidete mich der Kälte wegen nach dem Zwiebel-Prinzip, zog also zwei Lagen Unterwäsche an. Packte für alle Fälle noch ein Paar dicke Schafwollsocken, ein Unterhemd zum Wechseln, ein zweites Paar Handschuhe, eine Strumpfhose aus Wolle und einen zweiten Pullover in Papas alten, aber robusten Bergsteigerrucksack. Dazu das Fernglas; der Himmel heute Morgen sah nach einer guten Fernsicht aus. Auch ein Taschenmesser steckte ich ein. Was brauchte ich noch? Etwas Verpflegung vielleicht, unbedingt aber eine Thermosflasche mit heißem Tee.

Der stand bei uns im Winter immer fertig bereit, in einer großen Kanne auf dem Küchenherd. Meistens Kräutertee, Omas Hausmarke, gemischte Wald- und Wiesenkräuter: verschiedene Sorten Minze, Melisse, Salbei, Brombeer-, Walderdbeer-, Johannisbeerblätter. Weiß der Himmel, was noch alles. Oma sammelte das ganze Jahr über alle möglichen Kräuter, trocknete sie auf dem Dachboden. Wunderbar roch das.

Ich goss mir die Thermosflasche voll. Sagte der Oma, dass ich eine Runde Ski laufen sei. „Zum Mittagessen bin ich bestimmt wieder da!" Ich war mir allerdings nicht sicher, ob ich das auch einhalten würde.

Oma kannte mich, sie packte mir vorsichtshalber ein Vesperbrot ein. Ich nahm mir noch zwei Äpfel. Eine Handvoll Walnüsse. Und ein paar Stückchen Kandiszucker für den Tee.

Ausweis, Portemonnaie, Armbanduhr. Schal, Mütze, Handschuhe. Ich war komplett.

Meine alten Skistiefel fand ich in Omas Kleiderschrankriesen auf dem Dachboden, leider passten sie mir nicht mehr. Aber in Ricos alte Stiefel, die waren auch noch da, kam ich locker hinein. Etwas zu locker vielleicht, aber so fand ein zweites Paar Socken noch bequem Platz.

Da hing auch noch seine alte Kutte, ein olivgrüner NATO-Parka. Tolles Stück. Kam mir gerade recht. Saß zwar auch etwas leger, aber das tat nichts.

Meine Skier konnte ich auf dem Dachboden allerdings nicht finden. Wo waren sie abgeblieben?

Vielleicht im Schuppen.

Im Schuppen fand ich sie auch nicht. Blieb nur noch die alte Scheune.

Ich ging hinüber zur seit Jahren aufgegebenen Baustelle.

Scheune und Stall nicht mehr, Haus noch nicht. Aber so, wie's hier aussah, würde es das wohl niemals werden. Vieles von dem, was wir vor fast vier Jahren so mühsam aufgebaut hatten, war inzwischen schon wieder verfallen. Es sah zum Gotterbarmen aus. Scheiben der neu eingesetzten Fenster waren zerschlagen. Die Eingangstür fehlte, Wind und Wetter konnten sich ungehindert in den Räumen austoben. Wie hielten Mutter und Oma das nur aus, fragte ich mich.

Halb verputzte Wände. Das Maurerwerkzeug vergammelte völlig verdreckt in einem Mörtelbottich. Unter meinen Schuhen knisterte trockenes Herbstlaub, das der Wind hereingetragen hatte. Überall lagen Rohrstücke, Kabelreste, Nägel, Schrauben. Und Werkzeuge – wie sie aus der Hand gefallen waren. Auf dem Fensterbrett in der Küche ein verdrecktes Kofferradio. Das Waschbecken war montiert, aber der Abfluss fehlte. Unter dem Fenster stand ein Wassereimer aus Plastik. Kaputt, längs aufgerissen, wahrscheinlich zerfroren. Daneben lag alter Marderdreck.

Zigarettenkippen. Kronenverschlüsse. Verstaubte leere Bierflaschen. Ein Stuhl mit schmutzfleckigem Polster mitten in dem Raum, der einmal die neue Wohnstube werden sollte und nun wie eine Müllhalde aussah. Daneben ein Zinkeimer. Darin leere Schnapsflaschen. Ich trat ihn voller Wut um, auch den Stuhl. Paulick, du versoffenes Schwein! Du verdammtes Arschloch!

Meine Skier und die Stöcke fand ich schließlich im Obergeschoss, dem ehemaligen Heuboden, neben altem Hausrat und unseren abgelegten Spielsachen. Sie waren in Ordnung, ein Glück, alle Kanten und Riemchen heil, auch die Bindungen schlossen einwandfrei, ich musste sie nur etwas weiter stellen, damit Ricos Stiefel hinein passten. Sogar der Wachsauftrag schien mir noch ausreichend, für heute allemal.

Ich schnallte sie an, ergriff die Stöcke. Winkte der Oma hinter dem Küchenfenster einen Abschiedsgruß zu und glitt zum Hoftor hinaus.

Ich nahm den Weg hinauf zu den Wilkensteinen. Folgte der Traktorspur, die Paulick in der Nacht hinterlassen hatte; sie war, nur spärlich bedeckt vom grießigen, erst in den frühen Morgenstunden gefallenen Neuschnee, noch deutlich zu erkennen. Ich rätselte, wohin er mitten in der Nacht gefahren sein mochte. Zu einem alten Kumpel? Hatte er doch nicht mehr. Höchstens noch 'nen Saufkumpan.

Nein! Bleib mir ja vom Acker, Paulick! Hau ab! Ich schüttelte den Kopf, versuchte den Gedanken an ihn abzuwehren, er war mir lästig. Ich mochte nicht an ihn denken, nicht jetzt. Ich wollte diesen herrlichen Wintertag in dieser meiner geliebten heimischen Landschaft genießen, wenigstens für ein paar Stunden.

Schnellstens fort von allem, was mich an ihn erinnerte. Oben am Waldrand, wo der Wilkensteinweg den Weg kreuzt, der vom ehemaligen Rauschendorfer Rittergut her zum alten Steinbruch führt, bog die Traktorspur nach rechts ab. Ich wandte mich also nach links.

Leise knirschend glitten meine Skier über die noch völlig unversehrte Schneefläche. Mein Weg führte flach bergan, eine mäßige Steigung, die bequem im Langlaufschritt zu bewältigen war. Gleichmäßig schob ich mich vorwärts, stieß die Stöcke kräftig in den Schnee. Ich genoss die Anstrengung, spürte, wie mein Puls sich leicht beschleunigte und ich tiefer atmete. Oh ja. Das tat gut. Mit jedem Schritt fühlte ich mich besser.

Bald stand ich oben auf dem Hügel vorm Waldrand und blickte weit über die Wiesen und Felder zum Dorf zurück.

Weiß vermummte Dächer und schiefergraue Giebel. Aus dem Schlot von Koppraschs Schmiede quoll fetter grauschwarzer Rauch, wälzte sich die Straße hinab und vernebelte das halbe Niederdorf. Ein Lastwagen mit Schiebeschild, anscheinend ein als Schneepflug eingesetzter Laster von der landwirtschaftlichen Genossenschaft, kämpfte sich die lange Steigung zwischen dem Lärchengrund und Strassburgers Gärtnerei hinauf; ganz schwach noch hörte ich hier oben das Röhren des schwer arbeitenden Dieselmotors.

Da unten mitten im gleißenden Weiß unser Hof, fast vollständig verschwunden hinter den Wiesenhügeln; ich sah nur noch die Scheune schräg von hinten und einen Giebel des Wohnhauses mit einem kleinen schwarzen viereckige Flecken darin. Das war das Fenster von Mutters Schlafzimmer, dort schlief sie jetzt.

Ich meinte, die Luft über dem Schornstein zittern zu sehen, aber das war wohl eher eine Einbildung.

Von hier oben über die hügligen Wiesen bis zu unserem Hof hinab waren es etwa achthundert Meter, schätzte ich. Eine wunderbare Skipiste. Als Kinder sind wir manchmal von früh bis abends den Hang rauf und runter „Brettl gefahr'n" – kein Mensch hierzulande sagte „Ski laufen".

Der Laster hatte 's geschafft. War schon im Oberdorf verschwunden. Solange er dort noch hinauf kam, war alles in Ordnung. Ich erinnerte mich allerdings an so manchem Winter, in dem Heinemanns Lebensmittelladen da oben schon mal ein, zwei Tage ohne Lieferung geblieben war, weil selbst der Schneepflug den langen Berg nicht mehr bewältigt hatte. Das war uns jedoch nie ein Grund zur Sorge gewesen – völlig normal im Gebirge. So sind halt die Winter hier. Man richtete sich darauf ein.

Vom Kirchturm im Oberdorf klangen zwei helle Schläge herüber. Halb. Halb wieviel? Ich sah auf die Armbanduhr. Halb elf. Schon? Eilig rammte ich die Stöcke in den Schnee und schob mich zügig weiter den Weg zum Kahlen Stein und dem Steinbruch hinauf.

Wildfährten kreuzten den Pfad, ich erkannte Rehspuren von mehreren Tieren; den Wechsel zwischen dem Hochwald und dem Buschwald aus jungen Birken, Kiefern und Lärchen etwa zweihundert Meter links von mir in den Wiesen gab es also noch. Bald lichtete sich der Wald rechterhand und gab den Weg hinauf zum alten Steinbruch frei.

Den schlug ich ein. Fand ihn ziemlich verwildert, voller Himbeerruten, Brombeerranken und Baumschösslingen. Kein Wunder; er wurde, seitdem der Bruch kein Schuttplatz mehr war, ja kaum noch benutzt. Der Gemeinderat ließ vor Jahren ein Schild aufstellen: „Müll abladen verboten". Leute, die von der alten Gewohnheit nicht lassen wollten, gab's dennoch immer wieder mal.

Der Weg verengte sich, war nur noch etwa anderthalb Meter breit, und wo viel Licht den Boden erreichte und dem Unterholz einen regen Wuchs ermöglichte, nicht mal das. Flach ansteigend schmiegte er sich an den Hang, links von einer Trockenmauer aus Geröll und Bruchsteinen unterstützt. Rechts stand dichter Fichtenwald am Berg hinauf, so zwischen vierzig und fünfzig Jahre alte Bäume.

Ich kam mir in diesem unberührten Wintermärchenwald wie ein ungebetener Gast, wie ein Eindringling vor. Fast tat es mir leid, seinen Winterschlaf zu stören; ich war froh darüber, dass der Wind auffrischte und allerhand lockeren Schnee aus den Baumwipfeln warf – nun gab es außer mir noch jemanden, der diese Idylle antastete.

Eine halbe Stunde etwa stapfte ich bergan, dann mündete der Weg in eine kleine Ebenheit, und ich stand bald auf der alten Steinbruchhalde. Vor mir lag die mit Geröll, Schutt und Trümmersteinen bedeckte Bruchsohle, dahinter ragten, rechtwinklig zueinander stehend, die Bruchwände auf, zehn, zwölf Meter hoch. Oberhalb der Bruchkante wuchs dickichter Jungwald, Fichten und Kiefern, dazwischen vereinzelt ältere Föhren und Birken. Einige junge Bäume neigten sich unter ihrer Schneelast, krumm gezogen wie Flitzebögen, gefährlich über den Abgrund.

Der Weg endete hier im Steinbruch. Zurückgehen wollte ich nicht, musste ich auch nicht, denn dicht neben der östlichen Bruchwand verlief ein schmaler und steiler Wild- und Jägerpfad. Er führte hinauf zur Zschauke, einer großen Waldwiese zwischen dem Kahlen Stein und der Nordostflanke des Großen Wilkensteins.

Auf den Skiern käme ich allerdings nicht hinauf. Ich schnallte sie ab, band sie und die Stöcke mit den Bindungsriemchen zusammen und packte mir das Bündel auf den Rucksack – ich löste die Schnur, mit der der Rucksack zugebunden war, schob das Bündel in die Schnurlasche genau in der Mitte, und zog die Schnur fest. Schlang die Schnurenden dann um die Skier herum und verknotete sie. Ein alter Waldläuferkniff aus Opas Schule. Allerdings lassen sich nur kurze, also Touren-Skier, so transportieren, aber wir benutzten im Busch ja keine anderen.

Um den Pfad zu erreichen, musste ich ein paar Meter die Bruchwand hinaufklettern und einen schmalen Grat übersteigen. Keine Schwierigkeit bei schönem Sommerwetter, aber jetzt war es nicht leicht, auf dem verschneiten und vereisten Fels feste Griffe und Tritte zu finden – eine Herausforderung, die mich jedoch anzog. Einmal glitt ich aus und wäre fast gestürzt, konnte mich aber gerade noch an einem Baumschössling festhalten, der aus dem Schnee ragte.

Auf dem bewaldeten Hang kam ich besser voran. Mühsam war es dennoch; steil ging's da rauf, und der Wildwechsel, von vielen Rehtritten zerklüftet, war verharscht unter dem Neuschnee, manchmal kam ich auch dort ins Rutschen.

Dichte Schlehenbüsche säumten den Wiesenrand. Nur tief gebückt kam ich durch das Dickicht hindurch, ich kroch mehr auf allen vieren als ich lief. Plötzlich hing ich fest; die Skier auf meinem Rücken hatten sich irgendwo verfangen. Ich versuchte, ein Stück zurück zu kriechen, um sie wieder zu lösen, aber es gelang mir nicht. Ich war gefangen, kam weder vorwärts noch rückwärts. Ich wollte hinter mich blicken, um zu sehen, was mich da festhielt, aber ich konnte meinen Kopf nicht weit genug drehen. Ich streifte den Rucksack ab, kroch vorwärts, richtete mich auf, so gut es ging und schaute mich um. Worin nur hatte ich mich so fest verheddert?

In einer Schlinge. Ein Ski hatte sich in einer Schlinge verfangen. Einer Schlinge aus Draht oder dünnem Stahlseil, genau konnte ich das in dem schummrigen Dickicht nicht erkennen.

Ich zog die Schlinge auf und nahm den Ski heraus.

Ich wunderte mich: Hatte hier jemand alten Weidedraht in die Büsche geschmissen? Oder was sonst war das?

Ich sah mir die Schlinge näher an. Und fand eine eigenartige Konstruktion.

Zwei starke Drähte, beiderseits des Wildpfades um kräftige Stämmchen der Schlehenbüsche gewunden, hielten die Schlinge fest in einer Position genau in der Mitte des Pfades, etwa einen Meter über dem Boden.

Was war das?

Eine Falle. Ganz klar.

Eine Falle für das Wild. Hier wechselte das Rehwild zwischen der Zschauke und dem Wald am Berghang. Ein Tier, das sich in der Schlinge verfing, würde sich unweigerlich selbst erdrosseln – ein qualvoller Tod.

Die Falle war raffiniert gestellt; auf dem schmalen Pfad im Dickicht hatte ein Tier kaum eine Chance, der Schlinge zu entgehen.

Ein hundsgemeines Ding. Ich löste die Spanndrähte aus dem Gebüsch und nahm die Schlinge an mich.

Griff Skier und Rucksack und kroch hinaus auf die Wiese. Klopfte mir den Schnee von der Kleidung, trat ins helle Sonnenlicht und untersuchte meinen seltsamen Fund gründlich.

Die Schlinge war aus einem dünnen Drahtseil geknüpft. Einem Bowdenzug, wie ich an dem kleinen zylindrischen Metallstück erkannte, in dem ein Ende des Drahtseils verlötet war. Nicht von einem Fahrrad, dafür war er zu stark. Wahrscheinlich von einem Moped oder Motorrad. Ich kannte solche Bowdenzüge; bei Opa hatten Ersatzbowdenzüge für den Traktor und für das Auto an der Schuppentür gehangen.

An beide Enden waren kleinen Schlingen geknotet. Dort waren die Haltedrähte hindurchgezogen und fest verdrillt worden, wohl mit einer Zange.

Zwei bis drei Millimeter starker, stellenweise schon etwas rostiger Eisendraht. Wie er häufig in der Landwirtschaft verwendet wird, für Weidezäune beispielsweise. Aber auch als Spanndraht für Wildschutzzäune im Forst.

Irgendjemand wilderte hier. Daran gab's keinen Zweifel. Und er tat das obendrein noch in der Schonzeit.

Wilderei war ein seltenes Vergehen, kam aber immer wieder vor; ich kannte von Opa und auch von meinen Kollegen so einige Geschichten, nicht nur aus ferner Vergangenheit. In den Augen vieler Einheimischer ein Kavaliersdelikt. Leider.

Wer auch immer die Falle gestellt hatte, er kannte sich in den Gewohnheiten des Wildes und im Revier gut aus. Das war jedoch keine Erkenntnis, die sich für mich aus dem Fund ergab, sondern das war selbstverständlich. Wer wilderte, musste über das Wild, seine Lebensgewohnheiten und seinen Lebensraum Bescheid wissen. Wer könnte das sein? Höchstwahrscheinlich ein wald- und wildkundiger Einheimischer, der kein Jäger war.

Jemand, der gern Wildbret aß, es sich aber nicht leisten konnte? Oder damit heimlich handelte, es unter der Hand verhökerte?

Dass jemand wilderte, weil er Hunger litt, glaubte ich nicht. Das schien mir völlig unwahrscheinlich.

Ich verstaute die Schlinge in meinem Rucksack. Dann sah ich mich auf der Wiese um, hielt Ausschau nach möglichen Spuren. Bei dem scharfen Wind, der hier oben wehte, machte ich mir dabei allerdings nur wenig Hoffnung auf klare Erkenntnisse.

Ich fand allerhand Wildfährten, vor allem von Rehen, na klar, aber auch von Wildschweinen und Niederwild. Sah auch mehrere verschneite Skispuren, quer über die Wiese verlaufend, von Südwesten nach Osten, wahrscheinlich schon ein paar Tage alt. Aber keine nahe der Stelle, wo ich die Falle gefunden hatte. Auch in der Umgebung des Schlehengebüschs gab es keine Fußspuren. Dann aber entdeckte ich oben am Waldrand eine verschneite Spur; große und tiefe Stapfen, das Schrittmaß etwas größer als meins. Hier war jemand in Stiefeln gegangen, in ziemlich großen, vielleicht in Filzstiefeln. Die Spur führte vom Dickicht weg, immer am Waldrand entlang nach Osten, in Richtung Niederschönaer Flur. Am Ende des Waldes schwenkte sie nach links, hinaus auf das freie Feld. Dort verlor sie sich, verschneit und verweht.

Wer auch immer die Falle gestellt hatte, überlegte ich, er musste sie täglich kontrollieren, wenn er seine Beute nicht an die Füchse oder andere Räuber, auch Wildschweine, verlieren wollte. Ich hatte keine frischen Spuren gefunden. Also war der Wilderer heute noch nicht dagewesen.

Als ich das begriff, war ich mit einem Schlag hellwach. Alarmiert. Ich ging in die Hocke, machte mich klein. Lief gebückt rasch zurück zum Waldrand. Kauerte mich dort hinter einen kräftigen Baum, nahm das Fernglas aus dem Rucksack und spähte hinaus auf die Wiese. Beobachtete aufmerksam das Gelände vor mir; langsam und sorgfältig tastete ich die ganze Umgegend mit den Augen ab. Im lichten Waldsaum jenseits der Wiese, etwa zweihundert Meter vor mir, sah ich eine Bewegung, aber das war nur ein beunruhigter Rehbock, der sich nicht hinaus auf die Wiese wagte, weil er mich wahrscheinlich gewittert hatte. Erbost bellend sprang er schließlich davon.

Durchs Unterholz pirschte ich bis zum Waldwinkel rechtsab; dort stand die große Jagdkanzel, mit der Front hinaus auf die Zschauke, die sich weit nach Osten hinzog, hinab senkte bis zum Niederschönaer Wasser unten im Grund, einem kleinen Bach, der die Rauschendorfer Flur von der Niederschönaer schied. Ich stieg auf die Kanzel hinauf, von dort oben konnte ich die hügligen, von Senken durchfurchten Wiesen und Weiden bis hinauf zur Landstraße in etwa zwei Kilometern Entfernung hervorragend überblicken.

Hin und wieder ließ ich das Glas sinken; der Blick auf das eintönige Weiß strengte die Augen an. Und jedes Mal, wenn ich das Glas abnahm, lauschte ich angespannt in die Umgebung. Aber nichts war zu sehen oder zu hören, kein Mensch, keine Bewegung, kein Ton. Nur ein Schneepflug kämpfte sich von Niederschöna herauf, schlug die Cunnerswalder Landstraße ein und dröhnte davon.

Meine Anspannung löste sich. Ich packte das Glas weg. Stieg wieder hinunter. Schnallte meine Ski an. Huckte den Rucksack auf. Mir war kalt geworden, ich musste mich bewegen.

Im Grunde, dachte ich, während ich langsam über die Zschauke glitt, war der Wilderer ja ganz einfach zu fassen, er musste schließlich irgendwann hierher kommen, um nach seiner Falle zu sehen. Aber ich hatte keine Lust, hier stundenlang auf der Lauer zu liegen; wahrscheinlich käme er ohnehin erst in der Abenddämmerung.

Ich hatte die Schlinge weggenommen, hier drohte dem Wild vorerst keine Gefahr. Ich beschloss, bei nächster Gelegenheit das Forstamt in Fürstenstein anzurufen, dann sollte sich der zuständige Revierförster – keine Ahnung, wer das jetzt war – mit der Geschichte befassen.

Die lange und steile Abfahrt die Zschauke hinab in den Grund lockte mich. Ich überquerte die Wiese; drüben auf der anderen Seite, wo der Wald in eine schmale Spitze auslief, lag ihr höchster Punkt, von dort wollte ich starten.

Gedacht, getan. Und schon sauste ich den Hang hinunter. Zuerst voll im Schuss, das war phantastisch! Ich kam auf dem frischen Pulverschnee wunderbar in Fahrt. Der Wind brauste mir entgegen und trieb mir winzige Schneekrümel ins Gesicht, wie feine Sandkörner fühlten die sich an. Mir war nach Jubeln zumute, ich schrie laut auf vor Freude.

Dann aber aufgepasst! Denn der Hang wurde steiler mit jedem Meter, den ich vorwärts kam, und nun kam der steilste Abschnitt; ich musste einen großen Bogen nach rechts fahren, sonst riskierte ich eine Bruchlandung im Bachbett. Das war aber im frischen, tiefen Pulverschnee kein Problem; willig folgten die Skier meinem Beindruck, ich schwenkte in einem weiten Bogen nach Süden, kreuzte den Hang und fuhr in den Zschaukengrund ein. Dann ging 's wieder im Schuss den steilen Grundweg hinunter; ich kam haarscharf durch die enge Kurve vor Wilhelmsruh, einem einzelnen großen Felsklotz im Grund, sicher ein uraltes Bruchstück vom Wilkensteinmassiv, dahinter musste ich gleich wieder scharf nach links, schaffte auch diesen Schwenk blitzsauber und hatte noch genügend Schwung für die ersten Meter auf der steilen Rampe, die hinauf zum Rundweg rings um den Kleinen Wilkenstein führt. Hastete die Rampe im Langlaufschritt hoch. Und schon stand ich auf dem Rundweg. So schnell und vor allem ohne Sturz hatte ich das noch nie geschafft! Wahnsinn! Ich jubelte laut vor Freude. Und war stolz auf mich, ich war wirklich großartig in Form in jenem Winter.

Ich verschnaufte einen Moment und überlegte, welche Richtung ich nun einschlage. Nach links und durch den Grund, vielleicht quer über die Felder nach Cunnerswalde hinüber? Oder rechts runter, zwischen den Wilkensteinen durch und dann weiter bis zum Taubenberg?

Ich hatte mich noch nicht entschieden, als ich den Rauch roch.

Ich sah nach oben, sah mich um. Nirgends eine Rauchfahne oder eine Rauchwolke. Ich richtete meine Nase in alle Richtungen. Schnüffelte umher wie ein Spürhund.

Ja. In der Luft hing der Geruch von Rauch. Nicht sehr stark, aber deutlich genug.

Rauch von einem Holzfeuer.

Wahrscheinlich Laubholz. Denn es roch nicht nach Harz, nicht ein bisschen.

Eher nach Birke. Brennendes Birkenholz riecht, zumindest für meine Nase, unverkennbar. Irgendwie beizig und würzig nach Holzteer.

Ja, ich war mir ziemlich sicher, dass da Birkenholz brannte. Trockenes Birkenholz. Denn ich sah keinen Rauch.

Wo gab es denn hier draußen jetzt trockenes Birkenholz?

Ich versuchte die Windrichtung festzustellen, aber das war aussichtslos. Hier unten im Grund wirbelte die Luft völlig durcheinander; der Wind, ohnehin nicht sehr stark, wechselte ständig die Richtung.

Ich lauschte. Vielleicht ist hier irgendwo ein Holzeinschlag, überlegte ich, aber ich hörte nichts. Keine Motorsäge, keine Axtschläge. Kein Geräusch weit und breit, an dem ich mich hätte orientieren können.

Aber ich fand Spuren. Spuren von Rädern. Vom Neuschnee überdeckt, aber dennoch gut erkennbar. Jedenfalls für mich, denn ich kannte sie nur zu gut. Ich wollte es nicht glauben, aber es gab keinen Zweifel: Das waren Spuren von unserem Traktor.

Paulick war hier gewesen.

19

Rums!

Es war wie ein Schlag vor den Kopf. Und was für einer. Alles war wieder da.

Meine Knie gaben nach. Ich sank in die Hocke, hielt mich an den Skistöcken fest, um nicht umzufallen. Schweiß brach mir aus, ich zitterte am ganzen Körper. Mein Atem ging keuchend.

Die Gespenster der vergangenen Nacht rasten durch meinen Kopf und überwältigten mich. Ich fiel auf die Knie, hatte Angst, ohnmächtig zu werden, rang nach Luft. Glaubte, mich übergeben zu müssen.

Ich habe keine Ahnung, wie lange ich da hockte. Ich kam zu mir, weil mir kalt wurde, und im Vergleich zum soeben Empfundenen war das ein ausgesprochen gutes Gefühl.

Ich bewegte mich wieder. Auf den Beinen und im Kopf.

Was hatte der verdammte Scheißkerl hier verloren?

Ich sah mir die Spuren genau an. Es waren zwei Fährten. Sie lagen dicht beieinander und kreuzten sich an einigen Stellen, wobei stets die Abwärtsspur über der Aufwärtsspur lag. Er war also den Grund herauf gekommen und wieder hinab gefahren.

Weshalb trieb er sich hier herum?

Was gab's hier für einen Waldarbeiter zu tun? Holzeinschlag? Hier draußen? Der Wald war noch zu jung zur Ernte und auch ordentlich gelichtet. Da war, soweit ich es sah, auch kein Bruch oder Totholz auszuräumen. Was, zum Teufel, hatte er also hier draußen zu suchen?

Der Rauch. Ich roch ihn schon wieder. Wer kokelte hier draußen herum? Paulick? Ich glitt langsam den Rundweg entlang und musterte aufmerksam die Hänge links und rechts. Eine Viertelstunde lang etwa war ich unterwegs, als der Rauchgeruch deutlich stärker wurde.

Ich erreichte eine kleine Lichtung. Hier zweigten Wege ab; rechts ging es über eine schmale und steile Klamm hinauf zum Wilkensteinrundweg, einem gut ausgebautem Wanderweg, der den Großen Wilkenstein auf etwa halber Höhe rings umgibt. Links führte ein Bergsteigerpfad hinüber zum Tümpelgrund, einem stark zerklüfteten Felsengebiet mit einigen Klettergipfeln vor der Nordwand des Kleinen Wilkensteins.

Und es gab noch einen dritten Weg. Eine alte Schneise, die früher einmal, als auf dem Kleinen Wilkenstein noch die Restauration Fels Wilkenstein betrieben wurde, den Hauptweg mit der Talstation des Lastenaufzugs am Fuß des Felsens verband.

Die Bergwirtschaft gab es längst nicht mehr; kurz nach dem Krieg war die Brandruine geschleift worden, ich sprach bereits davon. Der Weg, seitdem nicht mehr oder nur noch selten begangen, war völlig verwildert und für einen mit der Wildnis Unvertrauten als Weg gar nicht mehr zu erkennen – ein toter Weg.

Ich kannte ihn natürlich. Und sah verwundert, dass er neuerdings wieder begangen wurde. Ich sah auch von wem, die Spuren des Traktors verrieten es mir. Sie waren frisch, es lag kaum Schnee auf ihnen. Ganz klar, sie waren von heute Morgen.

Was hatte Paulick hier zu suchen?

Und kam nicht auch der Rauchgeruch von dort oben her?

Ich betrachtete die Traktorspuren sorgfältig und erkannte, dass es sich auch hier um zwei Fahrspuren handelte. Die ältere kam aus dem Grund herauf, die jüngere von oben herab, und sie führte zurück in den Grund. Die ältere war wahrscheinlich die Spur seiner nächtlichen Anfahrt und die jüngere stammte von irgendwann heute Morgen oder vormittags – jedenfalls zeigte sie mir an, dass er im Moment anscheinend nicht dort oben war – wohin auch immer er gefahren sein mochte.

Was trieb Paulick hier? Was verbarg sich dort oben?

Das wollte ich jetzt wissen.

Allerdings sollte ich mich, überlegte ich, ganz vorsichtig annähern und dabei so wenig Spuren wie möglich hinterlassen. Vielleicht war er ja noch dort – jemand anders könnte den Traktor gefahren haben. Und vielleicht gab es ja tatsächlich irgendeinen Saufkumpan, mit dem er sich herumtrieb. Demnach könnte es auch umgekehrt sein: Paulick war fort und sein Kumpan noch oben. Oder er hatte den Traktor irgendwo abgestellt und war auf einem anderen Weg, vielleicht auch quer durch den Busch, zu Fuß zurückgekehrt, noch eine Möglichkeit.

Aber warum? Was gab es dort oben?

Mir fiel nur das Maschinenhäuschen vom ehemaligen Aufzug ein. Es stand in einem kleinen Seitental am Fuß der Südwestwand des Kleinen Wilkensteins. Unter einem Felsvorsprung auf einer schmalen Felsterrasse. Allerdings war es längst verfallen. Eine Ruine schon, als ich noch ein Kind war.

Was wollte er denn dort?

Wie auch immer – Paulick sollte weder mich bemerken noch mitkriegen, dass sich überhaupt jemand hier herumtrieb und für ihn interessierte. Der Weg, den die Traktorspur markierte, kam für mich also nicht in Frage.

Wie käme ich anders hinauf?

Ich erinnerte mich, dass es dort oben mehrere kleine Seitentäler gab. Zu beiden Seiten des Weges, dicht bewaldet und düster, voneinander getrennt durch nicht sehr hohe, aber steile, fast lotrechte und also kaum übersteigbare Felsenrücken. Die meisten waren Sacktäler, die vor den Felswänden des Wilkensteinmassivs endeten.

Aber eines wusste ich auch noch: Aus dem ersten Seitental links vom Weg führte eine schmale Klamm zu dem Felsenrücken hinauf, der dieses Tal vom nächsten schied. Dieser Felsenrücken stieg leicht nach Westen an, man konnte ihn ersteigen und auf ihm entlanggehen, mit großer Vorsicht auch im Winter, und erreichte dann eine kleine Felsplattform, von der aus man hinab ins nächste Tal sehen konnte – in das Tal, in dem das Maschinenhäuschen stand.

Käme ich dort hinauf? Bei diesem Schnee?

Und wenn die Spur woanders hinführt?

Schluss. Genug des Rätselns, ich würde es bald wissen. Entschlossen schnallte ich die Skier ab, verbarg sie am Fuß einer großen Rotbuche nahe am Weg im tiefen Schnee. Ließ auch den Rucksack dort, nahm aber das Fernglas heraus und hängte es mir unter dem Parka um den Hals.

Quer durch den Wald stapfte ich den Hang hinauf. Erreichte bald das kleine Tal. Hielt am Eingang nach Wildfährten Ausschau, vor allem von Wildschweinen, bemerkte aber nur eine Fuchsschnur.

Nach der Klamm musste ich eine Weile suchen; in diesem entlegenen Winkel hier war ich früher nicht oft gewesen, und jetzt machte mir zudem der alles gleich konturierende Schnee die Orientierung schwer. Einmal stieg ich den falschen Weg auf und musste wieder umkehren, aber dann hatte ich sie gefunden. Scheiterte allerdings schon am Einstieg; die Felsen schienen wie dunkel glasiert – alles vereist, meine Schuhe fanden keinen Halt.

Mist. Also wieder raus hier, die Schneise rauf und dann hinein ins Nachbartal?

Nein. Das war mir zu gefährlich – wenn Paulick dort draußen herumstiege? Und wir auf dem engen Talweg, wo es kein Ausweichen gab, womöglich aufeinander träfen, rein zufällig? Mich fröstelte schon beim Gedanken daran.

Gab es noch eine andere Möglichkeit?

Ich benötigte ein Hilfsmittel zum Aufstieg, eine Art Leiter, die es mir ermöglichte, den unpassierbaren Einstieg zu überbrücken; weiter oben, das sah ich, gab es bequeme Tritte und Griffe in günstigen Abständen.

Ich sah mich um. Nach einer Inspiration.

Und ich fand sie. Ich sah am Hang mehrere unter der Last des Schnees weit herunter gebogene Fichten und Kiefern, die unter dem Gewicht zusammenzubrechen drohten. Bei einigen Bäumen war das bereits geschehen; hier und da ragten kahle Stämme auf, ohne Kronen, an den Bruchstellen zerspellt.

Ein Stück Bruchholz brauchte ich als Kletterhilfe!

Ich wühlte mir eine kräftige Fichtenspitze aus dem Schnee, trug sie zur Klamm, lehnte sie in den Einstieg und stieg auf ihr wie auf einer Aztekenleiter empor – von Astknoten zu Astknoten. Kletterte auch die folgende Strecke ohne Mühe und erreichte rasch den Kamm des Felsenrückens.

Ich kauerte mich dort oben hinter eine winzige Kiefer. Lauschte aufmerksam zum benachbarten Tal hinüber.

Alles still. Ich richtete mich auf, stieg vorsichtig zur Felsplattform hinauf. Suchte mir dort einen Platz, der mir eine gute Aussicht hinab ins Tal bot, ohne von unten sichtbar zu sein, und nahm das Fernglas zur Hand.

Unglaublich! Es war einfach unglaublich.

Das alte Maschinenhäuschen trug wieder ein Dach. Darüber ragte eine Esse, ein rußschwarzes Blechrohr. Eine dünne, fast weiße Rauchfahne stieg aus ihr auf und

wurde rasch vom Wind zerfasert. Die Wände waren aus-
gebessert, wenn auch ohne Verputz, deutlich hoben sich
die neuen Ziegel vom alten Mauerwerk ab, und in dem
vergitterten Viereck in der Wand zum Tal hin blinkte
Fensterglas.

Es schien mir unglaublich, dass das alles Paulicks Werk
war.

Und vor allem – wozu?

Warum hatte er sich hier draußen eingerichtet? Was
trieb er hier im Busch?

Die alte Bude war offensichtlich in einem weitaus besseren Zustand als unser Scheunenumbau. Warum hat er
sich hier solche Mühe gegeben? Das hätte er besser zu
Hause tun sollen, dachte ich zornig und verbittert. Am
Ende stammte wahrscheinlich alles Baumaterial von unserem Hof.

Dieses versoffene Arschloch! Lässt zu Hause alles ver-
gammeln und verdrückt sich in den Busch.

Aber wozu, verdammt nochmal? Ich ließ das Glas sinken.

Mir fiel nichts ein.

Moment. Was hatte die Oma erzählt? Zu Hause würde
er nicht mehr saufen. Aber manchmal käme er nächtelang
nicht heim, und niemand wusste, wo er sich da herumtrieb.

Vielleicht hier? War das seine heimliche Unterkunft?
Seine geheime Saufbude? Sein Versteck?

Was für eine lächerliche Kinderei.

Ich nahm das Glas wieder hoch.

Sah alles messerscharf, jeden Stein, jede Mauerfuge. Ich
schaute mir die Hütte ganz genau an.

Eine Holztür. Mit rostigem Eisenblech beschlagen, ich
hätte die Nägel zählen können. Ein schmiedeeiserner
Anwurf hielt die Tür zu, und ein altes klobiges Kasten-

schloss, das in einer ins Mauerwerk eingelassenen Eisenkrampe hing, sicherte sie.

Verschlossen. Also war er nicht drinnen. Und wohl auch niemand sonst.

Ich schwenkte das Fernglas nach rechts und links, spähte in alle Richtungen. Lauschte auch konzentriert, mit geschlossenen Augen. Aber nirgends eine Bewegung, nirgends ein Laut.

Ich verließ die Felsplattform. Lief den Felsenrücken wieder hinab, suchte und fand einen Abstieg in das Tal dahinter. Schlich durch den Wald und stand schließlich unterhalb der Felsterrasse, auf der sich die Maschinenhütte befand. Lauschte nochmal – vom Berg oben klang ein kurzes Rauschen herab, das in einem dumpfen Plumps endete – da war Schnee aus einem Baumwipfel gefallen, ein Schneeschleier hing noch in der Luft. Sonst nichts. Ich trat aus dem Unterholz heraus.

Wenn ich bis dahin noch einen letzten leisen Zweifel hatte, jetzt war ich mir völlig sicher, dass ich vor Paulicks Zuflucht stand; die Traktorspuren unterhalb der Felsterrasse machten es endgültig fest.

Ich kletterte auf die Terrasse und pirschte mich an die Hütte heran. Obwohl ich davon überzeugt war, dass es hier außer mir keinen Menschen gab, ließ ich keine Vorsicht außer Acht. Hielt mich nahe der Felswand, die böte zur Not schnell Deckung, außerdem lag dort der Schnee nicht so hoch – je weniger Spuren ich hinterließ, desto besser.

Vor dem Eingang der Hütte und ringsherum musste ich mir deswegen keine Sorgen machen, dort war der Schnee zum größten Teil weggefegt worden. Was noch lag, war festgetreten und voller Fußspuren. Große Stiefelstapfen. Ich schlich rasch um die Hütte herum, spähte dahinter – niemand dort. Feuerholz lag da, ein riesengroßer Stapel,

dicke Kloben von Birke und Buche, ordentlich aufge-
schichtet und mit einer alten LKW-Plane zugedeckt. Daneben ein flacher Haufen, auch mit einer Plane bedeckt;
ich fand darunter dürres Nadelholz und Birkenrinde zum
Anfeuern, auch eine kleine Menge Briketts. Ein Hack-
klotz stand davor, darin ein Beil eingeschlagen. Eine
Schaufel. Ein Schneeschieber. Ein Reisigbesen, sah aus
wie selbst gemacht.

Ich schaute mir die Hütte genau an.

Ich kannte das alte Maschinenhäuschen von früher her
nur als Ruine, ohne Dach, ohne Fenster; die Tür lag, aus
den Angeln gefallen, vor dem Eingang. Selten nur war ich
als Kind hier gewesen; das Häuschen und der Ort, wo es
stand, gefielen mir nicht, mir war's hier zu gruselig. Dieses winzige Tal im Schatten der Felswand war mir ein zu
düsterer und abgeschiedener Winkel. Irgendwie unheimlich. Aber vielleicht hatte an meinem Unbehagen auch nur
die Ruine schuld, die mir in der wilden, unberührten Natur hier oben völlig fehl am Platz zu sein schien – ich
empfand sie als einen grellen Misston in der natürlichen
Harmonie der Landschaft.

Damals kam man in das Häuschen gar nicht hinein. Das
Dach, längst verwittert und morsch, war zum größten Teil
in den Maschinenraum hinunter gefallen; alte, halb ver-
faulte Balken hingen herab und lagen kreuz und quer im
Raum, verwehrten den Zugang. Und was sich vom Dach
noch oben hielt, drohte im nächsten Moment herabstür-
zen. Opa hatte mir deshalb verboten, in der Hütte herum-
zustöbern. Und ich tat's wirklich nicht. Nicht weil's mir
verboten war, sondern weil ich die Hütte nicht mochte.
Sie war ein Fremdkörper in dieser wunderbaren Wildnis,
ein hässliches Stück verfallene Zivilisation. Und es roch
unangenehm in der düsteren und nassen Bude. Ich weiß
nicht genau wonach, es war eine Mischung aus fauligem

Holz, nassem Mauerwerk, alter Dachpappe und irgendwelchen Chemikalien. Schmieröl vielleicht oder Reinigungsmittel; weiß der Himmel, was hier früher alles verwahrt worden war.

Die Rückseite zeigte sich jetzt als eine geschlossene Wand; die Öffnung, durch die einst das Förderseil des Aufzugs verlief, war vermauert. Sicher auch Paulicks Arbeit; Baumaterial gab's ja genug auf unserem Hof, dachte ich zornig und erinnerte mich der vielen Ziegelsteine, die ich mit Rico abgeputzt hatte. Paulick, du verdammter Mause-Hagen! Du bist nichts als ein Parasit!

Und das Dach? Er hatte auf die Wände neue Balken aufgelegt und eingemauert, jeweils zwei Ziegelsteine Abstand. Dann anscheinend einfach alte Bleche draufgenagelt, so wie die Kanten aussahen; ich konnte es nur vermuten, auf dem Dach lag ja Schnee, an die dreißig Zentimeter hoch. Ein simples Pultdach. Gar nicht schlecht gemacht. Wie gesagt, ungeschickt war er nicht. Und auch nicht dumm. Aber das musste man wissen und durfte es nicht wieder vergessen. Denn Paulick war leicht zu unterschätzen, irgendwie lud er regelrecht dazu ein, und man tat's mit einem gewissen überheblichen Behagen – oh ja, ich weiß genau, wovon ich rede.

Ich schaute durch das vergitterte Fenster.

Ich erinnerte mich, dass früher unter den Dachtrümmern Teile der alten Maschinenanlage zu sehen waren, der Motor, der Antrieb und das große stählerne Rad, auf dem das Förderseil lief.

In der schummrigen Bude war nicht viel zu erkennen. Ein kleiner Tisch stand gleich hinter dem Fenster. Darauf ein halbvoller Aschenbecher und drei leere Bierflaschen. Im Hintergrund etwas, das eine Lagerstatt zum Schlafen sein mochte, ich sah darauf eine in hellen Gelb- und Brauntönen gestreifte Wolldecke liegen.

Die kam mir bekannt vor. Na klar! Das war doch die Schondecke von der Lehne und dem Rücksitz aus Opas Auto, dem alten 311er Wartburg, Baujahr 1957. Opas Schmuckstück; niemand außer ihm durfte ihn fahren, und selbst er tat's nur selten. Sah immer aus wie neu. Nach Opas Tod hatte Oma das Auto verkauft. Die Decke lag dann im Werkzeugschrank in der Garage, zusammen mit dem hölzernen Sanitätskasten und dem uralten, längst verjährten Autoatlas für Deutschland und Europa, in dem ich als Kind immer geblättert hatte, wenn wir sonntags mal feierlich in die Eisdiele nach Bärenstein gefahren waren.

Wenn sie es wirklich war. Aber ich zweifelte nicht ernsthaft daran. Der Dreckskerl riss sich doch wirklich alles unter den Nagel: Den Traktor. Das Baumaterial. Diese Decke. Jede Wette, dass auch das schöne Brennholz von unserem Hof stammte. Auch da steckte meine Arbeit drin.

Opa und Rico hatten die Bäume gefällt und auf Maß gesägt – Anhängerlänge; ich trennte mit dem Handbeil und der Baumsäge alle Äste ab. Fuhre um Fuhre brachten wir die die Stammstücke dann heim. Opa sägte Kloben, Rico hackte die Kloben klein, und Oma und ich stapelten die Scheite auf.

Eine ganze Menge Arbeit, ehe man die Stube heizen konnte.

Und jetzt hielt das verdammte Arschloch sich damit den Hintern warm!

Ich rüttelte wütend am Fenstergitter. Aber es gab nicht nach, es wackelte nicht einmal.

Hätte mich auch gewundert.

Ich ging vor zur Tür, trat voll dagegen.

Das Blech gab einen dumpfen Ton. Ich trat nochmal zu, fester. Wollte in die Bude rein. Und trat nochmal. Fester, voller Wut. Verdammte Bude! Verdammter, blöder, beschissener Mistkerl! Aber keine Chance, die Tür hielt. Nichts zu machen.

Ich sah mir dann das Vorhängeschloss näher an. Und hätte beinahe laut aufgelacht. Natürlich war es auch von uns, ehemals das Schloss vom Schafstall. Ich erinnerte mich, dass es in den letzten Jahren im Schuppen gehangen hatte, im Kleiderrechen am linken Torflügel.

Gab es überhaupt etwas, was ihm gehörte, dem Habenichts und Taugenichts? Nein. Gab es nicht. Was hatte er denn mitgebracht in unsere Familie? Nichts. Gar nichts. Außer Kummer und Leid. Verdammter Scheißkerl!

Ich starrte auf die Tür und überlegte, ob es zu dem Schloss irgendwo noch einen zweiten Schlüssel gab. Im Haus? Im Schuppen? Oder in der Garage? Fiel mir aber nichts ein.

Aufbrechen? Ich hatte keine Ahnung, wie ich dem Schloss beikommen könnte. Und der Anwurf war mit Schlossschrauben an der Tür befestigt, Schrauben mit runden, glatten Köpfen und einem Vierkant im Schaft. Innen mit Muttern gesichert – da war kein Herankommen. Würde er sich aus der Tür reißen lassen? Oder würde die Krampe im Stein nachgeben? Ich schaute mich nach etwas um, das ich als Brecheisen, als Hebel verwenden könnte.

Fand aber nichts. Kein altes Eisenrohr, keine Eisenstange lag herum. Da fiel mir das Beil ein, ich lief rasch hinter die Hütte, riss es aus dem Hackstock.

In diesem Moment hörte ich den Traktor. Dumpf röhrte der Motor, schon ganz nahe. Paulick kam zur Hütte heraufgefahren.

Ich stand eine Schrecksekunde lang starr. Dann sprang ich hinter die Hütte. Duckte mich. Tastete mich an der Wand entlang bis vor zur Tür. Spähte vorsichtig um die

Ecke. Mein Herz klopfte wild los vor Aufregung. Noch war nichts zu sehen, aber jeden Moment musste der Traktor unten auf dem Talweg auftauchen. Ich rannte von der Hütte weg, mit zwei, drei Riesensätzen die Terrasse entlang, sprang hinab in den Wald und warf mich in eine niedrige Fichtendickung.

Presste mich tief in den Schnee. Mein Puls raste, ich atmete keuchend. Ich wagte nicht, mich zu rühren, hob nicht mal den Kopf. Hielt die Augen geschlossen und lauschte.

Immer näher kamen die Motorengeräusche. Wurden lauter. Dann tourte der Motor ab in den Leerlauf, tuckerte noch ein paar Augenblicke und schwieg schließlich.

Diese plötzliche Stille. Ich empfand sie als höchst bedrohlich. Sofort waren die Bilder der vergangenen Nacht wieder da, ich fühlte Paulicks Würgegriff am Hals und geriet in Panik. Mein Herz schlug, als wollte es aus meiner Brust springen, das Blut rauschte mir in den Ohren, ich schwitzte vor Angst. Kriegte kaum Luft. Ich nahm die Unterlippe zwischen die Zähne und biss fest darauf, damit meine Zähne nicht klapperten. Ich wäre am liebsten aufgesprungen und weggerannt. Ich schloss die Augen, presste sie ganz fest zu und kühlte mein Gesicht im Schnee. Das half. Ich blieb liegen. Und beruhigte mich langsam.

Was hielt ich denn bloß so krampfhaft in der rechten Hand? Ich öffnete die Augen und sah hin.

Das Beil. Das hatte ich völlig vergessen.

Da hörte ich ein leises Plätschern. Ziemlich nah, schräg rechts vor mir.

Ich wandte meinen Blick vorsichtig dorthin. Sah aber nur Schnee und ein paar winzige verschneite Fichten. Ganz behutsam hob ich den Kopf, nur ein paar Zentimeter.

Keine zwanzig Schritte von mir stand Paulick vor der Terrasse und pinkelte. Er interessierte sich anscheinend nicht im Geringsten für seine Umgebung, er war völlig vertieft in sein Tun. Hielt seinen verdammten Dreckspimmel und glotzte seiner Pisse hinterher.

In diesem Moment hasste ich ihn, wie ich noch nie jemanden gehasst habe.

Ich fühlte das Beil in meiner Hand und dachte: Jetzt schnell hoch! Zu ihm hin, draufhauen, eins auf die Birne und eins in die blöde Fresse. Und weg ist das beschissene Arschloch! Und wieder stellte ich mir vor, was es für ein tolles Gefühl sein müsste, ihn tot zu sehen. Es war wie eine Vision, eine Flut von Bildern, die meine Vorstellung in wenigen Sekunden durcheilte.

Aber ich wagte es nicht. Meine Angst war viel stärker als der Wutrausch, der so rasch verging wie er gekommen war, und lähmte mich. Ich lag da wie tot.

Ich dachte nur: Gleich sieht er mich! Dann kommt er her und bringt mich um!

Es war entsetzlich.

Unbeschreiblich entsetzlich. Noch heute läuft mir ein Schauder über den Rücken und bricht mir der Schweiß aus, wenn ich daran denke. Diese Angst war viel schlimmer als jene, die ich in der Nacht zuvor ausgestanden hatte.

Aber Paulick kam nicht.

Ich hörte dann, wie er die Tür zur Hütte öffnete. Vorsichtig blickte ich hoch, aber ich konnte ihn nicht sehen, der Blickwinkel war zu steil.

Es schien mir eine Ewigkeit, ehe ich die Tür hinter ihm wieder zugehen hörte. Ich lag und lauschte noch einige Augenblicke, ob es auch wirklich still blieb da oben, dann erst kroch ich langsam zur Seite weg, tiefer in das Fichtendickicht hinein. Sprang auf, als ich mich dort sicher fühlte. Stieg den Hang noch ein Stück hinab, fand Deckung hinter einer großen alten Eiche, ließ mich dort in die Hocke sinken und lehnte mich mit dem Rücken an den Baum.

Ich war fix und fertig. Erschöpft wie noch nie. Zitterte am ganzen Körper. Und mir war speiübel.

Noch immer hielt ich das Beil in der Hand. Wahrscheinlich hatte ich reflexiv die einzige mögliche Waffe, mit der ich mich Paulicks hätte erwehren können, nicht loslassen wollen; die Finger taten mir weh, so sehr hatte ich sie um den Stiel verkrampft.

In meinem Kopf gab es nur einen einzigen Gedanken: Das möchte ich nie wieder erleben!

Ich wünschte, Paulick wäre tot. Nicht so sehr als Rache oder zur Strafe, sondern um ihn nicht mehr fürchten zu müssen.

Als ich das begriff, wurden meine Gedanken glasklar. Zum ersten Mal dachte ich ernsthaft daran, ihn zu töten. Ganz einfach, weil sein Tod die beste Lösung des Problems war – niemand müsste ihn dann noch fürchten. Niemals mehr. Weder Claudia, noch Mutter, noch ich. Und ich erschrak überhaupt nicht bei diesem Gedanken, kein bisschen. Ich dachte einfach nur konsequent.

Allerdings hatte ich da noch keinen blassen Schimmer, wie ich ihm beikommen könnte. Aber dass das Beil keine Waffe für mich war, erkannte ich sofort.

Ich erholte mich allmählich. Erhob mich, als ich wieder einigermaßen bei Kräften war, und nahm das Fernglas zur Hand. Richtete es zur Hütte hinauf.

Meine Spuren bemerkte Paulick anscheinend nicht oder er ließ sich von ihnen nicht irritieren; jedenfalls widmete er dem Boden rings um seine Bude keine besondere Aufmerksamkeit.

Plötzlich kam er aus der Hütte geschossen und stieg eilig von der Terrasse herunter. Sofort war ich alarmiert: Hatte er doch etwas spitzgekriegt? Suchte er jetzt nach meiner Spur? Und fand womöglich hierher? Meine Hände mit dem schweren Glas fingen an zu zittern.

Paulick ging zum Traktor und öffnete die Plane vom Ladekasten. Dann hob er etwas heraus, einen Sack wohl oder ein Bündel, trug es hinauf und verschwand damit hinter der Hütte. Falscher Alarm, ich atmete auf.

Es dauerte eine Weile, bis er wieder auftauchte. Mit einem Tragekorb voller Holzscheite, den er in die Hütte trug. Bald quoll grauer Rauch mächtig aus der Esse, wand sich träge in die kalte Luft hinauf.

Mein Blick fiel auf das Beil zu meinen Füßen und ich fragte mich, ob er beim Holzholen womöglich dessen Fehlen bemerkt hatte.

Mir wurde kalt, die Bewegungslosigkeit machte mich frieren. Hoffentlich kommt der Mistkerl bald wieder raus und verschwindet, wünschte ich.

Ich sah nach der Uhr. Gleich halb zwei. Er heizt und macht Mittag, nahm ich an. Und trinkt 'nen Grog oder zwei. Vielleicht auch drei, aber mehr wahrscheinlich nicht; soweit ich wusste, trank er am Tag nicht übermäßig. Wenn er sich richtig besoff, dann abends.

Nichts rührte sich da oben. Ich trat vorsichtig auf der Stelle, um mich halbwegs warm zu halten. Der Rauch wurde zu einer dünnen Strähne, verschwand schließlich völlig, und ich sah nur noch heiße Luft über dem Schornstein zittern. Der Wind hatte sich gelegt und es fing wieder an zu schneien; ich sah ringsum die winzigen weißen Flocken sacht niedersinken.

Ich verspürte Hunger. Omas Gulasch fiel mir ein. Wie lange war das her? Jahre. So fühlte es sich jedenfalls an.

Ich dachte an zu Hause. Die Oma würde wohl traurig sein, weil ich nicht zum Mittagessen zurückgekommen war. Und Mama? War sie auch traurig? Ich hatte mich so auf sie gefreut.

Claudi.

Nein. Daran wollte ich jetzt nicht denken. Nur nicht wieder darin versinken.

Denk an etwas anderes! An was Schönes! Los!

Ich schloss die Augen und dachte ganz intensiv an Alexander. Erinnerte ihn so, wie ich ihn fast zwei Jahre lang beinahe jeden Tag erlebt hatte. Hörte seine Stimme. Sein ansteckendes Lachen. Roch ihn. Fühlte seine Wärme. Seine Zärtlichkeiten. Genoss es, bei ihm geborgen zu sein. Flüsterte seine Namen. Und ich merkte bald, wie ich mich entspannte. Spürte, wie sich ein Lächeln in meinem Gesicht ausbreitete.

Eine Weile stand ich so glückselig versunken. Das tat gut. Oh ja.

Plötzlich flog die Tür der Hütte auf; ich fuhr zusammen vor Schreck und duckte mich unwillkürlich in den Schnee.

Ich sah Paulick nicht, ich hörte nach ein paar Sekunden nur, wie nicht weit von mir etwas in den Schnee plumpste.

Die Tür schlug wieder zu. Stille.

Paulich hatte irgendetwas in den Wald geworfen.

Was?

Ich schlich nach der Stelle hin.

Fand im Schnee eine leere Schnapsflasche.

Ich hob sie auf. Sah mir das Etikett an.

„Eisbrand", stand da in weißen Buchstaben, die wie aus Eisblöcken zusammengesetzt schienen, auf leuchtend blauem Grund. Darunter schwarze Lettern: Nullkommasieben Liter Trinkbranntwein mit 32 Volumenprozent

Alkohol für 18 Mark. Ein Bild inmitten des Etiketts, eine Zeichnung oder ein Stahlstich, zeigte ein Schiff vor einem Eisberg. Eine Empfehlung stand noch vermerkt: „Eiskalt servieren".

Ich hielt die Flasche in der Hand, wägend, abwägend. Kippte sie schräg; eine winzige durchsichtige Neige rann über den gläsernen Boden.

Wenn er sich wenigstens hier draußen in aller Ruhe tot saufen würde, dachte ich. Dann hätten wir endlich Ruhe vor ihm.

Das wäre die beste und einfachste Lösung.

Denn lange schon waren meine Überlegungen zum Für und Wider einer Anzeige Paulicks bei der örtlichen Polizei an einem toten Punkt angelangt.

Wenn ich ihn anzeige, was geschieht dann?

Man würde Paulick zu den Vorwürfen vernehmen. Dann bräuchte er nur alles abzustreiten und Claudia und mich als üble Verleumderinnen hinzustellen – kaum zu glauben, dass er das nicht tun würde –, und somit ergäbe sich das übliche Dilemma: Aussage stände gegen Aussage. Dann ginge das ganze Theater los. Kriminalpolizeiliche Ermittlungen. Rechtsmedizinische Untersuchungen. Befragungen. Verhöre. Die ganze Prozedur. Immer wieder.

Für Claudia und mich nichts als Stress und Demütigung.

Und am Ende?

Wenn ihm die Taten nachzuweisen sind, geht er in den Knast. Für zwei, drei Jahre. Vielleicht mehr, vielleicht weniger; ich hatte keine Ahnung.

Und dann?

Käme er wieder raus. Und für ihn wäre es dann wohl so, als wäre nichts geschehen. Strafe verbüßt – alles erledigt. Abgehakt.

Oder?

Wäre ihm nichts nachzuweisen, würde er freigesprochen: *In dubio pro reo* – so weit reichte mein Latein.

Und?

Claudia und ich, wir wären gebrandmarkt und verächtlich gemacht für alle Zeiten. Und noch viel tiefer verletzt als jetzt. An Mutter und Oma mochte ich gar nicht denken.

Warum also sollten wir uns das antun.

Wenn's vielleicht auch anders ginge. Denn ich hatte ja keinen Zweifel an seiner Schuld. Wie auch.

Außerdem saß eine Überzeugung ganz tief und fest in mir drin: Selbst wenn er ins Gefängnis geht – das ist keine gerechte Strafe für das, was er Claudia angetan hat. Nie und nimmer.

Von mir wollte ich gar nicht reden.

Die Flasche. Die leere Schnapsflasche in meiner Hand. Von Spirituosen zu Spiritus war es nicht weit. Und der Name des Getränks – „Eis*brand*" – mochte mich auch auf diesen Gedanken gebracht haben: Anzünden, dachte ich plötzlich. Die Hütte einfach anzünden! Abfackeln! Mit ihm drin!

Ich sah alles genau vor mir. Ablaufen wie einen Film.

Flammen schlugen aus dem Dach, riesige grellrote Lohen, die laut fauchend in den Himmel fuhren und eine mächtige pechschwarze Rauchwolke empor trieben. Ich hörte seine Hilfeschreie hinter dem Lärm der Flammen, aber ich beachtete sie nicht. Nicht im Geringsten. Mochte er schreien und winseln! Ich schrie zurück: Verrecke, du Dreckskerl! Fahr zur Hölle!

Mochte er betteln und jammern um sein beschissenes Leben, ich würde es hören und lachen.

Dann Stille. Letzter Rauch aus der Asche. Alles aus. Aus und vorbei.

Ich schwelgte wie berauscht in diesen Bildern. Was für ein Triumph!

Er kommt nicht mehr, Claudi, hörst du? Nie mehr. Er ist nämlich tot. Tot und verbrannt. Du musst ihn nicht mehr fürchten.

Und ich auch nicht.

Dann wurden meine Überlegungen konkret: Ich könnte Benzin vom Traktor nehmen. Die Flasche aus dem Tank volllaufen lassen.

Und dann?

Du hast doch gar nichts zum Anzünden dabei, Nikola Böhmer! Keine Streichhölzer, kein Feuerzeug!

Ich ließ die Flasche fallen, gab ihr einen Tritt. Matt, lustlos, mutlos.

Alles Quatsch. Alles Blödsinn.

Willst du dir wegen dem verdammten Arschloch etwa dein Leben versauen?

Ich hörte die Tür, ließ mich einfach in den Schnee fallen und blieb reglos liegen. Hob dann vorsichtig den Kopf und spähte zur Hütte hinauf. Paulick kam raus, verschloss die Tür hinter sich. Stiefelte zum Traktor und verstaute seinen Rucksack im Ladekasten. Trat den Starter, einmal, zweimal. Beim drittenmal sprang der Motor an. Gute alte Touren-Awo.

Er kletterte auf den Sitz, wendete die Maschine. Dann gab er kräftig Gas und verschwand im Hohlweg.

Ich lauschte dem vertrauten Motorgrollen nach. Dachte, wie sehr ich den satten Klang des Viertaktmotors früher gemocht hatte. Jetzt bereitete er mir Unbehagen.

Nein.
Schlimmer: Er machte mir Angst.

20

Ich stand noch ein paar Augenblicke still, als schon nichts mehr zu hören war. Dann lief ich hinauf zur Hütte und brachte das Beil zurück. Paulick sollte es nicht vermissen.

Vor der Tür blieb ich stehen. Fest versperrt, das Schloss hing in der Mauerkrampe. Ich ruckte daran – verschlossen. Wie sollte es auch anders sein. Ich ging hinter die Hütte und schlug das Beil in den Hackstock.

Dunkle Flecken im festgetretenen Schnee. Nicht groß, höchstens wie Fünfpfennigstücke. Nicht viele. In unregelmäßigen Abständen, aber nicht verstreut – eher wie auf einer Schnur aufgefädelt.

Eine Tröpfelspur.

Ich zog den Handschuh aus, stippte vorsichtig einen Finger hinein.

Rot. Dunkelrot. Sah aus wie Blut.

Hatte Paulick sich verletzt?

Ich folgte der Spur. Sie führte am Holzstapel vorüber und weiter in eine enge Nische, endete vor der Felswand in einer schmalen Spalte.

Zu schmal für einen Menschen.

Aber breit genug für ein Reh.

Keinen halben Meter vor mir hing das tote Tier mit zusammengebundenen Hinterläufen an einem quer in der Spalte verkeilten Holzknüppel. Es war aufgebrochen und ausgeweidet. Die Zunge hing ihm verquollen und blutig aus dem Äser. Der Hals war dicht hinter dem Kopf blutig gerieben und stark eingeschnürt. Bis auf die Wirbelsäule eingeschnürt.

Das Tier hatte sich in einer Drahtschlinge gefangen und grausam erdrosselt, das war offensichtlich. Ein junger

Rehbock. Ein Jährling, ein Spießer, wie mir das kurze, unverzweigte Gehörn verriet. Ganz schmal noch, es war gar nichts dran an dem Tier. Völlig sinnlos grausam umgebracht. Ich stand fassungslos und wütend.

Eigentlich war ich nicht sehr verwundert. Dass Paulick so etwas tat, dass er der Wilderer war, dessen Falle ich heute Morgen gefunden hatte, hätte ich mir fast denken können.

Nun wurde mir auch klar, wofür er die Hütte hier draußen brauchte – sie war sein Wildererversteck. Von hier aus unternahm er seine Raubzüge. Und hier verbarg er seine Beute.

Ich berührte den toten Körper. Er fühlte sich kalt an, war aber noch nicht steif gefroren. Und er hatte noch geblutet, als Paulick ihn hierher trug. Also frische Beute. Beute von heute Morgen.

Der Sack! Das Bündel, was er ausgeladen hatte! Darin war das Reh gewesen.

Es blutete noch immer, eine dunkle Lache glänzte auf dem Boden. Ich bückte mich. Eine dunkelrote, ölig aussehende Lache auf einer Schwarte aus braunrotschwarzem Eis. Hier hatten schon einige Tiere gehangen.

Neben der Felsspalte lagen rot verschmutze Schneebatzen; Paulick hatte sich die Hände im Schnee notdürftig gesäubert.

Ich rührte nichts mehr an. Verließ den Winkel und achtete dabei darauf, dass ich genau in Paulicks Fährte ging.

Hunger hatte ich. Und Durst. Außerdem fror mich. Nicht nur wegen der winterlichen Kälte; mit einem Mal überkam mich dieses Gefühl tiefsten Unbehagens, das ich damals, als ich als Kind hier war, empfunden hatte. Die gleiche unheimliche Beklemmung. Es war wie ein *Déjà-vu*-Erlebnis.

Mich fröstelte, ein Zittern überlief mich. Nichts wie weg von hier. Eilig lief ich in der frischen Traktorspur hinab ins Tal. Ich sah, dass Paulick inzwischen die Schneeketten aufgezogen hatte, auf allen drei Rädern. Sehr vorsorglich – was hatte er denn heute noch vor?

Am Rucksack angekommen, zog ich mich zunächst wärmer an; zweites Paar Socken, zweiter Pullover. Wollstrumpfhose. Aß mein Mittagbrot und trank zwei Tassen Tee. Dann brach ich auf, Paulick nach.

Verschiedenes ging mir durch den Kopf, während ich mich in der Traktorspur, die Paulicks Route markierte, wieder warm lief.

Warum wilderte er? Für den eigenen Herd?

Möglich. Als Hilfsarbeiter verdiente er nur wenig Geld. Da half das Wildern wirtschaften.

Noch wirtschaftlicher wäre es da allerdings, das Wildbret zu verkaufen. Natürlich heimlich, unter der Hand. Es sah mir ganz danach aus, dass Paulick das tat. Dafür sprach, dass er mehrere Fallen zugleich aufgestellt hatte. Es konnte natürlich auch sein, dass ihm gerade das Fleisch ausgegangen war und er deshalb mehrere Wildwechsel zugleich belauerte. Ich hielt es jedoch für wenig wahrscheinlich.

Egal. Eine Falle würde er jedenfalls nicht mehr finden, der verdammte Tierquäler.

Er hatte sich auf dem Hauptweg nach links gewandt, dem Großen Wilkenstein zu. An der nächsten Weggabelung war er dann nach Südosten abgebogen, hinunter zum Tiefen Grund. Sein Vorsprung war nicht groß; etwa eine Viertelstunde, nachdem er abgefahren war, war ich aufgebrochen. Jetzt war ich gut zwanzig Minuten unterwegs, ich rechnete jeden Moment damit, auf ihn zu treffen.

Deshalb lief ich langsamer und lauschte angestrengt nach vorn: Das Motorengeräusch sollte mich warnen.

Aber was ich plötzlich hörte, war Hundegebell. Nicht weit vor mir.

Was machte denn ein Hund da? Paulick war doch dort, niemand sonst. Oder?

Wo kam der Hund her? Was war los da vorn?

Ich konnte nichts sehen, denn der Weg vor mir beschrieb eine scharfe Kurve nach links. Ich blieb stehen, das war wohl erst mal das Gescheiteste.

Kam mir etwa jemand mit einem Hund entgegen?

Ich wollte nicht gesehen werden, von niemandem. Ich verließ den Weg, lief rasch in den Wald zu meiner rechten, einen lockeren Fichtenbestand, hinein. Pirschte in seiner Deckung langsam und leise nach dem Gebell hin. Nach etwa fünfzig Metern hörte ich den Hund genau links von mir. Ich stieg von den Skiern, schlich hinter eine kräftige Fichte nahe dem Waldrand und spähte auf den Weg hinaus.

Paulick stand dort neben dem Traktor. Der Motor war aus. Er sprach mit einem Mann, der einen großen, schwarzen Hund bei sich führte. Ich erkannte ihn bald, allerdings eher an seinem Hund als die dick vermummte Gestalt selbst. Es war der Rüger-Hilmar, der Wirt von der Niedermühle drüben in Liebenau, mit Danko, seinem mittlerweile schon ziemlich betagten Riesenschnauzer. Der bellte und winselte, war kaum zu beruhigen. Hoffentlich wittert er mich nicht, dachte ich. Zum Glück war er angeleint.

Danke, braver alter Danko, dass du mich gewarnt hast. Aber jetzt könntest du langsam wieder Ruhe geben, sonst werde ich womöglich noch entdeckt. Außerdem würde ich gern verstehen, was die beiden da miteinander reden.

Aber der Hund lärmte weiter und zerrte aufgeregt an der Leine; ich dachte erst, er wittert mich, aber dann begriff ich: Er roch den Rehbock, der im Ladekasten gelegen hatte, deshalb drängte er auch immerzu nach dem Traktor hin. Rüger-Hilmar fuhr ihn ein paar Mal wütend an, befahl dann energisch „Platz!" und schlug ihm roh die Leine über die Schnauze. Danko fügte sich widerwillig, knurrte nur noch leise. Ließ jedoch keinen Blick vom Traktor.

Rüger-Hilmar zog eine kleine Flasche Schnaps aus der Innentasche seiner Jacke, trank, reichte sie dann Paulick. Sie sprachen nicht laut, während sie miteinander schnäpselten, ich verstand kaum ein Wort. Kriegte, als sie sich voneinander verabschiedeten, nur mit, dass die beiden sich wahrscheinlich heute Abend treffen wollten, denn der Wirt rief noch, als Paulick den Motor schon gestartet hatte: „Nicht vor acht, Paulick! Klopf' an die Küchentür, die Renate gibt mir dann Bescheid!"

Die Renate war Rüger-Hilmars Frau. Sie kochte, er stand hinter dem Tresen. Elvira, die Tochter, bediente. Ich kannte sie von der Schule; sie war mit Rico in eine Klasse gegangen.

Ich kannte auch die Niedermühle. Eine Schneidemühle an der Weißeritz, ein alter Familienbetrieb. Bauholz, vor allem Bretter, waren Rügers Hauptgeschäft. Die kleine Schankwirtschaft betrieben sie nebenbei. Eine olle Kaschemme hatte der Opa sie gescholten. Dass Rico mit seinen Freunden eine Zeit lang dort verkehrte, hatte ihm gar nicht gefallen. „Schmuddelküche", sagte er geringschätzig. Den Jungs war das egal. Sie wollten als Lehrlinge nur irgendwo billig Bier trinken. Und billiger als die Niedermühle war keine Kneipe weit und breit.

Paulick fuhr weiter den Weg hinab, Danko bellte ihm nach. Rüger-Hilmar schimpfte wieder, zerrte fuchtig an der Leine. Fluchte. Stapfte dann langsam den Weg hinauf.

Ich wartete, bis ich nichts mehr hörte, weder Paulick noch Rüger-Hilmar noch Danko. Dann heftete ich mich wieder an Paulicks Fersen.

Was hatten Paulick und Rüger-Hilmar für Heimlichkeiten miteinander? Und wer genau? Der Waldarbeiter und der Holzmüller oder der Wilderer und der Gastwirt?

21

Vor dem Felsgeviert unterhalb des Ziegenrückens – große Trümmerbrocken eines Bergsturzes in ferner Vergangenheit hatten sich da dicht beieinander gruppiert – brannte ein großes Feuer. Sehnsüchtig blickte ich aus meinem Versteck zu den Flammen hinüber, denn mich fror. Gern wäre ich zu den Männern dort gegangen, die auf Steinen und Holzklötzern um das Feuer herum saßen, hätte einen Becher Tee oder Grog mit ihnen getrunken und einen kleinen Schwatz gehalten; kannte ich doch die meisten von ihnen, Rauschendorfer und Cunnerswalder Forstleute, aus meiner Waldläuferzeit.

Sie machten soeben Feierabend. Es ging auf drei, Samstag. Sie hatten Neumondholz gefällt, deshalb waren sie auch heute, an einem Samstag, hier draußen. Ausgesucht schöne Stämme von Buche, Eiche und Lärche. Begehrtes Zimmerer- und Tischlerholz.

Warum ging ich nicht einfach zu den Männern hinunter und erklärte ihnen: „Der Paulick ist ein Wilderer. Er stellt Fallen auf. Guckt mal in den Ladekasten vom Traktor, dort findet ihr frische Blutspuren, vielleicht auch Schlingen. Und in der Felsspalte hinter der alten Aufzugsmaschinenhütte oben am Kleinen Wilkenstein hängt ein gewilderter Rehbock." Warum tat ich das nicht?

Weil es nichts gebracht hätte. Dafür käme Paulick nicht in den Bau, dafür gab's 'ne Geldstrafe, nicht mehr. Und wer würde die am Ende zahlen? Die Mutter. Und zum Dank dafür würde er sie obendrein noch verprügeln.

Nein. Das war nicht die Lösung, nach der ich suchte.

Paulick war nicht mit am Feuer, er steckte im abschüssigen Hochwald jenseits des Weges inmitten gefällter

Lärchen und Fichten und machte dort Stämme sauber, wie es im Forst hieß; er hackte und sägte alle Äste von den gefällten Bäumen. Ich sah ihn nicht, aber drüben am Weg stand der Traktor, und ich hörte die dumpfen Schläge, wenn er zur Axt griff.

Er war nicht gern gesehen bei den angestammten Forstleuten. Einer von ihnen hatte ihm vorhin spöttisch zugerufen: „Man merkt, 's geht auf 'n Feierabend zu, Paulick. Da wer 'n nämlich die Faulen fleißig."

Ich hockte in einer Deckung in den Felsen am Aufstieg zum Ziegenrücken, erstarrte langsam aber sicher vor Kälte und wusste nicht recht, was ich hier eigentlich wollte. Versuchte, mich auf einen klaren Gedanken zu konzentrieren.

Einen Unfall müsste er haben.

Einen Baumstamm aufs Bein?

Ein gebrochenes Bein. Damit kommt er nicht mehr aus dem Wald.

Und erfriert.

Als die Forstleute weg waren, kam Paulick zum Feuer herauf. Hockte sich hin. Kramte eine Flasche aus seinem Rucksack, eine Schnapsflasche, wie ich durchs Fernglas erkannte. Er trank einen kräftigen Schluck. Legte Holz auf die Glut. Brannte sich eine Zigarette an. Rauchte und las dabei in einer Zeitung, die einer der Forstarbeiter dort liegengelassen hatte.

Ich senkte rasch das Glas. Seine Hände – sie waren so groß und nah. Ich wollte sie nicht sehen.

Und was nun?

Alles Schitt. Nein, so war kein Rankommen an den Mistkerl. Zeige ihn an und schau, was kommt, dachte ich resigniert, was willst du sonst tun. Wie lange willst du hier noch Indianer spielen? Ist doch dumme Kinderei.

Ich kroch langsam auf dem Bauch rückwärts, wollte meine Deckung verlassen.

Plötzlich ein Krachen oben am Berghang, laut wie ein Büchsenschuss. Ich riss erschrocken den Kopf herum. Eine riesige Wolke aus Schnee stob auf, kam den Hang herab, rasend schnell, zog über mich hinweg und verlor sich im Holzeinschlag.

Ich lag weiß eingestäubt auf dem Bauch, hob langsam den Kopf und sah, dass auch Paulick etwas abbekommen hatte. Er stand neben dem Feuer und klopfte sich die Klamotten ab, grummelte dabei vor sich hin.

Was war das denn gewesen?

Kein großes Rätsel; ein großer Ast oder der ganze Wipfel eines Baumes oben über der Felswand war unter der Schneelast gebrochen und herabgestürzt.

Paulick war noch immer mit sich beschäftigt; ich nutzte das aus, verzog mich rasch aus den Felsen. Schnappte mir meine Skier und eilte davon. Wieder hinauf zu seiner Hütte. Denn mir war blitzartig eine Idee gekommen.

Könnte vielleicht ein Baum auf das Dach der Hütte fallen? Ich musste mir das ganze Terrain dort oben schnellstens nochmal genau ansehen.

Einige wenige Blicke genügten, und ich war desillusioniert. Ernüchtert und enttäuscht.

Die Hütte war aber auch sehr überlegt platziert. Errichtet auf einer Terrasse in einer Felsnische, am Fuß einer Felswand, die nur mäßig steil verlief und obendrein im unteren Teil kräftig auskragte. Wie ein Kamin mit einem Sims. Was auch immer von dort oben herunterfiel, es würde nie und nimmer auf der Hütte landen.

Tja. Das war wohl nichts.

Ich mühte mich, meine Enttäuschung wegzudrücken.

Letzte Hoffnung der Eingang. Könnte dort ein Baum hinfallen? Oder eine Schneelawine die Tür versperren? Sodass er in der Hütte gefangen wäre? Und da drinnen erfröre?

Nein. Kaum wahrscheinlich. Dafür stand sie ja oben auf der Terrasse.

Also doch abfackeln?

Du spinnst ja! Dreh jetzt nicht völlig durch!

Ich wandte mich deprimiert ab, stapfte missmutig den Talweg wieder hinab.

Sieh lieber zu, dass du noch nach Hause kommst, ehe es dunkel wird.

22

Alles wäre anders gekommen, wenn ich auf dem kürzesten Weg nach Hause gelaufen wäre. Der führte jedoch am Holzeinschlag vorüber, barg also die Gefahr, auf Paulick zu treffen. Das wollte ich aber um jeden Preis vermeiden. Ihm wollte ich auf keinen Fall begegnen.

So blieb mir nur der Umweg über den Zschaukengrund, der Weg, den ich am Vormittag herauf gekommen war.

Es war eine traurige Rückkehr. Ich war ziemlich bedrückt. Niedergeschlagen. Zu viele Sorgen lasteten mir auf der Seele; vor allem dachte ich ständig daran, dass ich morgen, am Sonntag, nach Fürstenstein fahren musste, um Paulick bei der Polizei anzuzeigen. Mit allen Konsequenzen.

Keine tolle Aussicht, weiß Gott. Aber was sollte ich denn tun? Ihn anzuzeigen war allemal besser als gar nichts zu unternehmen.

Lange schon war die Sonne hinter Schneewolken, grau wie altes Blei und wohl ebenso schwer, verschwunden; auch etwas, das mich düster stimmte.

Sollte ich nicht doch vorher mit der Mutter reden? Am besten noch heute, ehe sie zur Nachtschicht aufbrach. Sie fiele doch sonst aus allen Wolken, wenn plötzlich die Polizei vor der Tür stünde.

Und Claudi? Ich würde mein Versprechen halten und sie nicht verraten. Bezweifelte allerdings, dass sich die Geschichte dauerhaft verbergen ließe. Denn wenn die Polizei erst einmal zu ermitteln begann …

Ach, verdammt, alles ein Riesenschitt!

Was hatte dieser verdammte Mistkerl nur angerichtet. Ungläubig schüttelte ich den Kopf. Und geriet fürchterlich in Rage, als mir einmal mehr das ganze Ausmaß dessen bewusst wurde, was in der vergangenen Nacht passiert war.

Paulick, du Scheißkerl! Ich verfluchte und beschimpfte ihn. Schrie es einfach heraus, während ich lief: „Du verdammtes Arschloch! Paulick, ich hasse dich! Du Verbrecher! Du elendes Dreckschwein!" Tränen stiegen mir in die Augen vor Wut, Ohnmacht und Selbstmitleid.

Aber ich fing mich wieder. Nein! Kein Wundenlecken mehr! Du kriegst mich nicht klein, Paulick! Du nicht! Nie im Leben!

Mein Kampfgeist war stärker als meine Niedergeschlagenheit, er nahm mich regelrecht beim Kragen: So leicht machst du's dem Schweinehund nicht! Du bist kein kleines, schwaches Mädchen, Nikola Böhmer! Dich kriegt nichts und niemand unter! Erst recht nicht dieser Dreckskerl!

Mein Kopf wurde wieder klar. Und in ihm keimte eine vage Idee.

Wenn ich Paulick als Wilderer anzeige, wird er immerhin in Gewahrsam genommen. Oder wenigstens zum Verhör auf das Revier geführt. So könnte ich etwas Zeit gewinnen. Zeit, die ich benutzen könnte, um mich mit Claudi und vielleicht auch Mutter gründlich zu beraten. Und vielleicht wäre Paulick ja dann auch so sehr eingeschüchtert, dass er Claudia fortan in Ruhe ließe.

Wo war die nächste polizeiliche Meldestelle? In Niederschöna. Keine halbe Stunde von hier.

Kräftig rammte ich die Stöcke in den Schnee und schob mich vorwärts.

Aber unterwegs meldeten sich wieder Zweifel: Wer würde sich schon am Samstagnachmittag für einen Wilderer interessieren?

Wahrscheinlich niemand. Man würde die Anzeige aufnehmen und protokollieren. Vielleicht würde sich am Montag jemand mit ihr befassen, wenn es nichts Wichtigeres zu tun gab.

Na ja. War ja irgendwie auch verständlich. Ich wüsste auch Besseres zu tun, als an einem kalten Samstagnachmittag auf der Suche nach einem Wilddieb und den Beweisen für seine Schuld im Wald herumzuirren. Hier war keine Gefahr im Verzug; das Leben eines Tieres war im juristischen Sinne ein Sachwert. Kein Grund zur Eile also. Ein Forstinspektor und ein Polizeibeamter würden Paulick am Montag oder an einem der nächsten Tage bei der Arbeit im Wald aufsuchen und vernehmen. Dabei dann sicher auch die Hütte, die Felsspalte dahinter und den Traktor auf Beweismittel und Spuren untersuchen.

So in etwa würde es ablaufen. Musste ich mir da solchen Stress machen? Ich stapfte dennoch weiter.

Unschlüssig stand ich vor der Gemeindeverwaltung; oben im zweiten Stock hatte der ABVer, der Ortspolizist, sein Dienstzimmer, aber die Tür zum Gemeindehaus war verschlossen, und nirgends in dem Gebäude regte sich etwas auf mein mehrfaches kräftiges Anklopfen hin. Licht sah ich auch keins.

War ja auch keine Amtszeit, samstags, nachmittags gegen vier. Wer die Polizei dringend brauchte, konnte ja den Notruf wählen, eins eins null. Das nächste Revier war in Fürstenstein.

Ich hab's versucht, dachte ich resigniert und müde, ich hab's wenigstens versucht.

Kalt abweisend starrten die Fenstervierecke des leeren Hauses auf mich herab, finstere Blicke hinter einem Starschleier aus Eisblumen. Hingegen fiel nicht weit die Straße hinunter von einer Laterne über der Tür zum Gasthof

Napoleonstein gelbes, weiches Licht auf den Schnee, freundlich und einladend.

Einen schönen heißen Tee wollte ich trinken. Mich aufwärmen. Die trostlose Heimfahrt noch etwas hinausschieben. Und all die folgenden unvermeidlichen Entscheidungen. Mit diesen Absichten ging ich auf das Licht zu.

Im alten Rom stand, das habe ich mal in einem Buch gelesen, manchmal auf einem Schild über der Wirtshaustür geschrieben: „Tritt ein und vergiss".

Über der Tür vom Napoleonstein muss auch so ein Schild gewesen sein, ich habe es nur nicht bemerkt.

23

In jede andere Gaststätte wäre ich allerdings lieber gegangen, denn der Wirt vom Napoleonstein war mir als
mürrischer alter Griesgram in Erinnerung. Es gab aber
keine weiter in Niederschöna. Selten nur war ich hier
gewesen, so zwei-, dreimal mit dem Opa zum Mittag,
wenn wir im Busch zu tun hatten und der Weg hierher
nicht lang war. Daran dachte ich, als ich in den schmalen
Hausflur trat und mich nach rechts zu der Tür wandte, die
in die Gaststube führte.

Ich erkannte den Raum kaum wieder. Was ist denn hier
los, wunderte ich mich und schaute mich verwirrt um,
was ist denn mit dem grämlichen alten Napoleon passiert?

Das erste, was mir auffiel, war das Radio auf dem
Wandbord neben dem Tresen, vielmehr was da erklang
und in welcher Lautstärke – Led Zeppelins „Whole Lotta
Love" rammte die Wände der Gaststube mit voller
Wucht, werde ich nie vergessen; die prallen Klänge tobten ungezügelt durch Gastraum, den ich nur verschlafen
und verrunzelt kannte, trübselig wie sein Herr halt. Die
Schiebetür zum großen Saal nebenan stand offen – ich
hatte sie immer nur verschlossen gesehen – ; der war, wie
die Gaststube auch, hell erleuchtet, und ein Haufen Leute
meines Alters und nur wenig darüber wuselte dort herum,
schleppte Kisten, Koffer, Boxen, Scheinwerfer, Kabel-
trommeln; auf dem Podest im Hintergrund der Bühne
stand schon ein Schlagzeug komplett aufgebaut. Live-
Musik im Napoleonstein – wie war das denn möglich?

In der Gaststube war niemand. Ich ging in den Saal hinüber und sprach einen der Leute dort an, einen jungen
Mann, der etwas abseits stehend dem regen Treiben zusah

und dabei eine Zigarette rauchte. Jeans, kurze schwarze Stiefel, schwarze Lederweste mit 'ner Menge Buttons und Ansteckern vorne drauf, eine blonde Lockenmatte fiel ihm lang den Rücken runter. Mitte Zwanzig mochte er sein.

Ob er wüsste, wo der Wirt oder eine Bedienung sei, fragte ich ihn, und ob ich vielleicht was Warmes zu trinken bekommen könnte.

Er lächelte mich freundlich an und sagte: „Da biste hier genau richtig. Ich bin der Kneiper. Der neue. Hat sich noch nicht so richtig rumgesprochen, was? Hab' den Laden ja auch erst seit November. Wo bist 'n her? Von hier aus Niederschöna? Ich bin der Achim." Er hielt mir die Hand hin, ich schlug ein. „Eher nicht, sonst kämst du wohl kaum so halb erfroren hier an. Machste 'ne Brettel-Tour?" Er deutete mit der Hand, die die Zigarette hielt, auf meine Skistiefel. „Was Warmes willste? Da komm mal mit rüber. Du kannst auch was essen, wenn du willst; Mittagstisch hab ich nich, nur Abendbrot, und das is' ja noch 'n bissel hin. Aber die Conni – das is' meine Freundin, die schmeißt die Küche – haut dir sicher irgendwas in die Pfanne, das is' kein Problem." Er wartete meine Antwort nicht ab, ging vor mir hinüber in die Gaststube, marschierte stracks in die Küche, kam zurück und fragte mich, ob Rührei mit Schinken in Ordnung ginge. Ich konnte nur stumm nicken, so sehr lief mir das Wasser im Mund zusammen. Natürlich nahm ich das gern an; kaum war von Essen die Rede, begann mein Magen zu knurren wie wild. Ich schluckte und sagte: „Ja, das ist genau richtig". Er gab seiner Conni in der Küche Bescheid und stiefelte hinter den Tresen.

Ich suchte mir einen Tisch nahe dem Ofen und setzte mich. Taute langsam auf und spürte mit einem Mal, wie erschöpft ich war. Am liebsten wäre ich eingeschlafen, mir war so angenehm warm und taumelig, aber das Radio hielt mich wach – mit Rockmusik vom Feinsten.

Achim hinter dem Tresen schrie gegen das Radio an: „Kaffee? Grog? Glühwein?"

„Tee", rief ich zurück, „schwarzen. Oder Kräuter, ist egal!" Er nickte. Zeigte auf das Radio und deutete mit der Hand eine Linksdrehung an. „Nur ein bisschen", rief ich, und er stellte die Musik etwas leiser.

Ich wollte einen klaren Kopf behalten, außerdem hätte mich Alkohol nur noch schläfriger gemacht. Ich horchte zum Radio hinüber, erkannte die Sendung: Jugendradio DT 64.

Achim brachte bald den Tee. „Schwarzer mit Zitrone, Essen dauert noch 'ne Minute." Schon war er wieder fort.

Ich sah ihm nach, wie er im Saal verschwand. Netter Typ, dachte ich, das ganze Gegenteil von seinem Vorgänger. Der ist genau richtig für den Laden, der bringt Leben hier rein. Ist aber nicht von hier, sann ich weiter; dem Tonfall nach stammt er eher aus der Chemnitzer Ecke, aus dem Erzgebirge vielleicht. Ich wärmte meine Hände am Teeglas, trank in kleinen Schlucken und lauschte hingerissen der Musik.

Das war auch ein Teil meines Lebens mit Alexander gewesen; beide mochten wir satte, raue Gitarrenklänge *á la* Led Zeppelin, Deep Purple, AC/DC und Van Halen. Bei einem Rockkonzert hatten wir uns auch kennengelernt – zur Rocknacht auf der Tharandter Burgruine, einem großen Sommer-Open-Air. Ein halbes Dutzend Amateurbands, die unter anderem die Lieder unserer geliebten Rockgrößen spielten, traten da auf. Von nachmittags bis früh um vier. Phantastisch war das.

Und eine Ewigkeit her. Fast wie zu einem anderen Leben gehörend.

Achim kam mit dem Essen, und ich bestellte gleich noch einen Tee. Ach, roch das köstlich. Die leckersten Rühreier mit Schinken meines Lebens, dachte ich, ausgehungert wie ich war. Achim brachte mir noch ein Körbchen mit Schwarzbrotschnitten. „Kannste ruhig alle machen. Lass dir 's gut schmecken." Dann ging er hinter den Tresen und stellte das Radio noch ein wenig leiser. „Is' wohl angenehmer beim Essen."

Ich gab mir Mühe langsam zu essen. Schaute dabei nicht gierig auf den Teller, sondern sah mich im Raum um, während ich jeden Bissen genoss. Viele Bilder hingen an den Wänden, Gemälde, Stiche und Drucke, sicherlich alles Kopien, Reproduktionen. Sie zeigten Szenen aus den Befreiungskriegen gegen das napoleonische Frankreich, auch Porträts historischer Persönlichkeiten aus jener Zeit, vor allem berühmte Heerführer der kriegführenden Mächte.

Damals hatte ich von alldem keine Ahnung, heute weiß ich über die Ereignisse von 1813 in meiner Heimatgegend ganz gut Bescheid. Weiß nun auch, dass der Napoleonstein, eine Felskuppe im Osten von Niederschöna, anders als der eine oder andere seiner Namensvettern, diesen Namen mit einigem Recht trägt. Der berühmte Kaiser der Franzosen war tatsächlich hier gewesen. Im August 1813 reiste er von Dresden über Stolpen nach dem Lilienstein, inspizierte die neugebauten Heerstraßen und das Feldlager am Fuß des Liliensteins, setzte dort über die Elbe hinüber nach Königstein und kehrte über Pirna nach Dresden zurück. Niederschöna war eine Station auf diesem Weg; aufgehalten hat er sich hier allerdings nicht und den Tafelberg, der nach ihm benannt wurde, also auch nie betreten.

Allerdings wurde das Dorf wenige Tage später, in den Gefechten Ende August 1813, hart umkämpft; preußische und russische Truppen, geführt von Herzog Eugen von Württemberg, standen ganz in der Nähe gegen in Übermacht von Königstein her anrückende Franzosen unter dem General van Damme und verhinderten, dass diese den vor Dresden kämpfenden Verbündeten in den Rücken fallen und ihnen den Rückzugsweg nach Böhmen versperren konnten.

Die Dekoration der Gaststube sollte an jene Ereignisse erinnern und zugleich den Namen der Gastwirtschaft, Napoleonstein, illustrieren. Natürlich fehlte der Namensgeber nicht in der Ausstellung; an der Wand hoch oben über dem Regal hinter dem Tresen hing ein Porträt des berühmten Korsen, ein Brustbild im Halbprofil; es zeigte ihn in einer prächtigen Uniform, eine Haarsträhne hing ihm in die blasse Stirn, die rechte Hand hatte er auf die hinlänglich bekannte Art in die aufgeknöpfte Weste eingeschoben.

Mich interessierte mehr ein Bild an der Wand gleich rechts von mir. Ein Gemälde, es zeigte zwei Soldaten inmitten einer nächtlichen Winterlandschaft. Von Schneeschwaden umweht standen sie dicht beieinander auf einem verschneiten Hügel auf freiem Feld, völlig ungeschützt der eisigen Kälte und dem Schneetreiben ausgeliefert. Ihre Nasen und Wangen leuchteten frostrot, die Augen blickten leer, völlig teilnahms- und hoffnungslos. Sie hatten die Uniformkragen hochgeschlagen, um den Wind abzuhalten – ein letzter kläglicher Versuch, der unbarmherzigen Witterung zu trotzen. Ihre Schuhe und Hosenbeine waren weiß vom angewehten Schnee. Wie lange mochten die armen Kerle schon hilflos umherirren? Wahrscheinlich würden sie die Nacht nicht überleben und anscheinend ahnten sie das auch. Im Hintergrund waren schemenhaft zwei weitere Soldaten zu sehen, sie wandten dem Betrachter den Rücken zu. Es schien mir, als zögen dort bereits die Seelen der beiden Verlorenen davon.

Eine gespenstische, trostlose, traurig stimmende Szene. Beklemmend. Ein Bild, das man nur anschauen konnte, wenn man satt in einer warmen Stube saß.

„Guck dir das bloß nicht zu lange an, sonst traust du dich nicht mehr vor die Tür. Hast du den Wetterbericht gehört? Sibirische Kälte ist angesagt. Da kriegst du 'ne Ahnung davon, wie 's den armen Hunden da damals ergangen ist." Achim war plötzlich neben mir, deutete mit dem Kopf auf das Bild und stellte den frischen Tee ab.

Ich schaute ihn fragend an, und er erklärte mir: „Das sind sächsische Soldaten, die nach Napoleons gescheitertem Russlandfeldzug achtzehnzwölf auf dem Rückmarsch sind. Oder besser gesagt, sie sind auf der Flucht vor dem Winter. Sie versuchen, irgendwie nach Hause zu kommen, aber sie haben eigentlich keine Chance. Haben nichts zu essen, nichts zu trinken, keine warmen Klamotten. Sind fix und fertig, die Jungs." Er zog heftig an seiner Zigarette. „Als die `Große Armee` gegen Ende Oktober von Moskau nach Westen aufbrach, war sie noch etwas über einhunderttausend Mann stark". Er stippte Asche in den Aschenbecher auf meinem Tisch. „Anfang November kam der Winter. Von heute auf morgen minus 20 Grad und kälter. Schneefälle und eisiger Wind. Die Pferde krepierten zuerst; sie konnten auf Eis und Schnee nicht laufen, weil sie keinen Winterbeschlag hatten. Dann auch die Menschen. Starben wie die Fliegen an Erschöpfung. Verhungerten und erfroren." Er drückte die Kippe im Ascher aus. „Wer nicht mehr weiter konnte, blieb einfach am Weg liegen und verreckte. So ging das die ganze lange Strecke zurück bis zur Memel, wie der Njemen damals hieß. Dazu immer wieder Kämpfe mit den nachrückenden russischen Truppen und Partisanen. Jedenfalls kamen am Ende nur noch dreißigtausend Mann etwa in Polen an."

Ich fragte beeindruckt: „Woher weißt du das alles?"

Er grinste und deutete auf die Wände ringsum. „Steht alles auf den kleinen Schildern und Tafeln da. Und ich bin der Kneiper hier, wenn auch noch nicht lange. Der alte Wirt ist doch letztes Jahr gestorben. Und leider hat sich's ja noch nicht überall 'rumgesprochen, dass der gute alte Napoleon wieder aufgemacht hat. Was meinst du, was ich da manchmal für 'ne Zeit zum Lesen habe. Leider." Er lachte fröhlich auf, warm und ansteckend; sein Witz gefiel mir, und ich fiel in sein Lachen ein. „Und außerdem wollt' ich mal Lehrer werden. Deutsch und Geschichte. Hab 's aber nach drei Semestern sein lassen, war doch nicht so meins, alles in allem", setzte er hinzu.

Er trat vor das Bild, das ich so eingehend betrachtet hatte, und las vor: „Grenadiere im Schnee. Kopie nach dem Gemälde von Ferdinand von Raisky. Er malte es im Auftrag des Fürsten von soundso zur Erinnerung an die fast 15 000 Sachsen, die in Napoleons Russlandfeldzug 1812 ums Leben kamen." – „Tja", kommentierte Achim, „mitgegangen, mitgefangen, mitgehangen. Die Sachsen waren ja Napoleons Vasallen. Weil der sächsische Kurfürst auch sächsischer König sein wollte." Er deutete auf das Gemälde. „Dafür sind die armen Hunde da draufgegangen. Die meisten werden wohl verreckt sein wie die beiden Kumpels da: erfroren im bitterkalten russischen Winter."

Ich nickte stumm. Wie gesagt, ich hatte keine Ahnung von der Geschichte.

Aus dem Saal nebenan tönte in diesem Augenblickeine grell pfeifende Rückkopplung herüber, ohrenbetäubend, fast schmerzhaft; es verging sicher eine halbe Minute, ehe der Lärm verebbte.

„Mann, das wird ʻne saugeile Mugge heute", schwärmte Achim, als man wieder ein Wort verstehen konnte, und erklärte mir: „Ich will ʻnen Rock-Schuppen aus der Kneipe machen. Freitags Disko, samstags Bands live auf der Bühne, sonntags vielleicht nochmal Disko; erst mal sehen, wie ʻs so läuft." Er griff sich die nächste Zigarette, hielt auch mir die Schachtel hin; ich lehnte dankend ab, war doch Nichtraucher seit je. „Heute Abend haben wir zwei tolle Bands hier, Amateure, aber echt spitze; ʻne Bluesband aus Gera und ʻne Hardrockband aus Dresden." Er sah mir ins Gesicht. „Komm doch heute Abend wieder her, um acht geht's los. Da brennt hier die Luft." Er imitierte wildes Gitarrenspiel und rockte dabei ein paar Schritte wie Angus Young über die Dielen, lachte dabei fröhlich wie ein Kind. „Aber sagʻ vorher den Leuten in deinem Dorf Bescheid, dass hier heute die Post abgeht", rief er mir zu. Stand gleich darauf wieder vor mir. „Nee, ganz im Ernst: Bist hier jederzeit willkommen, Mädel. Und erzähl ʻs den Leuten bei dir zu Hause: der alte Napoleon zieht wieder in die Schlacht! Mit jeder Menge Schwermetall, aber nichʻ in Form von Kanonen! Long live Rock 'nʻ Roll!" Er lachte wieder laut auf, ergriff meinen leeren Teller und verschwand in der Küche.

Ich sah ihm lächelnd nach. Achim gefiel mir. Er konnte begeistern. Mitreißen. Weil er von dem, was er tat, selbst begeistert war wie ein Kind und diese Begeisterung völlig unbefangen zeigte. Was für ein sympathischer Junge.

Ich rührte Zucker in meinen Tee, trank. Mir wurde warm davon, sehr sogar; ich nahm mein Schaltuch ab und zog den Rollkragenpullover aus.

Aus dem Saal klang plötzlich Musik herüber. Soundcheck. Die Band spielte ein Lied an, das ich kannte, bestens kannte. „Ride On" von AC/DC, ein wunderbar sanfter und zugleich unglaublich kraftvoller Bluessong. Ein Lied, das ich liebte. Sehr sogar.

Ich stand auf und ging zur Saaltür. Lehnte mich an den Türrahmen, schaute der Band zu und lauschte verträumt.

Träumte von Alex. Weil 's unser Lied war.

Der Sänger klang tatsächlich Bon Scott sehr ähnlich, rauchig und schroff und dabei doch zutiefst warm. Wie einer wohl singen muss, der sich tagein, tagaus gegen die Kälte stemmt. Gefiel mir gut.

Seit November war ich nicht mehr ausgegangen, bloß zwei-, dreimal ins Kino. Allein. Nun dachte ich über Achims Einladung nach, heute Abend wieder herzukommen.

Warum eigentlich nicht?

Mittendrin brach das Lied ab, weil der Gitarrist sich im Solo verspielte. Schade.

Also: Warum nicht?

Achim lief an mir vorüber in den Saal, eine Runde Bier auf dem Tablett. Rief den Musikern zu: „Jungs, wie lange braucht ihr noch? In 'ner Stunde is' Einlass. Also kommt langsam zu Stuhle. Un' wenn ihr noch was essen wollt, kommt rüber, Abendbrot geht itz' los. Alles klar?" Alles klar.

Er zwinkerte mir freundlich zu, als er an mir vorüberging, aber plötzlich wurde sein Blick ernst. Geradezu erschrocken sah er mich an und ließ seine Augen erst von mir, als er schon auf halbem Weg zur Küche war. Nanu, fragte ich mich irritiert, was hat er den auf einmal? Und wischte mir über den Mund, vielleicht waren da noch Spuren meiner Mahlzeit; ich brauche einen Spiegel, dachte ich, eilte hinaus zur Toilette im Hausflur, knipste das Licht an, sah mich im Spiegel – und wusste sofort Bescheid.

Blaue Flecken an meinen Kieferbögen, ich strich vorsichtig mit den Fingern darüber. Und ein dunkler Striemen zog sich unter meinem Kinn entlang. Markierte, grünbraun und blauviolett, wo Paulicks Hände auf meinem Hals gelegen hatten.

Darum nicht. Darum konnte ich heute Abend nicht wieder hierher kommen.

Ich muss wohl ziemlich blass ausgesehen haben, als ich in die Gaststube zurückkam, denn Achim fragte mich halblaut: „Willste 'n Schnaps?", als ich mich am Tresen vorüberstehlen wollte. Ich schüttelte den Kopf. Blieb stehen und wandte mich ihm zu. „Nein", sagte ich, „ich trinke keinen Schnaps. Nie." Sah ihm fest in die Augen dabei. Er blickte mich ernst an. Nickte kurz. „Das is' gut", sagte er, und schob die Flasche, die er im Regal in seinem Rücken bereits ergriffen hatte, zurück zu den aufgereihten Spirituosen. „Eisbrand", las ich auf einem der Etiketten dort, weiße Blöcke auf blauem Grund. Es schüttelte mich unwillkürlich.

Ich spürte, dass er mir noch etwas sagen wollte, und blieb am Tresen stehen. Aber in diesem Moment drängte ein Schwarm Gäste, alles junge Leute, in den Raum, mit viel Lärm und einem mächtigem Schwall kalter Luft, die nach Schnee roch; sie grüßten mit „Hallo" und „Glück auf", und Achim grüßte zurück. Ich ging rasch zu meinem Stuhl, griff mir mein Schaltuch und band es um. Zog mir Pullover und Parka an, während Achim eilig ein Bier nach dem anderen zapfte.

Bezahlen musste ich noch. Ich ging zum Tresen, sah Achims Hantierungen zu und lauschte nach dem Radio. Der Sprecher beendete gerade die Nachrichten.

„Und nun das Wetter: Weiterhin verbreitet Schneefälle. Nachts minus 8 bis minus 10 Grad Celsius, in den Mittelgebirgen sinken die Temperaturen bis minus 12 Grad, örtlich auch darunter. Der Wind vorwiegend aus Südost bis Ost in der Stärke 6 bis 7, in den Kammlagen der Mittelgebirge sind auch Orkanböen möglich. In der zweiten Nachthälfte dazu starker Schneefall, auch im Flachland. Achtung Verkehrsteilnehmer, vor Schnee- und Eisglätte sowie Schneeverwehungen wird gewarnt … "

Achim wandte sich mir zu. „Was kriegst du?", fragte ich.

„Rührei mit Schinken macht zwoachtzig, zwei Tee einssechzig, macht zusammen viervierzig."

Ich reichte ihm einen Fünfer. „Stimmt so."

Er bedankte sich. Beugte sich dann ganz nah zu mir über den Tresen und sagte leise: „Lass dir noch was sagen, Mädel. Wenn du nicht weißt wohin, komm hierher. Die Conni un' ich, wir haben zwei Zimmer da oben" – er deutete mit dem Kopf zur Decke –, mehr brauchen wir net. Da sin' noch genug leere Kammern. Den ganzen Flur lang." Ich nickte wortlos. Hörte ihm aufmerksam zu. „Nur dass du 's weißt. Und" – seine Stimme wurde mahnend – „dass du dich ja nicht schämst dafür. Niemals! Schämen sollte sich der, der dir das angetan hat. In Grund und Boden. Dem soll 'n die Pfoten abfaul'n." Er sprach nun beinahe im Zorn. „Ich weiß, wovon ich rede, ich hab's selber erlebt. Ich komm' aus Thum; mein Alter war auf der Zeche, in Geyer, gleich um die Ecke. Un' wenn der einen übern Durst gezwitschert hatte, was leider oft vorkam, hat er meine Mutter un' uns Kinner, meine zwee Brüder un' mich, mordsmäßig verdroschen." Er schüttelte heftig den Kopf vor Erregung. „Bis mer groß genug war'n uns zu wehr'n. Dann hat er 's zurückgekriegt. Aber voll. Da hat er sich dann nich' mehr an uns rangetraut." Den Zigarettenstummel zerquetschte er im Ascher als wäre er ein ekelhaftes Insekt. „Nur die Mutter. Die hat's noch jahrelang aushalten müssen." Neue Zigarette. „Bis er dann ma'

147

im Suff im Garten von der Leiter gefloch'n is'. Das war's dann. Klatsch un' aus." Er nickte düster. „Endlich Ruhe." Dann schwieg er einen Moment, zündete sich die Zigarette an, sah mir ins Gesicht. „Wahrscheinlich wär 's noch besser, den Kerl anzuzeigen", fuhr er fort, „aber bei uns damals hat das net was gebracht. Leider. Einmal ha'm die Nachbarn die Bullen gerufen. Die kamen und ha'm sich vom Alten doch glattweg an der Tür abfertigen lassen, die Trantüten. Un' danach war erst recht der Teufel los, kann ich dir sagen. Nee." Er hob den Kopf, seine Augen blickten leer über die Tische hinweg, und er schüttelte, versunken in seine trüben Erinnerungen, ungläubig den Kopf. Er zog heftig an seiner Zigarette, inhalierte tief. Dann fiel sein Blick wieder auf mich und er kehrte zurück in die Gegenwart. Seine Augen entspannten sich. „Wie gesagt, nur dass du Bescheid weißt, ne. Wenn du nicht weißt wohin, komm her." Er lächelte mir aufmunternd zu. Schaute wieder so freundlich und fröhlich drein wie zuvor.

Ich begegnete seinem Blick. Aber ein Lächeln gelang mir jetzt nicht mehr. Ich nickte nur stumm. Wollte jetzt nur noch weg von hier. So schnell wie möglich. Ich schulterte meinen Rucksack, sagte rasch: „Mach's gut und hab vielen Dank. Für alles". Er winkte nur ab. Reichte mir die Hand zum Abschied. „Komm bald mal wieder vorbei. Weißt ja", – er deutete mit dem Kopf hinauf zum Napoleonbild – „der olle Korse is' auferstanden und macht wieder den Frontmann. Aber nu' als Rock 'n' Roller." Wieder sein herzliches Lachen. Ein letztes Winken; „Pass ja auf dich auf", hörte ich noch, als ich hinaus in den Hausflur trat.

Ich verschwand nochmal in der Toilette. Füllte meine leere Thermosflasche mit Leitungswasser. Zurück im

Hausflur griff ich meine Skier, die ich dort in eine Ecke gelehnt hatte. Und trat hinaus auf die Straße.

Hintern den weißen Hängen im Westen versank das letzte Tageslicht. Schnee fiel, ganz fein; winzige Kristalle rieselten vom dämmrigen Himmel. Kaum zu glauben, dass es heute Nacht noch Sturm geben sollte. Nach grimmiger Kälte sah es allerdings schon aus; die schmiedeeiserne Türklinke fühlte sich rau an vom Reif, als ich die Haustür hinter mir ins Schloss schob, und der Schnee auf dem Gehweg knirschte und ächzte laut unter meinen Schritten.

Ich schnallte die Skier an, stemmte die Stöcke in den Schnee und schob mich ab. Vom nahen Kirchturm schallte es einmal dünn: viertel sechs. Allerhöchste Zeit für mich.

Ich lief schnell, sauste die samstagabendlich stille Straße entlang, vorbei an der Kirche, dem Gemeinderat, der Bushaltestelle, schwenkte dann links weg die Steile zur Cunnerswalder Landstraße hinauf. Erreichte die flache Anhöhe über dem Grund, in dem Niederschöna lag, stoppte und schaute zurück.

Schieferhäutige Häuschen kauerten unter Schneehügeln. Mattgelbe Fenstervierecke blinzelten über Hofzäune und verschneite Mauerkronen. Über vielen Dächern stiegen Rauchsäulen auf – vor der frostigen Nacht wurde noch einmal geheizt. Kein Laut ringsum. Über den Höhen in meinem Rücken hing noch ein letzter fahler Streif, auf dem Tal unten lag schon der Schatten der Wälder, und in der Ferne hinter dem weiß verhüllten Napoleonstein drohte, ein schwarzer Saum, in dem es verhalten funkelte, die Nacht über den Feldern.

Was für ein schönes Winterbild. Ich stellte mir hinter den schummerigen Hutzelfenstern liebe und freundliche Menschen vor. Glückliche Familien. Wo es keine bösen

Worte und keine Schläge gab. Geschweige denn Verge-
waltigungen.

Alles Selbstbetrug, ich begriff es sofort. Ich träumte nur
meine Wünsche und Sehnsüchte in dieses Bild hinein.
Schuf mir eine Idylle. Die übliche Gruß-aus-dem-
Gebirge-Kitschpostkartenidylle.

Ich wandte mich ab, ernüchtert. Dachte an Achims Geschichte. Besser, man schaute nicht so genau in die Hut-
zelstuben hinein.

Und weiter stapfte ich zügig den Hang hinauf. Kreuzte
den Weg nach Rauschendorf – ich wollte nicht nach Hause, nein, ich hatte etwas anderes vor. Eilte über die Wiesen dem Wald zu, dabei ging mir das Lied von AC/DC
durch den Kopf, das die Band vorhin gespielt hatte, „I 'm
gonna ride on, ride on... "; ich summte es vor mich hin,
dachte an Bon Scotts, des Sängers der Band, traurigen
Tod; er erfror in einem Auto, worin er sich nach einem
Konzert in London im Februar 1980 zum Schlafen gelegt
hatte. Ziemlich betrunken soll er gewesen sein. Dachte
auch an die beiden Soldaten auf dem Gemälde. Und an all
das, was mir Achim erzählt hatte.

Den Wetterbericht nicht zu vergessen.

Alles passte.

Aber es gab für mich noch 'ne Menge zu tun; jetzt durfte ich keine Zeit mehr verlieren.

„Schnaps! – das war sein letztes Wort. Dann trugen ihn
die Englein fort." – den Reim kannte ich von Opa. Hatte
ich als Kind von ihm gehört. Der fiel mir jetzt ein.

Englein. Von wegen. He, Paulick, du verdammter Mistkerl! Jetzt geht's ab zur Hölle! Ich werd' dir zeigen, wie
man eine Falle stellt!

Denn ich wollte nicht warten, bis Paulick irgendwann
einmal besoffen von einer Leiter fallen würde.

24

Alle Müdigkeit war von mir abgefallen, ich war gestärkt und ausgeruht. Ich hatte jetzt ein Ziel, ich verfolgte einen bestimmten Plan und wusste, was ich in den nächsten Stunden zu tun hatte, jedenfalls in den gröbsten Zügen. Eine Idee war plötzlich in meinem Kopf entstanden, um die herum schwirrten nun meine Gedanken, verhakten sich wie Puzzleteilchen, wenn sie zueinander passten, und fügten sich allmählich zu einem Muster zusammen, einem immer deutlicher werdenden Bild in meiner Vorstellung.

Ich eilte durch den Wald, die Nacht auf den Fersen. Gleichmäßig zog ich meine Spur, atmete ruhig, dachte dabei konzentriert nach. Blieb manchmal lauschend stehen, weil ich glaubte den Traktor zu hören, aber da war nichts.

Im Hochwald sperrten die mächtigen Kronen der Fichten das letzte Tageslicht aus; es schien kaum wahrscheinlich, dass sich beim Holzeinschlag noch jemand aufhielt. Ich fuhr trotzdem dort hin, ich wollte sicher sein. Näherte mich vorsichtig dem Kahlschlag, der in der Dunkelheit des Waldes wie ein riesiges milchiges Oberlicht erschien, lauschte. Tiefe Stille ringsum, manchmal nur knarrte ein Föhrenstamm unter seiner Schneelast. Langsam glitt ich in der Deckung des schon fast nachtdunklen Hochwaldes weiter. Plötzlich war eine Bewegung in der Luft; von den Ziegenklippen strich lautlos eine Eule herab und begann ihren nächtlichen Jagdzug.

Nein, hier war niemand mehr. Das Feuer vor der Felswand war erloschen, allerdings strahlte der Aschehügel noch allerhand Wärme ab. Eine leere Schnapsflasche lag im Schnee, und einer der Forstarbeiter hatte seine Mütze versehentlich liegengelassen, eine Fellmütze mit Ohren-klappen, eine Tschapka. Ich legte sie vor der Felswand in eine kleine Nische unter einen Überhang, wo sie vor dem Schneefall geschützt war. Beschwerte sie mit einem Stein, damit ihr auch der Wind nichts anhaben konnte. Dann untersuchte ich den Hauptweg nach Spuren vom Traktor, fand aber nichts Eindeutiges; hier waren zu viele Leute und auch andere Fahrzeuge unterwegs gewesen. Außer-dem wurde es mit jeder Minute dunkler.

Was für Möglichkeiten gab es? Paulick konnte zu seiner Hütte gefahren sein. Oder er kontrollierte seine Fang-schlingen auf frische Beute. Vielleicht aber war er schon unterwegs zur Niedermühle? Ich erinnerte mich, dass er sich mit Rüger-Hilmar, dem Wirt, für heute Abend verab-redet hatte.

Nein. Dort war er wahrscheinlich nicht. „Nicht vor acht", hatte der Wirt gerufen. Ich sah nach der Uhrzeit: kurz nach sechs zeigten mir die Leuchtziffern an.

Ich entschloss mich, zur Hütte hinauf zu laufen. Musste ja sowieso dorthin, unbedingt, das gehörte zu meinem Plan – zum Plan für eine tödliche Falle, die ich Paulick stellen wollte. Eine Falle, die mir so einfach und zugleich sicher schien, dass ich nicht einen Moment lang fürchtete, Paulick könnte sie durchschauen. Geschweige denn, sie könnte versagen.

Aber man konnte Paulick gewiss alles Mögliche nach-sagen, nur nicht Dummheit. Warum nur behielt ich das nicht fest im Kopf? Vielleicht, weil ich von dem Hochge-fühl, das ich empfand als ich glaubte, die todsichere Waf-fe gegen Paulick gefunden zu haben, wie benebelt war.

An der Wegkreuzung angekommen verbarg ich die Skier und den Rucksack wieder hinter der Buche am Wegesrand und ging zu Fuß weiter. Inzwischen war es völlig dunkel geworden, und der verwilderte Grundweg hinauf zum ehemaligen Maschinenhäuschen, schon bei Tag düster und unheimlich, lag nun in tiefster Finsternis. Allerdings bot der Schnee zu all dem Schwarz der Baumstämme und Felsbrocken ringsum einen perfekten Kontrast und reflektierte jeden noch so winzigen Lichtschein, so dass ich mich noch recht gut orientieren konnte. Die nächtliche Wildnis schreckte mich nicht. Ich fürchtete nur Paulick.

Wie schon am Vormittag roch ich zuerst den Rauch; die schwere, kalte Luft, die nach Sonnenuntergang hinab ins Tal sank, trug ihn mir zu. Paulick heizte, er war also in der Hütte oder in deren Nähe.

Ich verließ den Weg, suchte abseits Deckung zwischen den Bäumen, lief nun langsamer. Mühte mich, jedes Geräusch zu vermeiden. Bald sah ich vor mir die Felswand auftauchen, als senke sich eine pechschwarze Folie in den Bildhintergrund; ich blieb ich stehen, lauschte und starrte angestrengt nach vorn. Versuchte, die Umrisse der Hütte zu erkennen, ohne Erfolg jedoch, ich war wohl noch zu weit von ihr entfernt. Hörte nichts weiter als das gemächliche Knarren der sich im leichten Wind wiegenden Bäume. Vorsichtig pirschte ich weiter hinauf.

Endlich erkannte ich die Hütte, schemenhaft als einen dunklen Klotz, den ein waagerechter weißer Streifen oben abschloss – das war das aus meiner Perspektive verkürzt erscheinende Pultdach – vor der schwarzen Felswand. Kein Lichtviereck darinnen – entweder hatte Paulick kein Licht brennen oder er hatte das Fenster verhüllt.

Dunkler Rauch, in dem winzige rötliche Funken aufblitzten, quoll aus dem Schornstein, trieb ins Tal hinab, vermischte sich mit den immer dichter fallenden Schneeflocken. Der Rauch roch aromatisch nach Harz, Kienholz brannte da; hatte Paulick soeben erst Feuer gemacht?

Unterhalb der Terrasse blieb ich nochmals lauschend stehen. Kletterte dann rasch hinauf. Suchte Deckung nahe der Felswand, tastete mich langsam an ihr entlang zur Hütte hin.

Duckte mich hinter den Holzstapel. Lauschte wieder. Ringsum war alles still.

Zwei, drei rasche Schritte, und ich hatte die Hütte an deren Rückseite erreicht. Presste ein Ohr an die Wand und horchte. Hörte nichts. War er drin, hockte da im Dunklen, schlief womöglich?

Ich huschte weiter in Richtung Tür. Spähte um die Ecke, versuchte das Türschloss zu erkennen.

Es war abgenommen; die Tür hing nur zugeschlagen ungesichert in der Krampe im Mauerwerk. Also war Paulick hier. In der Hütte drinnen oder ganz in der Nähe. Also höchste Vorsicht!

Wo aber war der Traktor abgeblieben? Vor der Terrasse stand er nicht, und unten am Weg hatte ich ihn auch nicht gesehen. Sollte er mit ihm unterwegs sein? Und die Hütte unverschlossen verlassen haben? Das Feuer unbeaufsichtigt? Kaum wahrscheinlich.

Ich musste hinüber zur Fensterseite; falls er in der Hütte war, konnte ich vielleicht eine Bewegung sehen. Schlich also vorsichtig zurück, hinten um die Hütte herum, näherte mich ganz langsam dem Fenster.

Im Schneckentempo schob ich mein Gesicht vor die Scheibe.

Nichts zu erkennen. Das Fenster war innen mit einer Pappe oder einem Vorhang verdeckt. Nur einen kurzen schmalen Lichtstreif sah ich, mitten in der Verdeckung, mehr zu ahnen als zu sehen. Ein winziger Sehschlitz, ein Guckloch. Paulick hatte, damit kein Lichtschein seinen Unterschlupf zufällig verraten konnte, tatsächlich das Fenster verdunkelt. Der Mistkerl dachte wirklich an alles.

Ich hätte darin eine letzte eindringliche Mahnung zu größter Vorsicht und Wachsamkeit sehen sollen: Unterschätze den Scheißkerl nicht! Niemals! Aber ich tat es nicht. Wahrscheinlich, weil ich viel zu sehr auf mein Vorhaben konzentriert war. Das trübte meinen Blick auf die Dinge und verführte mich zu schöngefärbten, also falschen Urteilen. Kurz, ich sah manchmal die Dinge nicht wie sie waren, sondern wie ich sie sehen wollte.

Offensichtlich brannte drinnen eine Lampe. Nicht sehr hell, vielleicht eine Petroleumfunzel, obendrein auf Sparflamme. Eher ein Lämpchen also.

War er nun drinnen oder nicht?

Mist. Ich musste wissen, wo der Kerl steckte.

Ich überlegte. Falls er da drinnen lag und schlief, musste ich ihn irgendwie wecken.

Wie?

Ich dachte, dass ich irgendetwas aufs Dach werfen könnte. Oder gegen die Tür. Schnee, einen dicken Batzen; mochte Paulick glauben, der wäre von der Felswand herabgerutscht.

Nein. Besser einen Stein, ein Stück vom Fels. Bruch aus der Wand.

Ich huschte hinüber zur Felswand am Ende der Terrasse. Und stieß dort mit dem Kopf an einen großen Eiszapfen.

Eiszapfen? Einer? Über mir hing eine ganze Parade von Eiszapfen, dicht bei dicht einer neben dem anderen, wie ein kleiner Vorhang aus Eisdornen.

Die waren genau richtig.

Ich brach einen großen Zapfen ab und warf ihn auf das Dach der Hütte.

Dumpf klang das verschneite Blech. Jetzt! Jetzt würde er rauskommen!

Aber es rührte sich nichts.

Ich warf noch einen.

Wumm!

Nichts.

Sollte er tatsächlich die Hütte verlassen haben ohne sie zu verschließen?

Oder lag er da drinnen – vielleicht betrunken?

Oder tot?

Ha!

Das war ein Gedanke! Und ein Bilderrausch folgte ihm sofort hinterdrein: Ich stellte mir vor, dass er in der Bude drinnen auf seinem Schlaflager lag, verkrümmt und starr, rotzbesoffen erstickt an seiner eigenen Kotze. Hurra! Endlich hatte er sich zu Tode gesoffen!

Ich musste es wissen. Unbedingt. Ich schlich wieder zur Tür hin. Hob vorsichtig den Riegel aus der Krampe und zog die Tür auf, ganz langsam, millimeterweise, bis ich hineinschauen konnte.

Es dauerte einen Moment, ehe ich in dem spärlichen Licht klare Konturen erkannte. Aber Pech, ich hatte mich zu früh gefreut, die Hütte war leer. Eine angenehme Wärme schlug mir entgegen, der Ofen heizte prächtig. Unter dem Fenster stand ein alter hölzerner Schemel, der Paulick als Tisch diente, darauf brannte eine kleine verrußte Petroleumlampe. An dem Schemel lehnte sein Rucksack. Vor der Wand lagen zwei Matratzen; die Wolldecke (tatsächlich Opas Autodecke!), liederlich zurückgeschlagen und verknäult, lag darauf.

Aber kein Paulick. Weder lebendig, noch tot.

Wäre ja auch zu schön gewesen.

Auch auf dem Fußboden nichts weiter als Dreck; nasser Lehm, Tannnadeln. Ein paar trockene Blätter und Sägespäne. Was ihm halt so von den Schuhsohlen gefallen war.

Ich stand in der Tür und überlegte einen Moment lang, ob ich mich bei dieser Gelegenheit hier drinnen mal genauer umsehen sollte, wusste aber keinen rechten Grund dafür. Besser wäre es wohl, gleich wieder zu verschwinden, dachte ich, Paulick konnte jeden Augenblick hier auftauchen.

Ich trat von der Schwelle und wollte die Tür schließen, da sah ich das Vorhängeschloss an einem in die Tür eingeschlagenen Nagel hängen. Sofort überlegte ich fieberhaft. Das Schloss nehmen? Brächte mir das einen Vorteil? Nein. Wenn er sein Fehlen bemerkte, dann wüsste er, dass sich hier jemand herumtrieb. Dann würde er kaum hier übernachten wollen, jedenfalls nicht in nächster Zeit, er würde sich nicht sicher fühlen. Für meinen Plan war es allerdings unabdinglich, dass er genau das tat. Also ließ ich das Schloss unberührt.

Ich hörte, wie jemand ganz in der Nähe laut und intensiv Schleim hochzog und dann ausspie. Es klang, als holte er dieses Sekret aus den tiefsten Lungenspitzen hoch. Er räusperte sich und krächzte und würgte und spuckte schließlich den Schleimbatzen, der in meiner Vorstellung widerlich grüngelb aussah und so groß wie ein Tischtennisball war, mit einem lauten Flatschen aus. Es klang ekelhaft. Zum Kotzen ekelhaft.

Ich kannte nur einen, der so ausspuckte.

Paulick war da unten im Wald. Konnte nur noch wenige Schritte von der Terrasse entfernt sein.

Ich schob rasch die Tür zu und sprang hinter die Hütte. Presste mich mit dem Rücken an die Wand, machte mich ganz flach. Hielt die Luft an und hoffte, dass er mich nicht bemerkt hatte. Wo war er gewesen? Seine Notdurft verrichten? Verdammt, wie leicht hätte ich ihm in die Arme laufen können!

Er kam herauf, ging zur Hütte und zog die Tür auf. Ging ohne zu Zögern hinein, anscheinend hatte er nichts Auffälliges bemerkt. Ich hörte ihn am Ofen hantieren, er schürte das Feuer. Wenn er jetzt Holz holen käme, würde er mich entdecken. Ich schlich rasch zur Felswand, duckte mich hinter dem Holzstapel in ihren Schatten. Ich fürchtete mich, war genervt und vor allem wütend auf mich, weil ich so leichtsinnig gewesen war. Paulick hätte mich beinahe erwischt – ich hatte soeben nur unverschämtes Glück gehabt.

Hoffentlich hatte ich das auch weiterhin. Denn noch war 's nicht völlig ausgestanden, und da kam er auch schon angestapft. Las Holzscheite und Kohlen in den Tragekorb und verschwand wieder in seiner Bude. Bald qualmte die Esse wieder mächtig, stoben Funken durch die Finsternis. So wie er einheizte, wollte er die Nacht hier draußen verbringen, daran hatte ich jetzt keinen Zweifel mehr. Zwar hielten die dünnen Wände nur wenig Wärme fest, aber wenn er genügend Glut im Ofen schaffte, müsste ihm vor dem Frost nicht bange sein, selbst bei den angekündigten Temperaturen nicht.

Ich sah nach der Uhr, gleich sieben. Ich vermutete, dass er noch einige Zeit heizen würde, eine Stunde vielleicht, vielleicht auch länger, schwer zu schätzen. Was hatte der Rüger-Hilmar gerufen? „Nicht vor acht." Es konnte also noch geraume Zeit vergehen, ehe Paulick aufbrach.

Ich verließ meine Deckung und huschte von der Terrasse, lief in der inzwischen fast zugeschneiten Traktorspur talwärts. Ehe ich das Tal verließ, drehte ich mich noch mal um und blieb stehen. Blickte zur Hütte zurück. Nichts war zu sehen, rein gar nichts. Der Rauchgeruch hing in der Luft; nichts sonst verriet, dass hier ein Mensch hauste. Das war schon irgendwie unheimlich.

Schnee fiel nun dicht in kleinen Flocken, machte die Sicht zunehmend schwierig. Ich erreichte den Hauptweg – und stieß beinahe gegen den Traktor, der dort hart am Wegesrand stand, mit einer Plane vor dem Schneefall geschützt.

Schön. Damit hatte sich ganz nebenbei auch das Rätsel über seinen Verbleib gelöst.

Ich war nicht überrascht. War ja auch das Klügste; Paulick riskierte es nicht, bei diesem starken Schneefall den steilen Pfad hinauf zu fahren und dabei womöglich steckenzubleiben oder vom Weg zu rutschen; Opas Traktor war zwar vielmals geländeerprobt, auch im Winter; bei dieser Witterung allerdings war besondere Vorsicht gewiss angebracht.

Ich tauchte unter die Plane. Griff den Lenker, bewegte ihn hin und her. Nicht abgeschlossen, der Zündschlüssel steckte auch. Ich versuchte, die Maschine mit einem kräftigen Ruck nach vorn zu bewegen, schaffte es aber nicht, sie schwang nur ein Stück vor und wieder zurück. Ich lauschte auf das Schwappen im Benzintank. Es klang schwer, der Tank war anscheinend fast voll. Da musste ich etwas tun, unbedingt, aber nicht hier und jetzt. Ließe ich hier Benzin auslaufen, würde Paulick es riechen. Nein, das musste noch warten. Nichts sollte ihn irritieren.

Ich warf nochmal einen prüfenden Blick den Hang hinauf. Nichts war zu sehen, gar nichts. Nichts als schwarze Baumstämme und dämmriges Weiß in den Kronen und am Boden.

Stille.

Wie nun weiter? Solange Paulick in der Hütte steckte, konnte ich nichts unternehmen. Allerdings hatte ich auch keine Lust zu warten, bis da oben die Tür ins Schloss fiel; ich musste mich bewegen, sonst würde mich frieren. Ich wusste ja, wo ich ihn finden würde, zu jeder Zeit. Er konnte mir nicht entkommen.

So dachte ich. Selbstsicher und überheblich.

Ach Gott, was war ich naiv.

25

Ich hielt die Flammen so klein wie möglich, legte nur wenig und völlig trockenes Holz nach; zwischen den Felsblöcken lag noch genug von dem Vorrat, den die Forstarbeiter zusammengetragen hatten. Mir war wunderbar warm, richtig behaglich. Ich saß auf einem Holzklotz, hatte den Parka und die Skistiefel ausgezogen und wärmte meine kalten Füße.

Ich war zurück zum Holzeinschlag gefahren. Hatte noch genügend Glut unter dem Aschekegel des Lagerfeuers der Forstarbeiter gefunden und das Feuer neu entfacht. Nun saß ich auf dieser Insel aus Wärme inmitten der kalten Winternacht. Schade nur, dass ich nichts Warmes zu trinken hatte; ein schöner heißer Tee hätte meine Zufriedenheit vollkommen gemacht.

Immerhin hatte ich frisches Leitungswasser. Ich trank es in kleinen Schlucken, die ich lange im Mund behielt, um sie zu erwärmen, knackte dazu die Walnüsse; leider waren die beiden Äpfel im Rucksack halb gefroren, ich taute sie vorsichtig am Feuer auf. Ich lutschte Kandiszucker, behielt mir aber ein paar Brocken zurück als eiserne Reserve.

Neben dem Feuer tauchte da, freigelegt von der Wärme, aus dem Schnee der Hals einer Schnapsflasche auf. Ich legte mit einem Holzstecken die ganze Flasche frei. Er kannte ein Schnapsetikett. Klarer. Vierzigprozentig. Puh. Ganz schön starker Tobak.

Natürlich war die Flasche leer, was sonst. Aber Schnaps würde ich ja in der Niedermühle bekommen. Wenn 's auch schade ums Geld wäre.

Leer nützte mir die Flasche nichts.

Oder doch? Ich steckte sie in meinen Rucksack. Vielleicht könnte ich sie ja zum Benzin einfüllen verwenden.

Ich dachte nach. Lauschte dabei immer wieder nach dem Hauptweg hin; von dort musste der Traktor zu hören sein, wenn Paulick zur Niedermühle fuhr.

Was dann?

Hinauf zur Hütte. Ich musste das Vorhängeschloss beschädigen. So beschädigen, dass er es nicht mehr öffnen konnte.

Wie?

Ein Stückchen Holz ins Schlüsselloch, das Loch verspunden?

Das würde er erkennen und sogleich wissen, dass da etwas gegen ihn lief. Und wenn nicht, würde es später jemand anders entdecken. Der wüsste dann sofort Bescheid, dass da manipuliert worden war.

Also abgehakt. Was sonst?

Manuell, mit irgendwelchen Werkzeugen wie Schraubenzieher oder Haken, war dem alten und soliden Kastenschloss nicht beizukommen. Solche Werkzeuge hatte ich ohnehin nicht zur Hand. Und außerdem – ich wollte das Schloss ja gar nicht gewaltsam öffnen, ganz im Gegenteil.

Ich dachte dann an Leim oder Teer. Ob ich etwas Derartiges bekäme und irgendwie in das Schloss hineinfüllen und damit dessen Mechanismus blockieren könnte. Harz ginge vielleicht. Fände ich gewiss in einem Sammelglas im Kiefernhochwald.

Schneeflocken verzischten im Feuer.

Ach was, Harz. Es war doch viel einfacher. Geradezu kinderleicht. Wie alles, wenn man's erst mal begriffen hat.

Eis.

Das Schloss einfrieren!

Das war die Lösung. Bei dem starken Frost kein Problem. Und wenn es taute, würde keine Spur zurückbleiben. Absolut perfekt.

Ich brauchte also nur Wasser, nichts weiter als etwa einen Viertelliter Wasser.

Auch kein Problem. Soviel Wasser hatte ich dabei. In meiner Thermosflasche.

Die Uhr zeigte fast halb neun. Wo blieb Paulick? Oder hatte ich ihn nicht gehört? Das hätte bei dem hohen Schnee ringsum und dem Flockenvorhang, der immer dichter vom Himmel fiel, ja durchaus geschehen können. Langsam wurde ich unruhig. Beschloss schließlich, zur Hütte aufzubrechen. Wenn Paulick mir unterwegs entgegenkäme, würde ich mich schon zu verbergen wissen.

Ehe ich den Platz verließ, sammelte ich zwischen den Felsen Steine auf und häufte sie rings um die Feuerstelle, deckte auch die Glut mit Steinen ab. Legte darauf noch ein paar große Reisigwedel, um den Schnee fernzuhalten; vielleicht würde ich das Feuer ja noch mal brauchen.

Paulick war eingepennt. Lag in seiner Bude lang und schnarchte, dass die Heide wackelte.

Hier durfte er nicht bleiben, so hatte ich das in meinem Plan nicht vorgesehen. Schere dich hoch und sieh zu, dass du in die Niedermühle kommst, du blöder Arsch, flüsterte ich tonlos vor mich hin. Ging zum Holzstapel, nahm ein kräftiges Scheit und schmiss es aufs Dach. Es versank fast geräuschlos im Schnee, der inzwischen gute dreißig Zentimeter hoch dort oben lag. Mist.

Ich griff mir noch eins. Zielte auf den Schornstein. Warf und traf. Ein blecherner Ton erklang, zwar nicht sehr laut, aber deutlich vernehmbar.

Ich presste mein Ohr an die Wand. Diesmal kam Paulick anscheinend hoch, ich hörte ihn in der Hütte rumoren, dann husten. Ich verzog mich hinter den Holzstapel. Hoffte, dass er sich nicht nur auf seinem Lager umgedreht hatte.

Nein. Bald ging die Tür auf. Dann hörte ich, wie er pinkelte. Und furzte. Kurz darauf kam er in meine Richtung gelaufen. Ich rollte mich hinterm Holzstapel zusammen wie ein Igel, erstarrte. Er tappte vorüber, verschwand in der Felsnische. Als er zurückkam, trug er einen Jutesack auf der Schulter. Aha, dachte ich, da wird wohl der Rehbock drin sein, wahrscheinlich will er den heute Abend noch verhökern. Wem? Jemandem unterwegs? Oder dem Rüger-Hilmar? Der Wilderer und der Gastwirt also – da lag ich womöglich gar nicht falsch mit meiner Vermutung?

Ich wollte ganz sicher sein, dass Paulick verschwand, wollte ihn abfahren sehen. Verließ deshalb mein Versteck, während er sich in der Hütte zum Aufbruch fertig machte. Verbarg mich unten am Weg, wo der Traktor stand. Bald kam er, zog die Plane vom Traktor, öffnete den Ladekasten, warf die Plane und den Sack hinein. Drehte den Zündschlüssel und trat den Starter durch. Der Motor blieb stumm. Du musst vorpumpen, du Depp, du musst dreimal vorpumpen, dachte ich nervös. Hoffentlich scheitert jetzt nicht alles daran, dass er die Maschine nicht ankriegt! Nein. Sie sprang an, dumpf belferte der robuste Viertaktmotor los. Unsere gute alte Awo! War doch noch immer Verlass auf sie.

Er schaltete das Licht ein, schwang sich auf den Sitz, und die Maschine ruckte vorwärts. Die Räder schleuderten ein paar Mal beim Wenden, aber ansonsten hielt sich der Traktor wacker, blieb zuverlässig auf dem Weg. Noch war der Schnee kein Problem für ihn, aber viel mehr durfte nicht fallen. Sonst käme Paulick nicht mehr hier herauf.

Schon war er bergab verschwunden, und bald war der Traktor nicht mehr zu hören.

Jetzt war ich dran.

Das Schloss zu vereisen war nicht ganz so einfach, wie ich es mir vorgestellt hatte. So, wie es da oben in der Krampe hing, einen guten Meter über dem Erdboden, ließ es sich kaum mit Wasser füllen. Ich musste es ins Wasser eintauchen, sodass es völlig bedeckt war. Ich brauchte also ein Gefäß, das ich mit Wasser füllen konnte, um dann das Schloss darin zu versenken.

Eine leere Konservendose oder so was. Hatte ich aber nicht.

Die Thermosflasche; ich hielt sie ja in der Hand. Den Blechbehälter, der das gläserne Thermosgefäß barg, könnte ich vielleicht verwenden.

Nein. Wenn das Wasser darin gefroren wäre, bekäme ich das Gefäß nicht mehr ab.

Somit fielen alle festen Gefäße aus.

Was blieb dann?

Ich könnte das Schloss in Abständen von wenigen Minuten immer wieder ins Wasser tauchen, überlegte ich, etwa so, wie man eine Kerze aus Wachs zieht.

Das schien mir schon eher eine Möglichkeit. Aber das schien mir recht mühselig. Und es würde dauern, sicher einige Stunden lang. Zu lange.

Was ginge noch?

„Die Zeit, die Zeit. Die schöne Zeit!" Wer hatte das gesagt? Wo hatte ich das gehört? Es fiel mir nicht ein. Aber die Worte spukten mir durch den Kopf, immerzu, machten mich nervös, nahmen mir die Konzentration. Ich zwang mich zur Ruhe: Paulick ist fort. Punkt. Du hast jetzt mindestens zwei Stunden Zeit. Punkt. Bleib also ganz ruhig und denke konzentriert nach. Lass dich nicht verrückt machen.

Schwierig. Ich kramte in meinem Rucksack. Gab es da vielleicht etwas, das mir nützen oder wenigstens meinen Verstand auf Trab bringen könnte?

Ich ertastete eine Plastikfolie, eine verknäulte Plastikfolie. Zog sie hervor, faltete sie auseinander. Erkannte eine Milchtüte. Die handelsübliche Verpackung für einen Liter frische Vollmilch.

Die Oma verwendete solche Tüten oft zum Einpacken vom Frühstücks- oder Vesperbrot. Und wer hatte mir heute Morgen ein Vesperbrot gemacht und eingepackt?

An die Tüte hatte ich gar nicht mehr gedacht. Zum Glück hatte ich sie nicht achtlos fallengelassen, als ich meine Brote auspackte. Aber das tat ich nie, glaube ich; ich warf im Wald nichts einfach weg, das war ein von Kindheit an trainierter Reflex.

Das könnte jedenfalls die Lösung sein. Ich sah mir die Tüte an, fand sie in Ordnung. Nahm die Öffnung vor den Mund, presste mir die Folie fest an die Lippen und pustete kräftig hinein. Die Tüte blähte sich auf und hielt dem Druck stand, anscheinend war sie dicht. Und sollte doch irgendwo ein winziges Loch sein, würde das der Frost rasch verschließen, schätzte ich.

Bestens. Jetzt brauchte ich noch ein Stück Schnur, einen kräftigen Bindfaden. Hatte ich nicht. Also nahm ich mein Taschenmesser und schnitt von der Rucksackschnur ein Stück ab.

Ich probierte, ob das Vorhängeschloss in die Tüte hinein passte. Das tat es. Zwar etwas straff, aber es passte. So weit wie möglich zog ich die Tüte über das Schloss. Goss sie dann vorsichtig mit Wasser voll. Nahm die Schnur und band sie damit zu und zugleich an der Eisenkrampe fest. Alles hielt. In so zwei bis zweieinhalb Stunden etwa würde ich zurückkommen, die Schnur aufschneiden und die Tüte vom vereisten Schloss reißen. Paulick würde das Schloss nicht öffnen können, mochte er rätseln, wie es einfrieren konnte. Seine Hütte, die warme und schützende Zuflucht, war ihm somit versperrt, das war meine Absicht.

Jetzt gab's für mich hier nichts mehr zu tun. Ich verstaute die Thermosflasche wieder im Rucksack, huckte ihn auf. Sah mich noch mal prüfend rings um, soweit das in der Finsternis möglich war. Nein, ich hatte nichts liegengelassen. Dass ich den Schnee vor der Tür ziemlich zusammengetreten hatte, kümmerte mich wenig, in der Dunkelheit war das nicht zu erkennen. Wenn Paulick wieder vor seiner Hütte steht, wird er ganz andere Sorgen haben, dachte ich, dafür habe ich nun gesorgt. Außerdem würde bis dahin sicherlich genügend Neuschnee fallen, um meine Spuren zu überdecken.

Soweit alles klar. Ich verließ die Felsterrasse. War schon ein paar Schritte weg, als mir noch etwas einfiel. Ich eilte zurück, hinter die Hütte. Riss das Beil aus dem Hackstock und versteckte es hinter dem Holzstapel. Besser so.

Zufrieden mit mir stapfte ich hinunter zum Hauptweg, holte meine Skier aus dem Versteck und machte mich auf den Weg zur Niedermühle. Der erste wichtige Schritt war getan, meine Anspannung löste sich ein wenig. Ich war ganz zuversichtlich. Ich wollte Paulick kriegen und ich würde ihn kriegen; diese Nacht würde der Saukerl nicht überleben. Voller Kraft schob ich mich ab und glitt hinab ins Tal.

26

Die Straße, die heute von Rauschendorf zwischen den Feldern hindurch, vorbei an der inzwischen rekultivierten ehemaligen Wismuthalde und den Eulensteinen nach Liebenau führt, gab es damals noch nicht. Oder anders: Es gab sie nicht mehr. Denn die heutige, in den frühen 1990er Jahren erbaute Straße entspricht exakt dem Verlauf der historischen Landstraße, die bis zu Beginn der 1960er Jahre die beiden Dörfer miteinander verband. Sie wurde nach der Gründung der großen, die Landwirtschaftsbetriebe beider Gemeinden vereinenden Genossenschaft zerstört. Die riesigen alten Kirschbäume beiderseits der Straße wurden gerodet, das Pflaster aufgebrochen und abgefahren, dann kam der Pflug. So ging die alte Straße in die gewaltige Feldfläche ein, die auf der Ebenheit zwischen den Wilkensteinen und dem Liebenauer Grund entstand. Ersetzt wurde sie durch eine neugebaute Straße am Rande der Ebenheit, die weiträumig um die Felder herum führt und somit um einiges länger ist als die alte Verbindung.

Im Winter war diese Straße ständig von Schneeverwehungen bedroht, weil die scharfen Winde, die den Schnee von den hügligen Feldern trugen, sich am Rande der Ebenheit verwirbelten und damit ihre Kraft verloren; der Schnee fiel auf die Straße, bedeckte sie schließlich bis zur Böschung hinauf. Der Wind verschliff die Schneekanten so sauber, dass kein Mensch mehr imstande war, den Straßenverlauf darunter sicher zu erkennen. Die Schneepflugfahrer orientierten sich an den Holzstangen am Straßenrand – wenn diese denn rechtzeitig und vollständig aufgestellt worden waren. Natürlich gab es auch Schneezäune. Aber die reichten nie für die ganze Strecke aus und wurden deshalb an erfahrungsgemäßen oder mutmaßlichen Schwerpunkten aufgestellt. Und standen dann doch häufig an der falschen Stelle.

Auf dieser Straße war Paulick in jener Nacht unterwegs, und ich hoffte, dass der Schneepflugfahrer seine Arbeit ordentlich gemacht hatte und dass auch alle Schutzzäune diesmal zufällig richtig standen, nur für diese eine Nacht. Denn für den Traktor ging es hart an seine Grenzen; so willkommen mir das Wetter für meinen Plan war, fürchtete ich doch, als ich dem immer dichter werdenden Flockenwirbel zusah und dem Heulen des Windes lauschte, dass es etwas zu viel des – für mich jedenfalls – Guten werden könnte. Ich lief, als ich aus dem schützenden Wald heraus war, quer über den Riesenacker und hatte dabei einige Mühe, nicht die Orientierung zu verlieren. Nirgends ein Licht; nichts als Wind und nerviges Schneegestöber in der Finsternis; manchmal schloss ich die Augen, stapfte blind weiter, weil das Starren in dieses chaotische Flockengewusel die Augen so sehr anstrengte und dabei doch völlig nutzlos war. Ich wusste, dass da irgendwo links von mir in einer von großen alten Buchen umstellten Senke ein kleiner Sumpf lag, das Schilfloch, da hinein durfte ich nicht geraten. Rechtsab war es nicht weit bis zur alten Wismuthalde, auf die hielt ich auf gut Glück zu und traf auch zuverlässig irgendwann auf die Hänge des Schuttkegels. Ich folgte der Rundung des aufgeschütteten Hügels nach links, bis ich an einen Hochsitz kam, der vor einer flachen Senke stand. Dort musste ich wieder hinaus auf das freie Feld. Hielt mich geradeaus so gut ich konnte, machte später, als das Gelände deutlich abschüssiger wurde, einen kleinen Schwenk nach links hinüber und erreichte nach etwa einem halben Kilometer einen kleinen Waldstreifen oberhalb der Felskante vor dem Liebenauer Grund; da unten verlief die Straße, an der, etwa dreihundert Meter linksab, die Niedermühle lag.

Ich kroch mehr durch das Wäldchen als ich lief, kämpfte mich durchs dichte Unterholz auf die Felskante zu; dort wusste ich einen schmalen Pfad, nur wenige Schritte von der Kante entfernt. Auf dem käme ich gewiss schneller vorwärts als in diesem Gestrüpp aus Himbeerruten, Holunder- und Faulbaumschösslingen. Wandte mich auf dem Pfad nach links, hangab. Keine hundert Meter weiter durchbrach eine kleine Schlucht, eine Klamm, in der eine breite Regen- und Schmelzwasserrinne von den Feldern herab zum Mühlbach unten im Grund führte, die Felsbarriere. Sie war steinig, voller Geröll und Felsabbruch, ziemlich großen Brocken auch, wie ich mich erinnerte; ich hoffte, dass auch dort unten genügend Schnee lag, um sie auf den Skiern mühelos passieren zu können.

In der Klamm war es stockfinster. Wäre nicht so viel Schnee gefallen in den letzten Stunden, hätte ich da unten nicht die Hand vor Augen sehen können, so aber erkannte ich das Bachbett als ein trübgraues Band, hier und da von schwarzen Buckeln überragt – das waren die großen Brocken, vor denen ich mich hüten musste.

Ein bisschen unheimlich war's mir schon zumute da unten, ich sah zu, dass ich rasch fortkam. Ich lief tief gebückt, die Augen an die Skispitzen geheftet, damit ich ja keine an einer der Felsklippen im Bachbett einbüßte. Stürzte auch, bestimmt zwei-, dreimal, tat mir aber im weichen Neuschnee nicht ernsthaft weh. Die Klamm zog sich in einem langen Bogen gemächlich nach links hinüber, schwenkte später zurück nach rechts und ziemlich scharf um eine Felsnase herum, danach ging's fast gerade zur Straße hinab. Kurz bevor ich die erreichte, musste ich mich wieder hart rechts halten und den Hang ein Stück hinauf fahren, sonst würde ich vor der Wasserunterführung landen – zwei starken Betonröhren, die die Straße tunnelten und durch die wir als Kinder zur Mutprobe gekrochen waren.

Und dann kam ich endlich raus aus der finsteren Wildnis und rauschte die Straße runter. Sah schon nach wenigen Minuten die Fenstervierecke der Niedermühle in der Dunkelheit glimmen und hielt schnurstracks auf sie zu.

27

Und nun? Wie nun weiter? Das war die Frage, auf die ich noch immer keine Antworte wusste. Zwar hatte ich eine ungefähre Vorstellung von dem, was ich jetzt dringend tun musste, aber über das Wie war ich mir nicht im Klaren.

Meine Absicht war, den Traktor so zu manipulieren, dass Paulick mit ihm zwar wieder zurück zu seiner Hütte oben am Wilkenstein fahren konnte, aber nicht weiter. Jedenfalls nicht viel weiter. Keinesfalls hierher zurück oder zu uns nach Hause nach Rauschendorf; er durfte nicht mal mehr in die Nähe einer menschlichen Behausung gelangen. Er sollte da oben in Schnee und Eis und Dunkelheit gefangen sein und in der Kälte krepieren. Das war mein Plan.

Aber wie stellte ich das nur an?

Ich hockte in der Wagenremise auf einer alten Gemüsestiege; keine fünf Schritte vor mir stand der Traktor. Ich starrte ihn an und überlegte krampfhaft. Nein – ich versuchte nachzudenken, aber es gelang mir nicht; ich hatte einfach keine Konzentration mehr. Und mir wurde langsam kalt.

Ich stand auf und lief in der Remise auf und ab. „Die Zeit, die Zeit, die schöne Zeit!" Zum Kuckuck, ja, nerv' mich nicht! Ich nahm die Uhr vom Handgelenk und steckte sie in die Innentasche des Parkas.

Mein Gott. Mir wird heute noch himmelangst, wenn ich daran denke. Fast eine Stunde lang hockte ich dort ratlos herum, starrte auf die verdammte Karre und kam nicht zu Stuhle mit ihr. Es war schier zum Verrücktwerden.

Als ich zur Mühle kam, schlich ich ganz vorsichtig in den Hof – Danko, Rügers Hund, der Wächter des Anwesens, durfte keinen Lärm machen. Ich wusste von früher, wo sein Zwinger stand, im Winkel zwischen der Wagenremise und der Räucherkammer. Fand ihn aber leer – wahrscheinlich wollte Rüger-Hilmar den alten Burschen bei dieser Kälte nicht draußen lassen. War ja auch weiß Gott ein Wetter, bei dem man keinen Hund vor die Tür schickte.

Ich gönnte ihm das warme Nachtlager von ganzem Herzen, umso besser für mich. Dann hielt ich nach dem Traktor Ausschau, fand ihn in der Remise. Der Motor fühlte sich noch deutlich warm an, lange war Paulick demnach noch nicht hier. Ich sah nach der Uhr: kurz nach Zehn. Ich versteckte die Skier nahe dem Hoftor in einer dunklen Ecke, dann schlich ich ums Haus, schaute vorsichtig durch die Fenster im Erdgeschoss in die Gaststube. Das war nicht schwierig, vom Boden bis zur Fensterbrüstung war's nur etwas über einen Meter. Die Kneipe war recht gut besucht, es war nicht einfach, den Raum zu überblicken. Mehrmals ging ich langsam alle Gesichter da drinnen durch, aber Paulicks fand ich unter ihnen nicht. War er vielleicht auf der Toilette? Aber so lange?

Rüger-Hilmar, den Wirt, entdeckte ich allerdings auch nicht, nur die Elvira, seine Tochter, schwirrte eifrig durchs Lokal, und so vermutete ich, dass Paulick und er noch mit ihren heimlichen Geschäften zu tun hatten. Damit lag ich wahrscheinlich richtig, denn nach einiger Zeit ging die Tür auf, die zu den Privaträumen der Wirtsleute führte, und die beiden betraten gemeinsam die Gaststube. Paulick setzte sich an einen Tisch nicht weit vom Tresen, allein. Rüger-Hilmar zapfte ein großes Bier und goss einen Schnaps ein, brachte beides zu ihm hin.

Gut. Sehr gut. Mach so weiter! Besauf' dich ordentlich, sagte ich in Gedanken, heute darfst du dich von mir aus mal so richtig volllaufen lassen. Und schlich wieder in den Hof.

Ich nahm mir nun den Traktor vor. Untersuchte zuerst den Ladekasten. Löste die Plane und lugte darunter.

Da lagen die Abdeckplane und ein blutbefleckter Jutesack, allerdings leer. Anscheinend hatte ich mit meiner Vermutung voll ins Schwarze getroffen – wie es aussah, war der Wirt der Abnehmer von Paulicks gewildertem Fleisch. Verdammter Kerl! Auch nicht viel besser als Paulick.

Aber deswegen war ich nicht hier.

Licht wäre jetzt gut gewesen; zu dumm, dass ich keine Taschenlampe bei mir hatte.

Vorsichtig tastete ich das Innere des Ladekastens ab. Sturzhelm, Handschuhe. Dann fühlte ich unter meinen Händen groben Stoff, Leinwand oder Jute. Da lag ein Sack. Ich zog an ihm – ziemlich schwer. Er war mit einer kräftigen Schnur zugebunden. Ich löste sie, fasste hinein. Fühlte Holz, gerundetes glattes Holz – Axt- und Hammerstiele. Das war Paulicks Werkzeug. Beile, Sägen, Spaltkeile, schwere Hämmer, ein Spaten, eine Rodehacke. Wahrscheinlich alles von unserem Hof, also eigentlich Opas Werkzeug. Aber egal. Ich band den Sack wieder zu. Weiter. Der Werkzeugkasten für den Traktor. Ich öffnete ihn. Werkzeugwickel, Luftpumpe, alles da. Was war das daneben?

Glas klirrte leise unter meinen tastenden Händen. Ich fühlte Flaschenhälse, eins, zwei, drei, vier. Zog eine Flasche hervor, wie eine große Bierflasche sah sie aus. Ich ging mit ihr aus der Remise hinaus ins spärliche Licht. Erkannte ein Wismutetikett: „Steuerfreier Trinkbranntwein für Bergarbeiter" – die Flaschen enthielten Deputatalkohol, den die Bergwerksgesellschaft zum Spottpreis von achtzig Pfennigen pro Flasche an die Bergleute ausgab. Im Volksmund Bergmannsfusel genannt. Oder auch Kumpeltod. Ich musste grinsen – das passte. Passte wie die berühmte Faust aufs Auge.

Der Schnaps kam mir gerade recht. Eigentlich wollte ich einen Toilettengang Paulicks benützen, um in der Kneipe eine Flasche Klaren zu kaufen; das Geld konnte ich mir nun sparen. Zudem entging ich der Gefahr, dabei zufällig von Paulick gesehen und trotz des Schals vor dem Gesicht erkannt zu werden.

Ich würde Paulick also seinen eigenen Fusel servieren. Ich nahm eine Flasche heraus und verschloss den Werkzeugkasten wieder.

Daneben, festgeschnallt ans Rahmenblech, der Reservekanister, fünf Liter. Ich hob ihn hoch, schüttelte ihn. Voll. Ich ließ den Verschluss aufschnappen, roch vorsichtig – Benzin, na klar. Packte ihn wieder ein. Zurrte die Plane wieder fest.

Weiter. Ich schraubte den Tankdeckel ab, versuchte, den Benzinstand zu erkennen – keine Chance in dieser Finsternis. Ich schraubte den Tankdeckel wieder auf, ruckte kräftig am Lenker, lauschte auf das Schwappen im Tank. Klang noch immer träge und schwer. Viel zu schwer.

Und genau da lag das Problem. Paulick hatte genug Benzin für 'ne halbe Weltreise. Das durfte keinesfalls so bleiben, das stand felsenfest.

Wie nur kriege ich es hin, dass der Sprit im Tank bis hinauf zur Hütte reicht, aber nicht weiter, jedenfalls nicht viel weiter? Und was mache ich mit dem Reservekanister?

Und vor allem durfte Paulick nichts von meinen Manipulationen bemerken.

Ein Krimi fiel mir ein, den ich irgendwann einmal gelesen hatte. In der Geschichte hatte jemand ein Auto zum Stehen gebracht, punktgenau. Nach genau so und so viel Kilometern ging der Motor aus, unwiderruflich. Wie dieser Trick funktionierte, wusste der Verfasser der Geschichte nicht zu sagen. Er schrieb, wahrscheinlich aus Verlegenheit, etwas von Künstlern in dieser Branche, die ihre Geheimnisse mit ins Grab nehmen.

Was für eine blöde Ausrede. Dachte ich schon damals, als ich es las.

Aber das half mir jetzt auch nicht weiter. Also hockte ich mich wieder auf die Gemüsestiege und versuchte, mich an alles zu erinnern, was ich von Opa zum Traktor, seinem Motor, zur Fahrzeugtechnik insgesamt je erfahren hatte. Mein Gott, wie oft hatte ich neugierig bei ihm gehockt, wenn die Karre mal streikte und er sie wieder flott machte. Und zudem hatte er mir stets alles haarklein erklärt.

Einen Führerschein fürs Moped besaß ich auch, ich wusste doch, wenigstens in den Grundzügen, wie so eine Maschine funktioniert. Ich musste mich nur konzentrieren. Also – Augen zu. Denke nach!

Wie viele Kilometer waren es in etwa bis zur Hütte hinauf? Ungefähr fünf Kilometer waren es von hier bis nach Rauschendorf. Die Dorfstraße rauf bis zur Kreuzung hinter Amlangs Gasthof – vielleicht ein Kilometer. Macht sechs. Bis zum Wilkensteinweg noch mal 'n halber, bis zur Hütte etwa zwei. Die Strecke im Wald war schwierig zu schätzen, des Anstiegs und der Kurven wegen.

Also sagen wir mal alles zusammen achteinhalb bis neun Kilometer. Sagen wir besser zehn – damit käme er also sicher rauf, aber keinesfalls zurück. Für zehn Kilometer braucht die Maschine – ja, verdammt, was verbrauchte der Traktor denn auf hundert Kilometer? Ich hatte keine Ahnung. Außerdem war es Winter, hundekalt und tief verschneit, alle Wege glatt und rutschig. Da würde er wahrscheinlich mehr Benzin verbrauchen als gewöhnlich. Zapfte ich Paulick aber zu viel Benzin ab, käme er womöglich gar nicht bis zur Hütte hinauf. Ginge ihm unterwegs der Sprit aus, würde er den Benzinhahn auf Reserve schalten. Das waren etwa zwei Liter. Plus Reservekanister hätte er dann noch sieben Liter Benzin im Tank. Kein Awo-Motor verbrauchte sieben Liter Benzin auf zehn Kilometer, also käme er allemal bequem zur Hütte hin und auch wieder fort, hierher oder nach Hause.

Zapfte ich ihm jedoch zu viel ab, und der Motor setzte unterwegs aus, könnte es passieren, dass Paulick gar nicht weiter fuhr, sondern umkehrte, weil er nicht riskieren wollte, mit leerem Tank mitten im Wald liegenzubleiben. Was für ein versoffener Mistkerl er auch war, dumm war er nicht, das sagte ich ja schon ein paarmal. Und ein Feigling obendrein.

Nein. So wurde das nichts. Ich konnte nicht auf Verdacht Pi mal Daumen Benzin ablassen; ich musste schon genau wissen, was wann und wo passieren würde.

Verdammt noch mal, mir lief die Zeit davon, und ich musste doch bald wieder los, um die Eistüte vom Türschloss zu nehmen.

Was allerdings völlig sinnlos wäre, wenn ich hier keine Lösung fände.

Ich legte die Hände an die Schläfen, schloss die Augen und atmete ein paarmal tief ein und aus. Brachte mich wieder zu Ruhe und Konzentration. Also weiter.

Ich hatte keine Ahnung, wie viel Benzin die Maschine für die Strecke zur Hütte hinauf brauchte. Ich konnte den Verbrauch nur schätzen und vermutete, dass drei Liter ausreichen würden. Drei Liter auf zehn Kilometer – das bedeutete einen Verbrauch von dreißig Litern auf hundert

Kilometer; ich glaubte nicht, dass der Traktor so viel verbrauchte, nicht mal mit voll beladenem Anhänger, aber ich wollte sichergehen. Drei Liter hielt ich bei diesen Weg- und Wetterverhältnissen für sicher nicht zu knapp bemessen.

Also hatte Paulick, Tank und Reservekanister zusammen, viel zu viel Benzin.

Also musste ich ihm alles Benzin über drei Liter wegnehmen, ohne dass er es bemerkte.

Wie aber stellte ich das an?

Konnte ich den Sprit im Tank genau dosieren?

Nein. Das war mir nicht möglich.

Was dann?

Ich öffnete die Augen. Blickte auf den Benzintank. Sah den Benzinhahn. Er war nach rechts geschwenkt. In die Stellung Geschlossen.

Drei Funktionsstellungen gab's insgesamt. Die beiden anderen waren: Mitte: Offen, Normalbetrieb. Links: Offen, Reservebetrieb.

Und dann dämmerte es mir.

Eine Erinnerung half mir auf die Sprünge.

Es lag schon einige Jahre zurück. Wir waren im Wald unterwegs, wollten zwischen der Zschauke und dem Kahlen Stein einen Windbruch ausräumen, der Opa, Rico und ich. Opa fuhr den Traktor, Rico und ich saßen auf dem Ladekasten, der Hänger hoppelte hinterdrein.

Plötzlich fing der Motor an zu stottern und blieb schließlich stehen. Ließ sich auch nicht mehr starten. Opa schaute nach dem Benzinstand im Tank, sah, dass er zu tanken vergessen hatte. Schaltete den Benzinhahn auf Reserve. Versuchte erneut, den Motor zu starten, wieder vergeblich. Opa überprüfte alles. Zündkerze – trocken. Der Zündfunke war auch zu erkennen. Der Vergaser –

leer. Auch kein Benzin im Benzinschlauch. Also lief aus dem Tank kein Benzin mehr nach. Leer war der Tank allerdings nicht; deutlich hörten wir den Kraftstoff glucksen, als Opa die Maschine vor und zurück wippte.

Also musste der Benzinhahn defekt sein. Warum ließ er kein Benzin mehr hindurch?

Opa hatte einen Verdacht. Er sagte, dass vermutlich die Reservebohrung im Benzinhahn verstopft sei, wahrscheinlich verschmutzt von Ablagerungen im Tank. Das könne vorkommen, erklärte er uns, wenn man die Benzinreserve über längere Zeit nicht benötige. Wahrscheinlich habe er zu selten vergessen zu tanken, sagte er verschmitzt.

Er erklärte weiter, dass er den Hahn abschrauben und säubern müsse, die verstopfte Bohrung wieder freimachen. Allerdings laufe dann der Tank vollständig leer. Um das Benzin aufzufangen benötige er ein Gefäß, das mindestens zwei Liter fasse, sonst ginge Benzin verloren. Aber woher so ein großes Gefäß nehmen? Wir hatten keinen Eimer oder etwas dergleichen dabei.

Es war dann Ricos Idee, zur Schutthalde im alten Steinbruch zu laufen und sich dort nach einem geeigneten Gefäß umzusehen.

Mit vier leeren, etwas angerosteten Konservendosen kam Rico zurück. Keine halbe Stunde später tuckerte der Motor des Traktors wieder tadellos.

Seitdem gab es den Kanister im Ladekasten.

Ich sprang auf, riss die Plane vom Hänger, öffnete den Werkzeugkasten, griff mir den Werkzeugwickel.

Vierzehner Maulschlüssel. Kombizange.

Was brauchte ich noch? Ein großes Gefäß. Ich fand Fünf-Liter-Gurkengläser in den Stiegen voller Altglas im hinteren Teil der Remise. Nahm mir zwei davon.

Ich löste den Benzinschlauch vom Vergaserstutzen. Schraubte den Benzinhahn ab und ließ den Kraftstoff aus dem Tank in die Gläser laufen. Etwas über acht Litern kamen zusammen.

Dann nahm ich mir den Benzinhahn vor. Mit der Kombizange schraubte ich das kleine Messingröhrchen heraus, durch das hindurch der Kraftstoff in der Stellung Normalbetrieb aus dem Tank über den Benzinhahn in den Vergaser lief.

Jetzt gab es im Tank keinen Unterschied mehr zwischen Normalbetrieb und Reservebetrieb.

Was hieß das?

In der Stellung Normalbetrieb würde sich der Tank nun nicht bis auf das durch die Länge des Röhrchens festgelegte Kraftstoffniveau leeren, also etwa auf zwei Liter verbleibende Reserve, sondern bis zum letzten Tropfen.

Hieß?

Es gab nun keine Tankreserve mehr.

Das bedeutete?

Ich konnte Paulicks Aktionsradius jetzt deutlich kleiner machen. Ich konnte ihm fünf Liter Sprit wegnehmen, ohne dass er es bemerkte. Er würde die Maschine starten, den Benzinhahn auf Normalbetrieb stellen und losfahren. Während der Fahrt würde sich der Tank unter das Reserveniveau hinab und weiter leeren, und Paulick würde gar nicht mitbekommen, dass ihm das Benzin ausgeht.

Ich schraubte den Benzinhahn wieder auf den Rohrstutzen am Tank. Schob den Benzinschlauch wieder auf. Goss drei Liter Benzin in den Tank zurück. Damit würde er bis zur Hütte kommen, aber nicht mehr weit von dort weg.

Ohne meine Manipulation am Benzinhahn würde er unterwegs, wenn der Kraftstoffpegel im Tank auf weniger als zwei Liter gefallen sein würde, auf Reserve schalten müssen. Dann wüsste er allerdings, dass nur noch wenig Benzin im Tank wäre. Das aber sollte nicht geschehen. Er sollte sich völlig sicher fühlen.

Wenn nun aber das Benzin gerade so nicht bis zur Hütte reichte?

Dann würde er natürlich bemerken, dass der Tank völlig leer ist. Er mochte rätseln, wie das passieren konnte, aber zunächst würde er den Reservekanister einfüllen. Mit dessen Vorrat käme er sicher bis zur Hütte und auch wieder zurück. Es sei denn, er wollte nichts riskieren und fuhr nicht weiter, sondern kehrte sofort um.

In beiden Fällen wäre meine Falle allerdings vergeblich gestellt.

Also musste ich auch den Kanister leeren. Oder?

Schitt, verdammter, was tue ich?

Wo liegt das größere Risiko?

Wenn er zu viel Benzin hat, entkommt er dir. Wenn er aber den Kanister leer vorfindet, kann es dir letztlich egal sein, was er sich für einen Reim darauf macht. Dann sitzt er doch in der Falle. Womöglich denkt er, er habe das Benzin irgendwann einmal gebraucht und vergessen, den Kanister wieder aufzufüllen.

Ich hoffte, dass ich mich nicht irrte.

Gut. Also Augen zu und durch.

Ich löste den Kanister aus der Halterung, hob in aus dem Ladekasten. Jetzt war es entschieden. Ob richtig oder falsch – ich würde es bald wissen.

Ich gebe zu, das war die unsicherste Stelle in meinem Plan. Aber dieses Risiko musste ich eingehen, ich wusste keine Alternative.

Ich ging mit dem Kanister zu den Stiegen voller Altglas. Goss das Benzin in ein Fünf-Liter-Glas. Trug auch die beiden Gläser mit dem aus dem Tank abgelassenen Benzin dort hin. Suchte nach Deckeln, fand jedoch keine passenden; ich verschloss die Benzingläser, indem ich leere Gläser darüber stülpte. Versteckte sie im hintersten Winkel der Remise. Ein leichter Benzingeruch hing noch in der Luft, aber der würde sicher bald verflogen sein. Es durfte hier nicht nach Benzin riechen. Nichts sollte Paulick misstrauisch machen.

Mich fror an den Händen vom Hantieren am kalten Metall und dem Glas. Ich packte den leeren Kanister und alles Werkzeug sorgfältig wieder ein und zog die Plane über den Ladekasten.

Das war 's.

Ich holte meine Uhr hervor und band sie wieder um – halb zwölf war schon vorüber. Mitternacht machte die Kneipe dicht, es wurde allerhöchste Zeit für mich. Ich verstaute die Flasche Wismutfusel im Rucksack, huckte ihn auf. Zog meine Handschuhe an, schnappte mir die Skier und verließ den Hof. Warf noch einen kurzen Blick durchs Fenster in die Gaststube. Ja, da saß er noch, der verdammte Verbrecher. Rauchte und trank, so sollte es sein.

Der Wind hatte zugelegt. Trieb den Schnee in dichten Schwaden die Straße entlang. Und ich fragte mich, ob Paulick bei diesem Wetter …

Wart's ab! Wie vorhin: Augen zu und durch!

Wenigstens musste ich mich um meine Fußstapfen im Hof nicht sorgen. Ich band mir das Schaltuch vor Mund und Nase und raus ging's wieder in die eisige Nacht. Hinauf zum Kleinen Wilkenstein. Ein letztes Mal.

Mich fröstelte. Allerhöchste Zeit, dass ich wieder in Bewegung kam. Ich raste die Grundstraße hinauf, und bald war mir wieder angenehm warm.

Jetzt nahm ich genau den Weg, den auch Paulick nehmen würde – so erfuhr ich die Straßenverhältnisse.

Bis zu den Eulensteinen fand ich keine Schneeverwehung, die für den Traktor ein ernsthaftes Hindernis sein könnte, die Straße war durchweg noch passierbar. Ich hoffte, dass das in den nächsten Stunden auch so bleiben würde. Vielleicht käme ja der Schneepflug demnächst noch mal hier entlang, aber verlassen konnte ich mich darauf nicht.

Die Feldwege allerdings schienen schon schwieriger befahrbar. Aber wenn Paulich es bis dahin schaffte, würde er wohl auch noch den Wilkensteinweg hinauf kommen. Oder?

Das blieb abzuwarten; wie schon gesagt, ich würde es bald wissen. Nichts lag nun mehr in meiner Macht.

Immerhin hatte ich den Wind jetzt im Rücken; ich spürte, wie er mich kräftig vorwärtstrieb. Ein Vorteil, den auch Paulick haben würde.

28

Ich empfand ein Gefühl großer Erleichterung, als ich mich endlich wieder vom riesigen Gewölbe des Hochwaldes geborgen wusste. Die mächtigen Föhren fingen die ärgsten Böen ab, und je tiefer ich in den Wald hinein lief, desto weniger klang mir das Tosen des Sturms bedrohlich.

Ich habe mich im Wald nie gefürchtet, nicht am Tag und auch nicht bei Nacht, selbst als Kind nicht, ich war doch von klein auf vertraut mit ihm. Nichts hier war mir fremd, hier fühlte ich mich sicher, selbst bei diesem Wetter. Nein, in diesem Wald gab es nichts, was ich fürchten musste.

Außer Paulick. Aber nicht mehr lange, wenn alles gut ging.

Ich fühlte mich erschöpft – die Aufregungen der vergangenen Nacht und die Anstrengungen des heutigen Tages hatten mich völlig ausgelaugt. Ich war hundemüde, wollte endlich meine Ruhe haben, mich in mein Bett legen und schlafen. Jetzt wünschte ich nur noch, dass es vorbei sei. Immer wieder dachte ich daran, was für ein herrliches Gefühl es sein würde, Paulick tot zu wissen. Es war die Vorfreude darauf, die mich vorwärts trieb. Tut mir leid, aber so war's – so motivierte ich mich und mobilisierte meine letzten Kräfte.

Ich fand das Vorhängeschloss komplett vereist vor, es war von Eis völlig umschlossen. Bestens. Ich zerschnitt die Schnur und riss die Plastiktüte ab, steckte beides in den Rucksack. Ich grinste schadenfroh. Mochte Paulick sich den Kopf darüber zerbrechen, wie das passieren konnte. Dann versteckte ich mich hinter dem Holzstapel,

verkroch mich unter der Plane, mit der das Holz abgedeckt war, sie bot mir den besten Schutz vor dem Schnee
und dem kalten Wind. Ich wollte doch wissen, ob Paulick
in meine Falle tappte oder nicht. Still hockte ich auf meinem Rucksack und lauschte in die Nacht hinaus.

Glas klirrte unter mir, als ich mich bewegte. Da fiel mir
ein, dass ich noch den Fusel aus der Wismutflasche in die
leere Schnapsflasche, die ich vom Holzfällerlager mitge-
nommen hatte, umfüllen musste. Also kroch ich nochmal
aus meinem Versteck und erledigte das. Schob dann die
leere Wismutflasche unters Holz, mit der anderen schlich
ich zur Hütte.

Wohin mit ihr am besten, so dass Paulick sie zuverlässig findet?

Direkt vor die Tür stellen? Zu auffällig. Zu arrangiert.
Wohin dann?

Ich blickte mich suchend um, soweit das in diesem
Schneegestöber möglich war. Wurde nervös, weil ich
daraus nicht schlauer wurde.

So wurde das nichts. Ganz ruhig! Konzentriere dich!

Ich versuchte, mich in Paulick hinein zu versetzen:

Also: Er kommt hierher. Will seine Hütte aufschließen.
Wundert sich, dass er keinen Schlüssel ins Schloss kriegt.
Stellt fest, dass das Schloss vereist ist.

Was tut er dann?

Versucht er, das Schloss auftauen?

Wie denn. Mit einem Feuer? Ein Feuer entfachen bei
dem Wind? Aussichtslos.

Vielleicht wird er versuchen, das Schloss abzuschlagen.
Oder es zu zerschlagen. Wahrscheinlich mit dem Beil.

Also geht er hinter zum Hackstock. Er findet das Beil
dort nicht, ich hab's ja vorsichtshalber weggenommen. Er
sucht es – sicher in der Umgebung des Hackstocks; er

nimmt vielleicht an, es sei heruntergefallen und liege unter dem Schnee.

Also tastet er rings um den Hackstock den Boden ab.

Dorthin muss ich die Flasche stellen. Damit er sie wie zufällig findet. Vielleicht meint er dann, er habe sie beim Holzhacken oder Holz stapeln versehentlich stehenlassen. Wenn er sich überhaupt darüber Gedanken machen würde.

Mit dem Schnaps sollte er sich den Rest geben, so stellte ich mir das vor. Und dann betrunken einschlafen und erfrieren.

Ganz dicht neben dem Hackstock stellte ich die Flasche in den Schnee, häufte sie zu, aber ließ den Hals knapp herausschauen. Dann versteckte ich mich wieder hinter dem Holzstapel.

Rollte mich zusammen wie ein Igel, so war's dort auszuhalten; die Plane und der Schnee darauf hielten mich halbwegs warm. Allerdings wurden auch sämtliche Geräusche deutlich gedämmt; außer dem Brausen des Windes hörte ich nichts.

Ich war so fürchterlich müde. Wünschte mir sehnlichst Ruhe. Schlaf. Aber darin lag die Gefahr: Wenn ich einschliefe, könnte mir das passieren, was ich Paulick zugedacht hatte. Also bloß nicht einschlafen! Um mich wachzuhalten, dachte ich zurück an die vergangenen Stunden. An den Nachmittag, an die Rast in Achims Napoleonstein, an das leckere Rührei und den schönen heißen Tee dort, und wie herrlich warm es da gewesen war. Ob dort jetzt noch der Saal tobte? Wahrscheinlich. AC/DC fiel mir wieder ein, und ich summte ganz leise vor mich hin: „I 'm gonna ride on..."; ich sang leise, fast tonlos, alle möglichen Lieder, die mir so einfielen, hoffte, das Singen würde mich wach halten. Zwischendurch lauschte ich aufmerksam nach draußen. Meinte ein paarmal, den Trak-

tor zu hören, aber es war nur der Wind oder meine über-
reizten Sinne trogen mich. Es war so unglaublich anstrengend, wach zu bleiben; immer wieder fiel ich in einen
Sekundenschlaf, aus dem ich erschrocken und wie benebelt hochfuhr. Lange würde ich das nicht mehr durchhal-
ten, das wurde mir klar. Allerhöchste Zeit, dass Paulick
kam. Ich grübelte verunsichert: Blieb er bei diesem Wetter doch über Nacht in der Mühle? Oder war der Traktor
unterwegs im Schnee steckengeblieben? War mein Plan
schiefgegangen?

Etwas dröhnte dumpf in meinem Kopf. Wumm.
Wumm. Und wieder: wumm, wumm. Ich fuhr hoch, völlig benommen und zittrig. Ich war anscheinend doch fest
eingeschlafen, verdammt!

Wumm. Wumm. Was war da los?

Wumm. Wumm. Das kam von der Hütte her.

Das hatte ich schon mal gehört – heute, nein, inzwischen schon gestern Mittag, als ich wütend gegen die Tür
trat.

Nochmals wummerte es dumpf. Weiter hörte ich nichts.

Ich lauschte ganz angestrengt. Streifte die Kapuze ab
und nahm die Mütze vom Kopf, um besser hören zu können.

Stille nun. War das Paulick da draußen? Und was tat er
jetzt?

Plötzlich ein Poltern, ganz nah, unmittelbar vor mir, ich
erschrak mich fast zu Tode. Jemand stieß an den Holzstapel, nein, er fiel dagegen; etwas Schweres fiel auf die
Plane und spannte sie mit einem Ruck. Holzscheite fielen
herunter, mir auf den Rücken. Ich hockte da wie gelähmt.

Gleich darauf hörte ich Paulicks Stimme, keinen Meter
von mir entfernt. Er schimpfte und fluchte laut vor sich
hin. Die Plane über mir bewegte sich lebhaft; ich duckte

mich, zog den Kopf zwischen meine Knie; dann lag die Plane wieder still und die Stimme entfernte sich.

Gott, was war das denn gewesen?

Wahrscheinlich hatte Paulick nach dem Beil gesucht, war dabei gestolpert und gegen den Holzstapel gefallen. Anscheinend war er schon ziemlich hinüber, jedenfalls hatte seine Stimme deutlich besoffen geklungen. Und sicher war sein Suff auch schuld daran, dass er gegen den Holzstapel gefallen war.

Gut, sehr gut. Er war schön blau und hatte vergebens das Beil gesucht. Hatte er die Flasche gefunden? Und was stellte er jetzt an?

Es machte mich fürchterlich nervös, dass ich kaum etwas hörte; ich bekam nicht richtig mit, was da draußen vor sich ging. Ich musste unbedingt aus meinem Versteck raus.

Tief gebückt kroch ich langsam zum Rand der Plane hin. Hoffte, dass Paulick sich jetzt nicht an der Felswand oder in der Nische, in der er seine gewilderte Beute verbarg, herumtrieb. Ganz langsam lüpfte ich die Plane und lugte, das Gesicht dicht am Boden, hinaus. Sah nur Schnee. Nichts als Schnee.

Immerhin konnte ich nun deutlich besser hören. Und ich lauschte, als gelte es das Leben. Aber vernahm nichts als den schier unermüdlichen Wind und das Rauschen des Waldes.

Ich musste hier raus, schnellstens! Aber womöglich stand Paulick ganz in der Nähe, und ich lief ihm am Ende doch noch in die Arme. Schitt, verdammter!

Paulicks Stimme, gedämpft. Aus einiger Entfernung. Ich verstand Worte: „So 'ne Scheiße". Wieder Schimpfen und Fluchen. Dann undeutliches Gebrabbel, das sich entfernte.

Paulick war nicht mehr hier oben, sondern irgendwo unterhalb der Terrasse. Was tat er da?

Ich glitt blitzartig unter der Plane hervor. Huschte an der Felswand entlang. Duckte mich in die Nische, schaute die Terrasse entlang und hinunter in den Wald.

Schnee, überall Schnee, am Boden und in der Luft. Und Finsternis. Wozu eigentlich die Augen öffnen? Aber dann sah ich ein kleines Licht, diffus und unsicher, wie durch Nebelschwaden, die mal lichter und mal dichter sind. Es bewegte sich. Bewegte sich von mir fort.

Dort stapfte Paulick mit einer Taschenlampe in der Hand den Pfad hinab. Dann war das Licht weg. Tauchte nach einer Weile wieder auf. Aha, dachte ich, da ist er sicherlich auf seine blöde Fresse gefallen. Aber wieder hochgekommen. Schade.

Wo wollte er hin? Zum Traktor?

Ich sah ihm nach. War's das jetzt?, dachte ich. Würde er irgendwann im tiefen Schnee liegenbleiben und verrecken oder doch noch mit dem Traktor davonkommen?

Plötzlich schoss es mir durch den Kopf: Im Ladekasten des Traktors lag der Werkzeugsack! Darin waren Beile, Äxte, Hämmer, Keile. Damit würde er womöglich die Tür doch noch aufkriegen. Gott, was war ich blöd! Ich hätte den Sack im Hof der Niedermühle herausnehmen sollen. Wie konnte ich nur so schusselig sein!

Ich geriet fast in Panik. Was nun?

Ich musste hinunter zum Traktor und Paulick zuvorkommen. Unbedingt.

Hatte ich eine Chance?

Ja. Er war besoffen, ich nicht. Er würde unterwegs – hoffentlich – noch einige Male stürzen. Und vielleicht käme er ja auch mal nicht mehr hoch. Was das Beste wäre.

Meine Chance. Die einzige. Und durchaus realistische. Also los.

Runter von der Terrasse. Paulick nach. Seine Taschenlampe würde ihn mir anzeigen. Ich käme dann schon irgendwie unbemerkt an ihm vorbei, erst recht bei diesem Wetter, da war ich mir sicher.

Aber ich erreichte den Hauptweg, ohne unterwegs auf ihn gestoßen zu sein. Wo war er abgeblieben? Lag er irgendwo dort oben am Weg? Aber dann hätte ich doch über ihn stolpern müssen. Oder?

Ich hatte jetzt keine Zeit, darüber nachzudenken, ich musste schnellstens zum Traktor.

Aber unten auf dem Weg stand er nicht. Wo auch immer ich in der nächsten Umgebung eilig suchte – nichts.

Weit und breit keine Spur von ihm.

Scheiße. Wo war die verdammte Karre?

Ich buddelte meine Skier aus dem Schnee und sauste den Weg hinab. Irgendwo dort unten musste der Traktor stehen.

War der Tank doch zu früh leer gewesen? Hatte ich mich verschätzt? Oder hatte es eine andere Panne gegeben?

Ich überlegte, ob ich auf dem Weg nach Paulicks Fährte suchen sollte, die würde mich ja mit Sicherheit zum Traktor führen. Nein. Das war wohl völlig sinnlos in dieser Finsternis und bei dem Schneesturm, der alle Spuren sicher längst verweht hatte. Also nahm ich auf Verdacht den Weg talwärts und hoffte, bald auf den Traktor zu stoßen. Weit konnte er doch nicht sein, schätzte ich, Paulick war sicher nicht so fit zu Fuß, noch dazu besoffen.

Und wo war das verdammte Arschloch überhaupt abgeblieben?

Ich stoppte und lauschte. Suchte das Licht.

Nichts. Völlige Finsternis.

Sollte er tatsächlich hingefallen und nicht wieder hoch-gekommen sein? Oder schlich er inzwischen irgendwo hier in der Nähe herum? Am Ende hat er mich vielleicht schon bemerkt, dachte ich nervös. Und sofort war meine Furcht vor ihm wieder da. Unwillkürlich duckte ich mich und verließ den Weg, fuhr in den Wald rechts von mir. Stieg, soweit es auf den Skiern ging, ein Stück den Hang hinauf und hockte mich da hinter ein paar niedrige Fich-ten.

Blöde Müdigkeit, dachte ich, sie macht mich fix und fertig, sonst wäre mir das mit dem Werkzeugsack sicher nicht passiert. Ich schloss die Augen und lauschte ange-strengt zum Weg hinab und zum jenseitigen Hang. Hörte aber nichts als den eisigen Wind, der sich in meiner Ka-puze verfing und mir in den Ohren lärmte. Und als ich sie abnahm war's auch nicht besser, dann rauschte er in den Baumkronen und ließ die schweren Stämme ächzen und knarren. Verdammter Sturm. Aber wenigstens ließ der Schneefall nach. Jedenfalls schien es mir so.

Aber auch gut, dachte ich dann, höre und sehe ich nichts, hört und sieht Paulick auch nichts. Also stand ich auf und rutschte langsam wieder zum Weg hinab. Ein letzter kurzer Halt unter einer großen Fichte – nein, nichts. Kein Licht, kein Laut. Ich fuhr raus auf den Weg und weiter talwärts, so rasch es ging.

Verdammt nochmal, weit weg kann die Karre doch nicht mehr sein! Und wo zum Kuckuck steckte Paulick?

Ich blieb abrupt stehen. Lauschte. Schaute mich um.

Und stand im nächsten Moment wie versteinert.

Ein Licht! Da oben am Hang gleich links hinter mir!

Und schon war's wieder weg.

Ich starrte dahin, wo ich das Licht gesehen hatte. Oder hatte ich es mir nur eingebildet?

Nein. Da war es wieder. Da oben zuckte ein Lichtschein durch die Finsternis. Verschwand. Tauchte wieder auf. Blieb. Bewegte sich.

Irgendwer stieg in den Felsen dort oben mit einer Taschenlampe herum.

Wer?

Sollte das Paulick sein?

Aber wer sonst sollte sich hier herumtreiben, mitten in der Nacht und bei diesem Wetter.

Aber dort oben? Was wollte er denn da?

Der Traktor konnte unmöglich dort oben stehen. Was also suchte Paulick dort?

Eine Wildfalle? Hatte er dort auch eine Falle gestellt? War da ein Wildwechsel? Aber wie wollte er denn bei diesem Schneetreiben …

Diese verfluchte Müdigkeit! Sie machte mich völlig benebelt. Denn es dauerte, ehe ich begriff, dass Paulick bei diesem Wetter gewiss nicht auf Wild aus war, sondern auf dem Weg zum Traktor. Irgendwo da unten im Wald vor mir stand die Karre, da wollte er hin, es konnte doch gar nicht anders sein.

Aber warum kraxelte er dort oben quer durch die Wildnis und nahm nicht den Weg hier unten? Das wollte mir einfach nicht in den Kopf.

Ich sah das Lichterflackern näher kommen. Schade, dachte ich da, Paulick ist unterwegs nicht liegengeblieben. Und zugleich war ich froh, dass seine Taschenlampe zuverlässig funktionierte – sie war ein Marker, der mir sicher seine Position anzeigte.

Ich hatte ihn unterschätzt. Gewaltig. Ich hingegen war ziemlich dusslig. Ich hatte nicht mal meinen Rucksack dabei – der lag oben bei der Hütte. Hinter dem Holzstoß. Unter der Plane. Vergessen beim eiligen Aufbruch.

Prima. Ich schimpfte leise auf mich. Es wurde wirklich allerhöchste Zeit, dass die Geschichte zu Ende kam; so blöd, wie ich mich jetzt anstellte, würde ich sie womöglich noch vermasseln.

Langsam setzte ich mich wieder in Bewegung. Folgte weiter dem Weg und behielt die Bewegung des Lichtscheins dabei aufmerksam im Auge.

Es blieb unverändert am Hang, bewegte sich parallel zu mir. Wenn Paulick aus dem Wald hinaus wollte – verdammt nochmal, warum ging er dann nicht hier unten, wo ich lief, sondern auf dem beschwerlichen Pfad da oben?

Kurz darauf wurde es mir klar.

Denn der Weg vor mir war plötzlich versperrt. Ich starrte verblüfft auf eine Wand aus Schnee, die den Talgrund wie eine Staumauer verriegelte.

Was war das? Eine Schneewehe? Eine Lawine? Langsam rutschte ich näher.

Nein. Keine Lawine. Oder doch: Eine Lawine, aber nicht aus Schnee, sondern aus umgestürzten Bäumen, zugeschneit und zugeweht. Und links am Hang klaffte eine riesige Lücke im Hochwald.

Schneebruch und Windbruch. Ein Baum hatte den nächsten getroffen und umgestoßen, so war das fortgegangen. Wie beim Domino. Und nun lag da ein Wall aus Bäumen und Schnee und machte mir ein Weiterkommen unmöglich.

Schlagartig begriff ich alles: Irgendwo da drüben stand der Traktor. Die gefallenen Bäume hatten Paulick die Fahrt versperrt. Deshalb hatte ich keinen Motor gehört, und deshalb stieg er nun da oben am Hang entlang.

Die Bäume waren umgefallen, während ich hinter dem Holzstoß auf der Lauer lag und eingeschlafen war. Ich war bestürzt und erleichtert zugleich. Ich dachte: Alles in

Ordnung. Alles hat nun seine logische Erklärung gefunden.

Vor dem Wall aus über- und durcheinander gestürzten Stämmen stand ich allerdings völlig ratlos. Da war kein Weiterkommen.

Da oben das Licht, viel näher schon. Paulick würde vor mir am Traktor sein, so sah es aus.

Scheiße, Scheiße, Scheiße!

Ich musste unbedingt hinüber auf die andere Seite. Schnellstens. Irgendwie.

Ich sah mir das schier unüberwindliche Hindernis genauer an. Die Bäume lagen tatsächlich wie ein Damm. Irgendwo da oben am linken Hang hatte das Fallen begonnen, hatte sich fortgesetzt bis auf die Talsohle, wo ich jetzt stand, und sich sogar noch ein gutes Stück darüber hinaus den rechten Hang hinauf fortgesetzt – wie eine auslaufende Welle. Ich konnte weder links noch rechts ein Ende erkennen, sah auch nicht, wie breit der Baumwall war; alles verlor sich in Schneetreiben und Finsternis.

Die Bäume türmten sich vor mir zwei, drei Meter hoch. Darüber klettern? Bloß nicht! Die verschneiten und vereisten Stämme boten keinen sicheren Halt. Und wenn sie durch mein Gewicht und die Erschütterungen beim Klettern in Bewegung gerieten, könnte ich dazwischengeraten und würde von ihnen eingeklemmt. Oder gar zerdrückt.

Das war also aussichtslos. Dann schon eher irgendwie darunter durch. Ich dachte mir, die besten Chancen hätte ich vielleicht, wenn ich durch eine der tiefen Spurrinnen an den Wegrändern robbte.

Ich stieg von den Skiern und bückte mich hinunter. Am rechten Wegrand schien es mir am ehesten möglich, dort lagen dicke Stämme mit nur wenigen Ästen über der Spurrinne. Ich zog mir den Schal fest über Mund und Nase, band die Kapuzenschnur ganz eng und tauchte kopfüber in den tiefen Schnee ein. Ich fühlte die kalten Kristalle im Gesicht und schloss die Augen, sehen konnte ich in dem Dickicht da unten sowieso nichts. Auf dem Bauch kroch ich unter den Bäumen hindurch. Schlängelte mich um abgebrochene und in den Boden gespießte Äste herum, verheddert mich an zerspellten Aststümpfen. Fichtennadeln zerkratzten mir das Gesicht. Aber ich kam voran. Griff nach in den Boden gerammtem Ästen und zog mich an ihnen vorwärts. Das Schlimmste war der viele Schnee. All der Schnee, der die Baumkronen bedeckt hatte, war mit den Bäumen herabgekommen und hatte sich durch den Fall verdichtet. Manchmal fürchtete ich, keine Luft mehr zu bekommen, so beengend war es. Streckenweise wühlte ich mich durch den Schnee wie eine Maus, die einen Gang gräbt. Ich summte irgendein Lied im Kopf vor mich hin, um mich abzulenken und nicht vor Platzangst in Panik zu geraten.

Ich weiß nicht, wie lange ich dort unten unterwegs war, sicher nur wenige Minuten, aber sie kamen mir wie Stunden vor. Irgendwann wurde das Dickicht aus Schnee und Ästen lichter; ich fühlte es auf meinem Gesicht, ehe ich die Augen öffnete und es sah; ich fühlte, dass der Schnee ringsum lockerer und leichter wurde.

Und als ich den Kopf aus dem Schnee hob und die Augen öffnete, erblickte ich genau vor mir, keine zwei Meter entfernt, den Traktor auf dem Weg.

Wenn das kein Glück war. Ich hob den Kopf höher und lauschte. Nichts war zu hören außer dem verdammten Wind. Ich schob mich noch ein Stück an die Karre ran, griff in die Radspeichen und zog mich auf die Knie.

Ich konnte es kaum fassen – ich hatte es tatsächlich geschafft.

Ich sah den Hang vor mir hinauf. Da oben funzelte Paulicks Taschenlampe. Nicht mehr weit zwar, aber noch weit genug. Fast hätte ich laut aufgeschrien vor Freude.

Schnell erhob ich mich auf die Füße. Wischte mit dem Arm einen Berg Schnee von der Plane über dem Ladekasten und löste sie. Griff darunter. Ertastete den Sack mit den Werkzeugen. Zog an ihm – Gott, war der schwer. Viel zu schwer für mich, ich schaffte es nicht, ihn anzuheben, so griff ich hinein, zog alles Werkzeug, wie es mir gerade in die Hand fiel, heraus und schmiss es kurzerhand kreuz und quer in die verschneiten Büsche am Weg. Dann sah ich aus den Augenwinkeln das Licht schon ganz nah und machte, dass ich wegkam. Sprang vom Traktor fort und tauchte ab in meine Fuchsröhre unter dem Baumwall.

Mein Herz raste. Dröhnte in meiner Brust. Ich versuchte, meinen keuchenden Atem zu bändigen, aber meine Lunge verlangte unerbittlich nach Luft. Ich nahm die Hände vor den Mund, um das laute Keuchen zu dämpfen; ich fürchtete, Paulick könnte mich trotz des schrecklich lärmenden Windes hören, meine Scheißangst vor ihm ließ mich das glauben. Aber es vergingen wohl noch einige Minuten, ehe er den Traktor erreichte, und ich kam indessen einigermaßen zur Ruhe. Vielleicht war er auf den letzten Metern nochmal gestürzt, keine Ahnung. Ich schloss die Augen und lauschte, war nur noch Ohr.

Er schnaufte und keuchte. Hustete. Zog Rotz hoch und spie ihn aus. Ich krümmte mich unwillkürlich.

Ich atmete ganz flach. Lag mucksmäuschenstill. Was tat er jetzt da draußen? Warum hörte ich nichts? Kramte er im Ladekasten? Suchte er sein Werkzeug?

Diese Stille war die Hölle. Ich meinte, jeden Moment sein Gesicht vor der Öffnung zu meinem Versteck auftauchen zu sehen.

Dann hörte ich ein Scharren oder Klirren, Metall auf Metall. Anscheinend hantierte er am Traktor. Was tat er da?

Irgendetwas funktionierte wohl nicht; er schimpfte und fluchte vor sich hin.

Dann trat er den Kickstarter. Einmal, zweimal, dreimal. Pause. Schon hoffte ich zaghaft, die Maschine würde ihn im Stich lassen, aber beim nächsten Startversuch sprang der Motor grollend an.

Verdammter Schitt! Paulick wollte sich also dünnemachen. Ich konnte nur hoffen, dass ihm das Benzin jetzt wirklich bald ausging.

Paulick gab kräftig Gas, der Motor brüllte auf. Er warf den Gang ein, dass es krachte, gab Gas, nahm es wieder weg, gab wieder Gas, fast bis zum Anschlag – mein Gott, was tat der Kerl da draußen? Ich schob vorsichtig meinen Kopf aus der Tunnelröhre.

Er versuchte, den Traktor zu wenden, na klar. Fast unmöglich in dem engen Raum und bei diesem Schnee.

Ich sah seinem waghalsigen Manöver zu und hoffte inständig, dass der Traktor entweder in den Graben rutscht oder umkippt. Aber Paulick hatte viel Geschick – das hätte ich mir eigentlich denken können, wäre er sonst bei diesem Wetter bis hierher gekommen – und wohl auch Glück; jedenfalls kriegte er die Maschine schließlich herum, und ich konnte nur noch ohnmächtig den roten Rücklichtern nachstarren, die rasch im Schneegestöber verschwanden. Ich kroch aus meinem Versteck und rief ihm bitterböse Flüche nach. Mir stiegen die Tränen in die Augen vor Wut und Zorn. Kam das verdammte Arschloch doch noch davon!

Alles umsonst. Meine Falle war ein kompletter Fehlschlag gewesen. Ein Schuss in den Ofen.

Scheiße, Scheiße, Scheiße! Ich trat wütend gegen einen der Baumstämme, die den Weg versperrten. Immer wieder. Schrie dazu, gellend laut, einfach so in den Wald und den Wind hinein. Dann ging es mir besser. Soweit besser, dass ich wieder klare Gedanken fassen konnte.

Was nun?

Meine Skier lagen drüben vor dem Baumwall, mein Rucksack steckte noch hinter Paulicks Holzstapel. Ich seufzte tief.

Durch den Tunnel zurück? Nein. Gott bewahre, nicht noch einmal da unten durch! Blieb mir also nur der Weg, auf dem Paulick gekommen war, quer durch die Büsche und Felsen am Berghang. Alles mühselig und anstrengend, aber ich hatte keine andere Wahl.

Ich war schon ziemlich geschafft, als ich wieder bei meinen Skiern ankam. Und jetzt noch einmal zur Hütte hoch, ein allerletztes Mal; als ich sie erreichte, war ich völlig am Ende. Ich holte meinen Rucksack, griff eilig die Thermosflasche und trank gierig das restliche Wasser aus. Gönnte mir dann ein paar Minuten Ruhe. Im Stehen nur, ich wagte nicht, mich hinzusetzen – ich wäre vielleicht nicht mehr hoch gekommen.

Die Schnapsflasche fand ich neben dem Hackstock so vor, wie ich sie platziert hatte – Paulick hatte sie nicht gefunden oder nicht beachtet. Ich wog sie prüfend in der Hand. Was sollte ich jetzt noch mit ihr? Die Geschichte war gelaufen.

Aber Paulick sollte sie auf keinen Fall haben. Ich schmiss sie gegen die Felswand, wo sie klirrend zerbarst.

Inzwischen war ich innerlich einigermaßen zur Ruhe gekommen. Es brachte doch nichts, sich unsinnig aufzuregen – es hat eben nicht sollen sein. Paulick war mir nun gleichgültig, ich wollte nicht mehr an ihn denken.

Ich hatte nun andere Sorgen. Ich musste einen Weg hinab ins Tal finden. Für die Kletterei am Hang hatte ich keine Kraft mehr, erst recht nicht mit den Skiern auf den Schultern. Dieser Weg war zu beschwerlich, zu gefährlich. Fiele ich dort hin, käme ich womöglich nicht mehr hoch, schlapp und müde wie ich war.

Ich lächelte schief: Jetzt war ich hier oben gefangen. Wenn das keine Ironie war.

29

An manchen Wintertagen kommt es vor, dass mich plötzlich die Erinnerung an jene Stunden überfällt, und ich mich dabei auf Eindrücke und Ereignisse besinne, die mir nur kaum oder noch gar nicht bewusst geworden sind.

Wenn frischer Schnee in der Nacht gefallen ist, und ich am Morgen auf eine geschlossene Schneedecke blicke, über der eine fahle Wintersonne flach am blauen Himmel steht, nur gelegentlich gedämpft von einigen wenigen dünnen Schleiern aus Zirruswolken. Wenn die Temperatur auf wenigstens minus 5 Grad Celsius gefallen ist und ein kräftiger, böiger Wind geht, der den grießigen Schnee in die Ecken peitscht und wieder hervorzerrt, einem die Haut rötet und auch unter einer dicken Kapuze nicht verstummt.

Unwillkürlich lausche ich an solchen Tagen auf eine ganz bestimmte Art von Stille. Eine Stille, die ein sanft anwachsendes und ebenso wieder verebbendes Rauschen von Tannenwipfeln und das sanfte Knarren sich wiegender Stämme einschließt, aber Vogelrufe und menschliche Stimmen völlig aussperrt.

Höre ich dann das Belfern eines schweren Motorrades, so bereitet mir das Unbehagen, und ich warte stets mit bangem Herzklopfen darauf, dass sich das Geräusch von mir entfernt.

Noch unangenehmer empfinde ich heute den Geruch von Rauch. Vor allem von Rauch eines Feuers aus Kienholz, erst recht, wenn darin halbgrüne, harzige Knüppel schwelen.

Den Geschmack von Kandiszucker nicht zu vergessen. Von dunklem, rauchigem Kandis. Das ist der ultimative

Trigger. Aber den kann ich ja recht gut kontrollieren. Ein Grund auch, warum ich heute eher Kaffee als Tee trinke.

Einige Erinnerungen, die mich dann überkommen, sind mir nicht neu und sie ängstigen mich zumeist auch nicht. Andere sind mir völlig fremd, wenn sie zutage treten, nach näherem Betrachten allerdings rasch so vertraut, dass ich mich frage, wie sie mir je entfallen konnten. Es sind keine schönen Erinnerungen, sie anzunehmen fiel mir anfangs gar nicht leicht. Inzwischen habe ich sie akzeptiert, schließlich sind sie die Folge meiner damaligen Entscheidung. Sie gehören zu mir, auch wenn sie mir nicht lieb sind und ich gern auf sie verzichten würde. Sicher ist wohl, dass ich ohne sie ruhiger leben würde. Leichter. Gelassener. Entspannter. Aber sie sind nun mal ein Teil meines Lebens.

Immerhin, so tröste ich mich, suchen mich Alpträume nur noch selten heim, seit ich mich entschlossen habe, nichts mehr von mir zu stoßen und wegzudrängen.

Ich hielt es bei diesem Schneesturm für ein zu großes Wagnis, quer über das freie Feld zu laufen. Leicht hätte ich mich dort draußen verirren können und mich außerdem völlig der ungestümen Witterung ausgeliefert. Nur wenn ich im Schutz des Waldes blieb, hatte ich eine Chance, nach Hause zu kommen. Deshalb entschied ich mich für den Rundweg um den Kleinen Wilkenstein. Das war zwar ein riesiger Umweg, aber ich wusste keine Alternative. Mit etwas Glück, hoffte ich, könnte ich in anderthalb, höchstens zwei Stunden zuhause in meinem Bett liegen.

Diese Aussicht vor allem war es, die mich vorwärtstrieb. So kam ich zunächst auch zügig voran, bewältigte die Strecke bis zur Rampe, die hinunter in den Zschaukengrund führte, in kurzer Zeit.

Von dort war ich gestern – ja, richtig, gestern, wenn's auch kaum zu glauben war – Vormittag herauf gekommen. Jetzt musste ich mich geradeaus halten und dem Weg folgen, der am Hang des Kleinen Wilkensteins entlang um das Felsmassiv herum führte.

Geradeaus. Vorerst. Dann, nach etwa zweihundert Metern, machte der Weg einen leichten Schwenk nach rechts und führte eine kleine Steigung hinauf. Nicht lang und auch nicht sehr steil, ich kam im Langlaufschritt hoch, allerdings gerade so. Ich rang keuchend nach Luft, als ich oben auf dem Scheitel stand, und meine Beine zitterten.

Kurze Verschnaufpause. Und weiter. Leicht abschüssiger Weg, eine lange Gerade hinunter in eine Senke. Drüben ging es steil bergan, da wusste ich und nahm so viel Schwung wie ich nur kriegen konnte. Sauste durch die Senke. Schob mich vorwärts, stieß die Stöcke wuchtig in den Schnee, hastete die Steile hinauf, keuchte und japste. Mitten am Hang blieb ich stecken. Kam einfach nicht mehr weiter. Hatte keine Luft mehr, keine Kraft. Ich stand einen Moment lang still wie ein Pendel auf einem seiner Wendepunkte, drohte dann zurück zu rutschen und nach hinten umzufallen. Ich klammerte mich zitternd an die Stöcke und sank seitlich in den Schnee.

Ach, das Liegen tat so gut. Der Schnee war so weich und fühlte sich gar nicht kalt an. Ich schloss die Augen – und riss sie sofort wieder auf. Hoch mit dir! Los! Auf die Beine! Du spinnst wohl!

Ich hob den Kopf, streckte den Oberkörper, richtete mich langsam auf, kam zum Sitzen. Wollte mich auf die Stöcke stützen, mich an ihnen hochziehen, fand aber keinen Halt, meine Hände rutschten ab. Ich ließ sie los und fiel nach vorn. Stützte mich auf meine Hände. Ich versuchte, mich wieder aufzurichten, aber es gelang mir nicht. Ich konnte meine Beine nicht bewegen. Die verdammten Skier hingen im tiefen Schnee fest wie einbetoniert, ich musste sie von den Schuhen lösen. Ich tastete tief unter dem Schnee nach den Bindungen, mühte mich mit den Verschlusshebeln ab, schaffte es endlich, sie aufzuziehen. Bekam meine Füße frei. Versuchte, sie auf festen Boden zu kriegen, aber trat nur auf Schnee. Auf den Ellbogen robbte ich aus dem Schneeloch, in dem ich stak. Kam endlich auf die Füße – und versank sofort wieder im Schnee, fast bis zur Hüfte.

Lockerer Pulverschnee, dennoch strengten mich die wenigen Schritte, die ich mich wieder nach oben kämpfte, um meine Skier zu bergen, wahnsinnig an. Ich wühlte lange im tiefen Schnee herum, ehe ich sie fand. Die kalten Hände taten mir weh, fast hätte ich geheult. Als ich dann mit den Skiern auf der Schulter weiter bergan stieg, konnte ich mich kaum noch auf den Beinen halten. Was für eine Schinderei. Am liebsten hätte ich alles hingeschmissen.

Du musst dort hoch! Du musst über diesen blöden Huckel! Und du schaffst das! Geh einfach los und bleib nicht stehen! So redete ich mit mir und trieb mich vorwärts. Kämpfte mit mir und den Tränen. Stapfte langsam, aber stetig den Hang hinauf.

Dahinter folgte eine lange, nur mäßig steile Abfahrt. Keine große Sache. Ich sah mich schon so gut wie daheim.

Ich erinnere mich genau, dass ich in einer engen Kurve vom Weg abkam und die Böschung hinunter in eine dichte Schonung rauschte. Ich stürzte, als sich ein Ski irgendwo verhakte.

Dann wurde es finster.

Woran erkennt man ein Black-out? Daran, dass man eine Erinnerung vermisst? Aber wie kann man etwas vermissen, von dem man nichts weiß? Es muss also einen eindeutig externen Anlass geben, der einen irritiert. Eine Unstimmigkeit zwischen vorgefundener Realität und Erinnerung, die sich nicht als ein Irrtum erklären lässt.

Dass ich ein Black-out hatte, erkannte ich, als ich meine Skier und meinen Rucksack vermisste und nirgends finden konnte.

Meine Erinnerung setzt wieder ein, als ich irgendwann zitternd vor Kälte aus einem dumpfen, bleiernen Schlaf erwachte. Vielmehr: Ich meinte da, aus einem Schlaf erwacht zu sein. Es ist aber möglich, und wohl auch viel wahrscheinlicher, dass ich in diesem Moment aus einer Amnesie auftauchte. Denn zum einen glaube ich nicht, dass ich damals aus einem Schlaf je wieder erwacht wäre, und zum anderen fand ich mich im Moment des vermeintlichen Erwachens nicht am Boden liegend, sondern mit dem Rücken an einen Baum gelehnt. Und ich bezweifle, dass ich im Stehen geschlafen hätte – hätte mich der Schlaf übermannt, dann wäre ich doch gewiss zu Boden gesunken, so erschöpft, wie ich war.

Das ist allerdings nur meine Vermutung. Schließt sich vielleicht irgendwann diese Lücke in meinem Gedächtnis, werde ich es wissen.

Gewiss ist hingegen, dass ich nicht wusste, wo ich mich befand und wie ich dorthin gelangt war. Dass ich mit den Skiern vom Weg abgekommen und gestürzt war, fiel mir sofort ein, deshalb vermisste ich sie ja. Ich suchte nach ihnen, konnte sie nicht finden, und das war mir rätselhaft. Während des Suchens erkannte ich, dass ich nicht mehr in der Kiefernschonung unterhalb des Wilkensteinrundweges steckte, sondern woanders. Aber wo? Ich sah mich um, konnte mir jedoch keinen Reim auf die Umgebung machen. Schnee und Bäume und Finsternis. Kein Weg weit und breit.

Ich hatte mich verirrt.

Ich saß hungrig und durstig und so ziemlich am Ende meiner Kräfte mitten im nächtlichen Winterwald fest und hatte keine Ahnung, wo ich war.

Als ich das begriff, dachte ich: Alles aus und vorbei. Jetzt bist du fällig.

Heute wundere ich mich, dass ich das so gelassen sah.

Ich sehnte mich nur noch nach Ruhe. Nach Schlaf. Ich hockte mich an einem Baum nieder, lehnte mich mit dem Rücken an den Stamm. Versuchte, mir vorzustellen, dass ich zu Hause in meinem Bett läge; ich wollte an etwas Schönes denken, wenn's denn bald vorbei sein sollte mit diesem Leben, und dabei einschlafen. Von Alex träumen. Und dabei sterben.

Mich fror schrecklich. Ach, wenn ich doch in meinem Bett liegen könnte. In meinem weichen, kuschligen, wohlig warmen Bett.

Wärme. Gott, wie sehnte ich mich nach Wärme.

Omas Küchenherd. Das Knistern und Knacken der Holzscheite. Das Züngeln der Flammen aus der Glut.

Feuer. Ach, ein Feuer. Ein schönes wärmendes Feuer, oh ja. Das wäre herrlich.

Ein Feuer! Natürlich!

Das Feuer der Forstarbeiter vor den Felsen unterm Ziegenrücken!

Ich hatte doch die Glut mit Steinen und Zweigen abgedeckt, als ich es verließ. Vielleicht hatte ich noch eine letzte winzige Chance.

Ich sprang auf. Lief ein paar Schritte. Taumlig und staksig wie ein frisch geborenes Kälbchen. Und ziellos – Gott, wo bin ich bloß?

Ich stapfte vorsichtig noch ein paar Schritte weiter, fühlte, dass ich einen Hang hinauf stieg. Ringsum Bäume. Eher Bäumchen, Fichten- und Kiefernjungwald. Dazwischen lagen Felsen, Trümmerbrocken wie von einem Felssturz, manche groß wie Gartenlauben, die meisten aber deutlich kleiner.

Nichts kam mir bekannt vor.

Verdammt nochmal, wo bin ich?

Bleib ganz ruhig. Du kennst doch die Gegend wie vielleicht niemand sonst. Denk in Ruhe nach.

Ich wusste schon nicht mehr, wie das ging. Ich starrte auf einen kleiderschrankgroßen Felsbrocken links von mir, hatte plötzlich das Gefühl, dass mich schwindelte; ich schüttelte heftig den Kopf, um den Taumel zu vertreiben und lief ein paar Schritte auf den Felsen zu. Beinahe wäre ich über einen kleineren Brocken gestolpert. Ich hielt mich im Fallen gerade noch an einem Baumstämmchen fest, und in diesem Moment erkannte ich etwas.

Der große Fels unmittelbar vor mir glich auf der mir zugewandten Seite einem steilen Pult. Die lange Schräge war hoch mit Schnee bedeckt, aber auf dem unteren, fast senkrechten Viertel des Felsens hatte nur wenig Schnee Halt gefunden. Aus meiner Froschperspektive blickte ich direkt auf den nur schütter beschneiten dunklen Stein und bemerkte darin zwei flache, senkrecht und parallel zueinander verlaufende Furchen. Sie sahen aus wie hineingefräst und endeten etwa einen halben Meter über dem Boden.

Sie glichen einer Skispur. Einer versteinerten Skispur.

Und rechts davon waren auf dem Stein kleine Mulden zu erkennen, auch in zwei Reihen eng beieinander, jedoch versetzt.

Dieses Muster ähnelte ebenfalls einer versteinerten Fährte: Als wäre ein großes Raubtier, ein Löwe oder ein

Tiger, dort hinaufgelaufen und hätte seine Pranken in den Stein gegraben.

Die Spuren, die ich da vor mir sah, waren tatsächlich in den Fels gefräst worden. Von vielen, vielen Schuhen in vielen, vielen Jahren.

Von Kinderschuhen.

Dieser so eigenartig gezeichnete Steinklotz war der Rutschfelsen. So haben wir ihn als Kinder genannt, und wir übernahmen den Namen von den älteren Kindern aus dem Dorf. Wie sollte der Stein sonst heißen? Rechts auf der Kante, da, wo die Trittspur verlief, waren wir hinauf geklettert, und dann, gehockt wie Skispringer in der Schanzenabfahrt, auf der Schräge hinunter gerutscht. Und damit das schön leicht und schnell ging, warfen wir als Gleitmittel immer wieder Sand vom Boden in die Rinnen. So schmirgelten Generationen von Kindern diesem Felsen sein ganz besonderes Gesicht.

Ich wusste jetzt, wo ich mich befand.

Ich war im Riedelgrund. Und gleich da vorn, nur wenige Meter linksab, verlief ein sogenannter verlorener Weg, ein alter Wanderweg, der seit vielen Jahren gesperrt war, weil dort Felsstürze drohten. Ein toter Weg. Offiziell durfte er nicht mehr begangen werden; allerdings gab es immer wieder Bergsteiger, die die Sperrung ignorierten, und auch ich hatte auf meinen Waldläufertouren den Weg genau erkundet. Wenn ich weiter hinauf stiege, käme ich zum Marienturm, einer dunkel verwitterten Felssäule, deren Gipfel dem Kopf einer mit einem schwarzen Tuch verschleierten Frau ähnlich schien, in der Volksmythologie als Maria, die Mutter Christi, in Trauer interpretiert. Er stand auf der Nordseite des Kleinen Wilkensteins, einzeln vor einem Felsgrat, der dort allerdings nicht zu übersteigen war. Wenn ich jedoch dem Grat nach rechts hinauf folgte, gelangte ich an einen Durchstieg. Auf der anderen Seite des Grats müsste ich nur dem Bergsteiger-pfad folgen. Der führte zum Ziegenrücken und weiter hinab bis zum Hauptweg zwischen dem Kleinen und dem Großen Wilkenstein.

Bis dahin allerdings …

Ich dachte kein zweites Mal darüber nach, ob ich den Weg riskiere oder nicht.

Entschlossen stapfte ich los. Hielt mich, wo es möglich war, an dünnen Bäumchen fest, zog mich an ihnen vor-wärts. Nur nicht stehenbleiben, dachte ich, beweg dich. Unablässig. Wenn du stehenbleibst, stirbst du.

Ich fürchtete, vor Erschöpfung umzufallen und einzu-schlafen. Um wach zu bleiben, redete ich laut mit mir selbst. Sagte sämtliche Gedichte, die ich aus der Schulzeit noch im Kopf hatte, laut auf und sang alle Lieder, die mir in den Sinn kamen, laut vor mich hin.

Meine Handschuhe waren völlig durchnässt, und ich erinnerte mich, dass ich noch ein Paar als Ersatz im Ruck-sack hatte. Aber den hatte ich ja verloren. Irgendwo.

Abgehakt. Also weiter. Vorwärts. Den Berg hinauf.

Hier unten im Grund erreichte mich wenigstens der eisige Wind nicht mehr. Ich kam gut voran, Schritt für Schritt, Meter um Meter. Als ich am Marienturm anlang-te, blieb ich genau eine Minute lang – ich zählte die Se-kunden laut – mit dem Rücken an die Felswand gelehnt stehen. Mehr Erholung wagte ich mir nicht zu gönnen.

Ich zog die Handschuhe aus und schob meine eiskalten, halb erfrorenen Hände in die Taschen des Parkas. Und fand dabei noch ein paar kleine Brocken Kandis. Klebrig, halb aufgeweicht. Ich schob sie in den Mund, lutschte und schluckte. Was für ein Labsal. Und vielleicht meine Ret-tung.

Denn vor mir lag nun das schwerste Wegstück.

Selbst am helllichten Tag und bei bestem Wetter war die schmale Kante am Fuß des Felsgrats nicht leicht zu begehen. Stellenweise war der Fußpfad kaum breiter als ein Fenstersims. Lose Steine konnten unter den Füßen nachgeben und einen ausgleiten lassen. Zwar bot die Felswand viele sichere Griffe, aber wenn man einmal ins Taumeln geriet und stürzte, fiel man rücklings in die dicht verbuschte Geröllhalde, rollte auf dem losen Gestein den Hang hinab und stieß sich an Bäumen und den großen Felsblöcken, die dort überall lagen. Von tödlichen Abstürzen hier wusste ich nichts, aber Abschürfungen, Prellungen, Quetschungen, Kopfplatzwunden und Knochenbrüche waren die Regel. Deshalb gab es hier seit je eine Bergrettungsbox.

Aber vor allem war man im Falle eines Absturzes auf fremde Hilfe angewiesen – allein und verletzt kam man nicht aus dem dickichten Geröllfeld hinaus. Sicherlich würde der tiefe Schnee meinen Sturz mildern, und vielleicht käme ich ohne eine schwere Verletzung davon, verloren wäre ich sicherlich dennoch.

Ich verhielt unentschlossen. Mir traute ich den Weg schon zu – aber meinem Schuhwerk nicht. Ich trug Skistiefel, keine Bergschuhe. So hatte ich am Fels keine Chance.

Vielleicht war's der Zuckerschub, jedenfalls fiel mir etwas ein. Ich zog die Schuhe aus. Meine Füße steckten in dicken Socken, zwei Paar hatte ich mir angezogen. Ein Paar musste jetzt reichen, trotz der grimmigen Kälte. Ich streifte ein Paar Socken ab, zog die Skistiefel wieder an – und zog die Socken darüber – „Im Notfall zieh dir bei Eisglätte ein paar alte Wollsocken über die Schuhe, mein Kind, und du wirst sicher zu Fuß sein!" – dieser Ratschlag meiner Oma hat mich letztlich gerettet.

Ich stieg den steilen Hang im bewährten Stil hinauf: alle Bewegung langsam, aber stetig. Maultierschritt. Vater hatte mir das mal so erklärt: „Gehe lange, anstrengende Anstiege wie ein Maultier. Die setzen in aller Ruhe einen Fuß vor den anderen, ganz gleichmäßig. Deshalb kommen sie auch noch die steilsten Bergpfade hinauf. So sparst du auch Kraft und erschöpfst nicht so rasch. Und wenn du langsam gehst, hast du auch genug Zeit, jeden Schritt zu prüfen. Gehe langsam, und du kommst hinauf. Irgendwann. Wie steil es auch ist."

Und ich wollte hinaufkommen. Ich wollte nicht hier in Schnee und Eis und Dunkelheit sterben. Ich wollte nach Hause, in mein schönes warmes Bett.

Wieder zog ich mich an Bäumchen vorwärts, hangelte mich bis hinauf zur Felswand. Suchte nach Griffen, tastete mit den Händen den Stein ab.

Und fand nur Eis. Die ganze Wand war ein einziger glatter, schwarzer, kalter Spiegel.

Alles aus. Alles vorbei. Aber endgültig. Gute Nacht, Nikola Böhmer. Das war's dann wohl. Mach's gut, Alexander. Tränen stiegen mir in die Augen vor Verzweiflung und Selbstmitleid.

In diesem Moment dachte ich daran, mich einfach nach hinten fallen zu lassen. Das wäre die schnellste und einfachste Lösung gewesen.

Doch dann schrie jemand in mir: Du bist aber noch nicht tot! Noch bist du am Leben! Kämpfe! Wehr dich! Bis zuletzt!

Und gehorsam tat ich den ersten Schritt.

Ich habe von der ganzen verwegenen Kletterei nur wenig im Gedächtnis behalten, schwarze Flecken auch da. Die Gedichte und Lieder gingen mir irgendwann aus; ich musste aber sprechen, um mich wach zu halten und konzentriert zu bleiben. So redete ich fortan mit meinem toten Vater.

Warum, weiß ich nicht bestimmt zu sagen. Vielleicht, weil die Wanderungen mit ihm zum Schönsten gehören, was ich von meiner Kindheit in Erinnerung habe; an seiner Hand bin ich zum ersten Mal die meisten Wege hier gegangen. Vielleicht, weil er diese Wälder und Berge liebte und diese Liebe auf mich übertrug. Vielleicht auch, weil ich erst jetzt begriff, wie sehr er mir fehlte. All die Jahre schon.

Und – ich wäre wohl nie in die Situation gekommen, in der ich mich jetzt befand, wenn er nicht so jung gestorben wäre.

Hier und jetzt wurde mir restlos klar, was sein Tod für mein Leben bedeutete.

Ich erzählte ihm, was ich in den letzten Monaten, Wochen, Tagen erlebt hatte. Erzählte ihm von meinem Alex. Von dem Besuch in der Kaserne. Dass ich mir große Sorgen um ihn machte. Dass ich oft traurig war. Wie sehr ich mich gefreut hatte, nach Hause zu kommen. Dass dann aber etwas ganz Schreckliches passiert war. Und so brach ich mein Claudia gegebenes Wort, niemandem etwas von den fürchterlichen Ereignissen der vergangenen Nacht zu erzählen. Unser toter Vater erfuhr alles. Claudi, dem Papa konnten wir doch immer vertrauen, entschuldigte ich mich in Gedanken bei ihr.

Und als ich vor einer besonders schwierigen Kletterpassage stand, fragte ich ihn um Rat: „Papa, hier gibt es nichts, wo ich mich festhalten könnte, nirgends ein Griff, alles unter Schnee und Eis. Ich komme hier nur weiter, wenn ich mich mit dem Bauch und den Armen so fest wie möglich an den Fels schmiege und ganz langsam vorbei schiebe. Könnte das gehen, was meinst du?"

Winzige Inseln der Erinnerung sind das, die aus einem tiefdunklen Meer des Vergessenen ragen, wenige nur und weit verstreut. Lückenlos setzt meine Erinnerung erst wieder ein, als ich, nun schon auf der anderen Seite des Grats, auf dem Bergsteigerpfad hinunter zum Ziegenrücken lief. Und sie beginnt damit, dass ich plötzlich Rauch roch.

Den Rauch von brennendem Kienholz.

30

Er schnarchte, aber das war kaum zu vernehmen, es verlor sich im tiefen Schnee, im Rauschen der Föhren und dem Ächzen der Stämme; allerdings hustete er manchmal im Schlaf, hart und bellend, und das war's, was ich zuerst hörte. Vielleicht hätte ich ihn sonst gar nicht bemerkt.

Denn an Paulick hatte ich in den letzten Stunden kaum noch gedacht. Kein Wunder, ich hatte vollauf mit mir zu tun.

Dass er hier an der Feuerstelle am Holzeinschlag lag, erstaunte mich letztlich nicht. Noch einmal mehr zeigte mir der verdammte Mistkerl, dass er gewiss alles andere war, nur kein Dummkopf.

Dabei erschrak ich mich fast zu Tode, als ich an dem Feuer, das ich mir aus der Glut soeben wieder entfacht hatte, kauerte und aus einem flachen Schneehügel, keine drei Schritte neben mir, plötzlich das Husten ertönte.

Ich war mit einem Satz hoch und rannte vom Feuer weg, in den Wald, ins Dunkle. Musste mich an einen Baum lehnen, sonst wäre ich lang hingeschlagen. Ich zitterte vor Schreck und keuchte. Als ich wieder einigermaßen Luft bekam, begriff ich und hatte auch sofort eine Ahnung, wer dort lag.

Denn eigentlich hätte ich schon eher auf ihn kommen müssen – ich fand die Feuerstelle anders vor, als ich sie verlassen hatte; das Reisig und die Steine, mit denen ich die Glut bedeckt hatte, waren teilweise entfernt worden, und Glut war so reichlich vorhanden, dass sie kaum vom vergangenen Abend allein stammen konnte: Irgendjemand hatte die Feuerstelle nach mir noch einmal benutzt.

Vorsichtig schlich ich zurück.

Paulick hatte seine Lagerstatt klug gewählt; zwischen den Felsen war er vor dem stärksten Wind und den heftigsten Schneefällen gut geschützt. Zudem hatte er sich aus der Plane, mit der er den Traktor zugedeckt hatte, ein winziges Zelt gebaut, das das Wetter von ihm ab und die Wärme bei ihm hielt – er hatte den Schnee beiseite geräumt und zu Wällen aufgehäuft, darüber die Plane gelegt und an den Rändern mit Steinen beschwert, und den nur schlupflochgroßen Eingang verdeckte ein Reisigwedel.

Ein winziges Iglu. Raffiniert.

Ich hob den Wedel vorsichtig hoch. Säuerlicher Fuseldunst fuhr mir in die Nase. Dann sah ich vage Paulicks Kopf, seinen Hinterkopf. Er lag auf der Seite, hatte den Kopf hinab auf die Brust gezogen. Ängstlich lauschte ich auf sein Schnarchen, es blieb jedoch gleichmäßig. Vorsichtig ließ ich den Wedel wieder sinken.

Zunächst kümmerte ich mich nicht weiter um ihn. Ich unterhielt das Feuer, achtete jedoch darauf, dass es nur niedrig brannte. Wärmte mich auf, so gut es ging. Ich hatte schrecklichen Durst, hielt nach etwas Ausschau, worin ich Schnee schmelzen könnte; da lag, dicht am Feuer im Schnee, eine weitere leere Flasche. Sah wie eine Bierflasche aus, trug aber ein Wismutetikett – Bergmannsfusel. Ich nahm sie, ging ein paar Schritte beiseite, weit genug, dass Paulick nichts hören konnte, und schlug ihr mit einem Stein den Hals ab. Füllte sie mit Schnee, hielt sie vorsichtig über die Flammen, drehte sie immerzu, damit sie sich gleichmäßig erwärmte. Trank dann gierig jeden Tropfen Wasser, den ich so gewann. Dabei lauschte ich immerzu argwöhnisch zu Paulick hin, ob er denn weiterhin fest schlief.

Anscheinend ist er mit dem Traktor nicht mehr weit gekommen, überlegte ich, so hat mein Plan letztlich doch noch funktioniert. Wahrscheinlich steht die Karre irgendwo in der Nähe, nahm ich an. Mit völlig leerem Tank.

Aber das war jetzt nicht mehr wichtig. Wichtig war allein, dass ich in dieser Nacht noch einmal auf Paulick getroffen war, zufällig und ganz und gar überraschend, und dass er schlief, während ich wach war.

Schicksal. So langsam mochte ich fast daran glauben.

Ich weiß nicht, wie lange ich am Feuer saß, Schnee schmolz, mich wärmte und nachdachte; längst hatte ich alles Zeitgefühl verloren, und meine Armbanduhr war auf sieben Minuten vor halb drei stehen geblieben. Ich rang mit mir und meiner Angst vor Paulick, der da lag und schlief, als hätte er das reinste Gewissen der Welt.

Als ich schließlich aufstand, hatte ich mich entschieden. Endgültig. Und ich wusste, was ich jetzt noch zu tun hatte.

Ich schlich zu Paulicks Iglu, öffnete das Schlupfloch, beugte mich vorsichtig über ihn. Er schlief tief und fest, schnarchte durchdringend. Wach jetzt ja nicht auf, du verdammtes Arschloch, zischte ich unhörbar vor mich hin.

Ich nahm die Steine fort, die die Zeltplane beschwerten. Hob diese dann ganz langsam hoch, wendete sie nach einer Seite hin; sie knisterte leise, ein wenig Schnee rieselte auf Paulick, aber er rührte sich nicht. Nun zog ich die Plane ganz weg.

Da lag der Scheißkerl. Auf seiner linken Seite. Etwas verkrümmt, die Beine leicht angezogen. Die Arme ruhten ineinander verschränkt vor seinen Bauch. Seine Hände sah ich nicht, er lag fast auf ihnen drauf. Sein Gesicht war mir zugeneigt, der Mund stand etwas offen. Und gleich vor seiner Nase lag die Taschenlampe.

Was trug er da auf dem Kopf? Seine alte Reichsbahnmütze war das nicht. Nein, das war die Tschapka, die einer der Forstleute gestern Nachmittag hier vergessen hatte.

Er schnarchte gewaltig. Grunzte wie ein Schwein. Sicherlich, weil er besoffen war. Der Opa hatte auch immer kräftig geratzt, wenn er zu viel geschnäpselt hatte.

Wieder hustete er im Schlaf. Und bewegte sich plötzlich; ich erstarrte vor Schreck. Er zog die Beine an, streckte sie wieder. Scharrte mit den Füßen. Hob den Kopf, ließ ihn wieder sinken. Und lag wieder still. Schlief und schnarchte wie zuvor.

Puh. Ich holte tief Luft.

Die Ereignisse der vergangenen Nacht kamen mir in den Sinn, und ich dachte, wie sich das Blatt in nur vierundzwanzig Stunden gewendet hatte: Jetzt war Paulick mir ausgeliefert. Aber ich empfand keine Freude oder Genugtuung, geschweige denn ein Gefühl des Triumphes, sondern beobachtete ihn nach wie vor ängstlich und misstrauisch. Schläft er auch wirklich fest? Was, wenn er plötzlich die Augen aufschlägt? Was tust du dann, Nikola Böhmer?

Ich nehme die Beine in die Hand, was sonst. Und werde zittern vor Angst. Vor Todesangst.

Ich schaute auf ihn hinunter und dachte, dass es vielleicht doch das Sicherste wäre, mit ihm kurzen Prozess zu machen. Einen großen Stein auf die Birne – rums und aus.

Aber schon bei dem Gedanken daran schlotterten mir die Knie. Dafür war ich denn doch zu gehemmt oder einfach zu feige. Und so sehr ich mir seinen Tod auch wünschte; wegen diesem Mistkerl wollte ich mein Leben nicht im Knast verbringen.

Vor allem aber – dann käme alles heraus. Die ganze Geschichte mit Claudia. Alles.

Nein. Das durfte nicht sein. Ich blieb dabei – er sollte in Schnee und Eis jämmerlich verrecken.

Ich beugte mich über ihn und zog ihm vorsichtig die Mütze vom Kopf. Warf sie ins Feuer.

Paulick rührte sich nicht. Ich langte nach der Taschenlampe. Es war eine Eisenbahnerlampe. Schwarz und flach. Mit drei verschiedenfarbigen Blenden, rot, grün und blau, die man vor den Strahler schieben und die Lampe somit als Signalleuchte verwenden konnte. Ich schob die rote Blende vor und knipste die Lampe an. Zu hell. Ich schob zusätzlich die grüne Blende vor, jetzt fiel nur noch ein trüber, kaum merklicher Lichtschein durch das Glas. Ich richtete die Lampe vorsichtig auf Paulick, achtete dabei darauf, dass das Licht nicht sein Gesicht traf.

Ich leuchtete das Zeltinnere ab. Hatte ich etwas übersehen?

Sein Rucksack lag zu seinen Füßen, offen. Glas klirrte leise, als ich ihn anstieß. Daneben lagen die Motorradhandschuhe. Sie fühlten sich nass an, trotzdem nahm ich sie an mich. Dann fiel mein Blick auf Paulicks Beine und Füße. Auf sein Schuhwerk.

Er trug keine Filzstiefel, wie es bei diesem Wetter zu erwarten gewesen wäre, sondern geschnürte Halbstiefel.

Springerstiefel. Natürlich – in Filzstiefeln hätte er die Fußschaltung des Traktors nicht bedienen können!

Auf die Dinger war er stolz. Er hatte sie vor ein paar Jahren, als er auf dem Bahnhof einen Militärtransport rangierte, einem tschechischen Offizier abgehandelt. Erzählte er jedenfalls.

Ich nahm mein Taschenmesser heraus. Klappte die kleine, dünne, sehr scharf geschliffene Klinge auf und beugte mich über seine Füße.

Zwei Schnitte, einmal linker Schnürsenkel, einmal rechter. Nicht oben, wo sie gebunden waren, sondern inmitten der Schnürleiste. Der Länge lang.

Ich löschte das Feuer, indem ich die Glut mit einem Stock auseinander riss und mit Schnee überhäufte. Ich nahm die Plane und faltete sie grob zusammen. Ich würde sie unterwegs wegwerfen, zusammen mit den Handschuhen – der Wind würde sich schon um sie kümmern.

Kein letzter Blick zurück, ich wollte nur noch fort von hier. So schnell ich nur konnte. Nach Hause. Endlich nach Hause. Ich war mir sicher, dass ich es schaffen würde.

31

Ich sah Licht im Haus, schon von weitem, unten in der Küche. Ich rannte die tief verschneite Wiese hinab, stürzte unterwegs einige Male, kämpfte mich immer wieder hoch, verbrauchte dabei meine letzten Kräfte. Ich fiel fast gegen die Haustür, hockte dann auf den Knien davor, kramte mühsam in meinen Taschen, fand den Hausschlüssel, aber bekam ihn mit meinen halb erfrorenen Fingern nicht aus der Jackentasche heraus. Und die Finger taten so weh! Ich fing vor Schmerzen an zu weinen und schlug verzweifelt mit den Fäusten auf die Tür ein.

Mutter, die soeben erst vom Nachtdienst heim gekommen war, öffnete. Sie rief erschrocken: „Nikola! Mein Gott, Kind, wo kommst du denn her?" Dann half sie mir auf. Ich schleppte mich auf Mutter gestützt in die Küche, dann wurde mir schwarz vor Augen.

In meinem Bett kam ich wieder zu mir. Oma beugte sich über mich, streichelte meine Wange.

„Du musst aufwachen, Nikola, die Frau Doktor ist da."

Hinter der Oma stand eine große, schlanke Frau in einem weißen Kittel im Zimmer. „Die Frau Doktor will dich untersuchen."

Die Ärztin trat an mein Bett, deckte mich auf und beugte sich über mich. Sie hörte meine Lunge ab, drückte hier und tastete da an mir herum, Gott, waren ihre Hände kalt. Ich ließ alles über mich ergehen, ich war so matt und schläfrig; ich glaube, ich fiel während der Untersuchung immer wieder in kurzen Schlaf.

Zuletzt maß sie Fieber. Ich weiß noch, dass mir jemand ein Fieberthermometer in den Mund schob, dann schlief ich schon wieder.

Als ich das nächste Mal erwachte, war es dunkel. Es war kalt im Zimmer, und mich fror. Ich rief, nein, ich wollte rufen, brachte aber nur heiseres Krächzen heraus. Und es strengte mich fürchterlich an, der kalte Schweiß stand mir sofort auf der Stirn. Oma hörte mich dennoch, kam zu mir, brachte mir warmen Tee. Sie wischte mir den Schweiß aus dem Gesicht und sah mich sorgenvoll an. „Mein liebes Kind, du hast geschlafen wie tot. Den ganzen Sonntag lang."

Ich fragte mühsam, wie spät es ist. Und was mit mir los sei. Ich hörte meine Stimme selber kaum.

„Gleich um zehn. Du hast dich fürchterlich erkältet. Die Frau Doktor kommt morgen früh wieder vorbei, dann weiß sie wohl Genaueres. Sie sagte, es könnte womöglich eine Lungenentzündung sein. Du kommst mir erst mal nicht aus dem Bett. Ich komme gleich wieder und mach' nochmal Feuer."

Ich wollte gar nicht aus dem Bett. Ich empfand weder Hunger noch Durst. Ich fühlte mich todmatt und wollte nichts weiter als schlafen.

Oma deckte mich sorgfältig mit dem Federbett zu, dann lüftete sie mein Zimmer. Ich lag mit geschlossenen Augen. Alles tat mir weh, meine Augäpfel schienen hinter den geschlossenen Lidern zu glühen. „Schlaf, mein Schatz, schlaf dich gesund", hörte ich die Oma sagen, als sie das Zimmer verließ.

Ich hatte tatsächlich eine Lungenentzündung. Ricos Zimmer wurde mein Krankenzimmer, dort war ich ungestört. Drei Wochen lag ich lang. Fieberte und schwitzte jede Nacht mindestens ein Nachthemd pitschnass. In der vierten Woche durfte ich jeden Tag für zwei Stunden das Bett verlassen, eine Stunde am Vormittag, eine nachmittags. Dann legte ich mich zu Oma in die Stube aufs Sofa, sah mit ihr fern. Guckte, was gerade kam, Hauptsache, es flimmerte. Meistens schlief ich darüber ein.

Die Mama sah ich nicht oft – der Dienst, der ständige Dienst. Sie arbeitete einfach zu viel. Sie wirkte häufig übermüdet und manchmal auch niedergeschlagen. Nur selten fand sie ein paar Minuten für mich. Ich war froh, wenn sie zu mir ins Zimmer kam und sich an mein Bett setzte. Dann fragte sie mich, wie's mir ginge, erzählte ein wenig von der Arbeit oder was sonst so passiert war. Das war schön.

Manchmal schlief ich, wenn sie gerade einmal Zeit für mich hatte. Dann fand ich immer einen kleinen Brief für mich auf meinem Nachttisch, oft lag auch eine Tafel Schokolade dabei, so eine kleine mit dem Bild einer Sandmännchenfigur, wie wir sie als Kinder zu unseren Geburtstagen bekommen hatten. Und wenn wir krank waren.

Während ich allmählich genas, dachte ich oft an die Ereignisse jener Nacht. Als Oma mich fragte, wo ich denn so lange gewesen sei, schwindelte ich und erzählte ihr, ich wäre bis früh um drei beim Rockkonzert im Napoleonstein gewesen. Und wäre dann auf dem Heimweg mit den Skiern gestürzt, hätte dabei einen Ski eingebüßt, Spitze abgebrochen. Deshalb wäre ich erst frühmorgens nach Hause gekommen.

Die Oma sagte darauf, dass ja nun alles gut sei und ein Glück, immerhin sei ich ja heim gekommen.

Ich wurde hellhörig. „Wieso? Ist denn jemand anders nicht heim gekommen?", fragte ich gespannt. Gab mich dabei jedoch so harmlos wie möglich.

„Ja", sagte die Oma, „Dein Stiefvater ist verschwunden seither." Ich hakte vorsichtig nach, was sie Näheres wisse.

„Nichts weiter. Unseren Traktor haben sie gefunden draußen im Busch. Oben beim Ziegenrücken, wo sie gerade Holz machen. Der Förster selber kam vorbei und hat's mir erzählt, der neue von Cunnerswalde drüben. Der Tank war leer, sprach er. Und von deinem Stiefvater keine Spur weit und breit." Sie nickte bekräftigend. „Das ist nun schon über vierzehn Tage her. Wir haben eine Vermisstenanzeige gemacht beim Brandtner – Klaus." Der Brandtner-Klaus war unser Gemeindepolizist. „Der sprach, er will noch mal mit dem Förster reden. Und mit den Gastwirten ringsum." Oma nickte nachdrücklich. „Am Ende ist er bloß wieder mal in irgendeiner Kneipe versackt, der Kerl, und traut sich nicht heim." Das klang traurig und zornig zugleich.

Mehr sagte sie nicht.

Claudia war in jenen Wochen oft bei mir. Nachmittags, wenn sie von der Schule nach Hause kam, schaute sie meist zuerst nach mir. Sie fragte: „Wie geht's?", und ich antwortete immer: „Besser". Dann lächelten wir uns an. Wir sprachen nicht viel. Sie legte ihren Kopf neben meinen aufs Kissen, ich nahm ihre Hand und hielt sie fest. Oder sie kam zu mir ins Bett gehuscht, wie sie es als Kind oft getan hatte, und wir kuschelten uns aneinander. Und schwiegen uns aus über das Vorgefallene.

Natürlich war ich krankgeschrieben all die Zeit. Und ich brauchte wirklich eine ganze Weile, ehe ich wieder sicher auf den Beinen war.

Mit der Post kam eine Karte aus Freital; meine Kollegen wünschten mir gute Besserung und baldige Genesung.

Erst Mitte März verließ ich Rauschendorf.

Von Paulick fehlte nach wie vor jede Spur.

Mir war das alles ein großes Rätsel. Wo steckte der Mistkerl bloß? Ich dachte, das gibt's doch nicht, der kann doch diese Nacht da draußen nicht überlebt haben.

Oder doch?

Dieser verdammte zähe Hund. Sollte er's doch noch mal geschafft haben?

Aber wenn er noch lebte, wo steckte er dann?

Das ergab alles keinen Sinn. Er musste tot sein. Vielleicht war er noch mal aufgewacht und musste pinkeln. Da ist er ein paar Schritte gegangen und in ein Stubbenloch oder in den Graben am Weg gefallen.

Ist er eben dort verreckt.

Aber in der Umgebung des Traktors hätten die Forstleute alles gründlich abgesucht, erzählte mir die Oma. Als das Wetter besser wurde, seien sie das ganze Revier nochmal abgegangen und hätten mit langen Holzstangen in allen Stubbenlöchern, Gräben und Kuhlen herumgestochert, ob da unterm Tiefschnee vielleicht einer liege. Hätten aber nichts gefunden. Nein. Stimmt nicht. Etwas hätten sie doch gefunden – seinen Rucksack. Am Rastplatz unterm Ziegenrücken. Mit Schnapsflaschen drin, habe der Brandtner-Klaus gesagt, Wismutfusel. Oma stellte die Augen schmal und presste die Lippen zusammen. Schüttelte langsam den Kopf.

Die ganze Geschichte sei ihr völlig unerklärlich, sagte sie dann.

Und mir erst, dachte ich.

Es wurde ein langer und strenger Winter. Was an Schnee an jenem Wochenende gefallen war, blieb bis weit in den März hinein liegen. Eine geschlossene Schneedecke überall, auch unten im flachen Land. Wochenlang herrschte Dauerfrost, die Temperaturen stiegen auch am Tag nicht über den Gefrierpunkt. Und immer wieder fiel Schnee, wenn auch nicht mehr in solchen Mengen wie an jenem Wochenende.

Ich ging in den Wäldern rings um Freital wieder meiner Arbeit nach; zunächst nur halbtags, um mich zu schonen, bald aber wieder volle acht Stunden täglich. Sie brachte mir Erfüllung und Freude, nach wie vor. Und ich war abgelenkt – selten nur noch dachte ich an Paulick. Mittlerweile war mir völlig gleichgültig, was aus ihm geworden war.

Rüger-Hilmars Danko fand ihn schließlich. Gegen Mitte April. Scharrte ihn aus einem der letzten großen Schneehaufen, die noch auf den Nordhängen und den Wiesen im Schatten des Hochwaldes lagen.

Tot. Natürlich. Und das schon ziemlich lange.

Er lag in einer tiefen Schneewehe am Wilkensteinweg. In einer schattigen Senke am Hang, nicht weit vom Waldrand, etwa in Höhe der beiden großen Birken mit den fast völlig eingewachsenen Isolatoren vom elektrischen Weidezaun, inmitten dichter Schlehenbüsche und völlig verfilztem Brombeergestrüpp unterhalb des Weges. Wahrscheinlich war im tiefen und verwehten Schnee vom Weg abgekommen und hatte sich in dem Dickicht hoffnungslos verfangen.

Keine dreihundert Meter waren es von da bis zu uns nach Hause.

Der Brandtner-Klaus sah, wie er der Oma erklärte, letztlich die ganze Sache so: Paulick wollte heim. Warum er den Wilkensteinweg nahm? Der schien ihm bei dem rauen Wetter vielleicht sicherer als die ständig von Schneeverwehungen bedrohte Landstraße. Unterwegs fiel der Traktor aus, weil er zu tanken vergessen hatte, das kann ja mal vorkommen. Paulick selber hingegen hatte so einiges getankt, jedenfalls habe das der Wirt von der Niedermühle berichtet. Und in seinem Rucksack habe man ja auch Schnapsflaschen gefunden … Tja. So sei es dann wohl passiert. Ein tragischer Unfall. „Du weißt doch am besten, wie er war. Ich will ihm ja nichts Schlechtes nachsagen, aber er hätte wohl besser beizeiten die Finger von der Flasche lassen sollen. Tut mir leid, Lene."

Auffällig war einzig, dass er kein Schuhwerk trug. Nur Socken.

Die waren von den Brombeerranken zerrissen. Und schwarzfleckig von geronnenem Blut. Auch seine Hände waren aufgerissen und blutig; Schlehdornen und Brombeerstacheln staken noch in ihnen.

„Seine Schuhe hat er wohl irgendwo unterwegs verloren. Sollten die sich finden, bringe ich sie euch natürlich vorbei." Aber die Oma winkte wortlos ab.

Ein Unfall also.

Was denn sonst.

32

Der Frühling, hier oben ohnehin stets ein zögerlicher Einkehrer, lässt sich dieses Jahr besonders viel Zeit. Narzissen und Christrosen, im flachen Land längst verblüht, zeigen noch leuchtende Farben und recken ihre Blütenköpfe in den warmen Sonnenschein. Ein Zitronenfalter taumelt über die mit Buschwindröschen und Himmelschlüsselchen bedeckte Wiese vor den Grabreihen, und aus dem Buchenhain am Berghang schallt das Lachen eines Buntspechts herab.

Ach, wie tut die Maisonne gut. Ich habe die Jacke ausgezogen und die Pulloverärmel bis über die Ellbogen hinaufgeschoben, genieße die Sonnenstrahlen auf meiner Haut. Was für ein herrliches Gefühl. Mit nichts zu vergleichen. Ich giere in jedem Frühjahr danach.

Eine Sehnsucht, die mir seither innewohnt. Vielleicht eine Reaktion meines Körpers auf das, was ihm widerfuhr: Zur Lungenentzündung kamen noch vier erfrorene Fingerkuppen und zwei Zehen hinzu.

Längst liegt Cunnerswalde hinter mir. Jetzt, nach einer gemächlichen Wanderung durchs Weißeritztal, bin ich auf dem Fürstensteiner Friedhof und lese das Fichtenreisig, mit dem Claudia im Spätherbst die Gräber unserer Angehörigen abgedeckt hatte, wieder herunter.

Ein Rotkehlchen lässt mich dabei nicht aus den Augen. Dicht bei mir sitzt es in den Zweigen eines großen Weißdornbuschs. Sobald ich mit dem Arm voller Zweige zum Kompostplatz gehe, schwirrt es herab und pickt Würmchen und Insektenlarven vom freigelegten Erdboden. Kehre ich zurück, fliegt es auf. Hockt sich wieder in die

Zweige neben mir und wartet auf die nächste Gelegenheit zur Futtersuche.

Der Friedhof liegt am südlichen Stadtrand, wo der Nordosthang des Burgberges, der die Stadt hoch überragt und die gesamte Region dominiert, sanft ins Tal der Weißeritz ausläuft. Das Gelände ist mit Sandsteinmauern umfriedet und in mehrere Terrassen zergliedert, auf denen sich die Gräber aneinander reihen.

Mit Opa und Omas Gemeinschaftsgrab bin ich fertig. Jetzt ist Vaters Grab dran.

Inzwischen bin ich schon einige Jahre älter, als er geworden ist. Das fühlt sich irgendwie eigenartig an. Und es macht mir seine kurze Lebensspanne deutlich. Immer wieder gibt es Tage, an denen ich ihn schmerzlich vermisse. An meiner Perspektive auf ihn hat sich allerdings nichts verändert. Er ist und bleibt mein großer, starker, fürsorglicher Papa, der mich, seine kleine Tochter, liebt und schützt und behütet. So trage ich ihn für immer in mir.

Ich steige ein paar Schritte den Hang hinauf zur nächsten Terrasse. Das Rotkehlchen folgt mir nach, als ich die ersten Zweige aufhebe. Kein Baum, nur ein kleiner Rhododendronbusch steht bei Vaters Grab, so hüpft es unruhig auf dem Boden hin und her. Ich lasse es nicht lange zappeln und gehe immer wieder mal ein paar Schritte zur Seite, so dass es in Ruhe picken kann.

Vor einigen Jahren hat die Mutter Vaters Grabstelle und die gleich rechts daneben gekauft, dort möchte sie einmal begraben werden.

Und der kleine Niklas liegt auch nicht weit.

Paulick wurde neben ihm bestattet, die Mutter wünschte es so. Der Kleine war doch sein ein und alles.

Ich war nicht dabei, als er beerdigt wurde; es war Mitte April, es herrschte das typische Wetter mit Regenschauern und kaltem, böigem Wind; da war ich als gerade Genesene entschuldigt. Aber Claudia war da, und auch Rico kam.

Claudia erzählte später, sie wäre furchtbar aufgeregt gewesen. Hätte erst allmählich zur Ruhe gefunden, als die beiden Friedhofsangestellten begannen, Erde auf den Sarg zu häufen, Schaufel für Schaufel. Dann erst, sagte sie, habe sie glauben können, dass es vorbei war.

Das Rotkehlchen sitzt auf Niklas' Grabstein. Einem kleinen flachen Sandstein, der das Bild eines fliegenden Schmetterlings zeigt. Ich finde den Stein wunderschön.

Claudia hat ihn gemacht. Die Seele eines Kindes solle so sein, meinte sie. Wie ein kunterbunter Schmetterling, der unbeschwert und verträumt über sonnige Wiesen schaukelt.

Sie ist Steinbildhauerin geworden, unsere Kleine, unser Nesthäkchen. Anfangs war es eine Therapie, Kunsthandwerk verschiedenster Art. Am Formen von Stein fand sie den meisten Gefallen, vielleicht, so meinte sie, weil der ihr den größten Widerstand entgegenstellte. Sie führte es fort, machte es zu ihrem Beruf, und heute betreibt sie hier in Fürstenstein, in der Schmiedegasse, eine kleine Werkstatt, im Hof ihres kleinen Anwesens. Dort lebt sie mit ihrem Mann, einem Hund und zwei Katzen. Und Clemens, dem jüngsten ihrer drei Jungs. Wenn ich hier fertig bin, werde ich zu ihr gehen.

Ohne ihre Kunst hätte sie es wahrscheinlich nicht geschafft. Gott, was habe ich um sie gebangt. Noch jahrelang. Denn es war nicht vorbei, noch lange nicht. Und wird es vielleicht auch niemals sein.

Zunächst habe jeder Schlag in den Stein ihm gegolten, erzählte sie mir später. Irgendwann aber habe sie plötzlich festgestellt, dass sie sich stundenlang auf ihre Arbeit konzentrieren konnte, ohne auch nur einen Moment lang an ihn zu denken – da wusste sie, dass jeder Schlag auch ein Befreiungsschlag gewesen war.

Als Claudia endlich in der Lage war, über das Geschehene zu sprechen, erzählte sie mir, wie gemein und hinterlistig Paulick sie sich gefügig gemacht hatte.

Er hatte gedroht, dass er Mutter und Oma ins Gefängnis brächte, wenn sie ihn verriete. Weil die beiden an Niklas' Tod schuld wären, und er das beweisen könne. Wenn sie nicht den Mund halte, ginge er zur Polizei und zeige die beiden an.

Sie war doch fast noch ein Kind! In ihrer Angst vor ihm und der Sorge um Mama und Oma schwieg sie. Niemandem wagte sie sich anzuvertrauen. Ich mag mir nicht vorstellen, wie Claudia gelitten hat. Nein, da gibt es nichts, was ich bereuen müsste. Ich bedaure einzig, dass ich nicht früher kam.

Zu Pfingsten fuhr ich noch einmal nach Rauschendorf. Blieb das ganze lange Wochenende daheim.

Am Pfingstmontag ging ich den Wilkensteinweg hinauf, allein. Sah mir die Stelle an, wo man ihn gefunden hatte.

Dort drehte ich mich um und blickte zurück zu unserem Haus.

Keine dreihundert Meter weit. Ich schüttelte ungläubig den Kopf.

Paulick hätte es fast noch geschafft.

Aber eben nur fast. Darum gibt es keinen Grund mehr, ihn zu fürchten, auch nicht im Traum. Hier liegt er begraben, seit über dreißig Jahren schon, und ich lese jetzt von seinem Grab das Reisig herunter.

Denn *er* ist den Wilkensteinweg gegangen. *Ich* hingegen hatte mich, als ich oben am Waldrand stand, anders entschieden. Ich sah das Licht in der Küche. Warf die

Taschenlampe, die ich nun nicht mehr brauchte, in die Büsche hinter mir und stürmte die Wiese hinab.

So war es in Wirklichkeit.

Der Wilkensteinweg wurde ihm zum Verhängnis. Im wahrsten Sinn des Wortes. Aber Schicksal? Fügung? Nein. *Ich* war sein Schicksal.

Ich habe ihm nicht verziehen und nichts vergeben. Aber er hat gebüßt. Ich hege keinen Hass mehr auf ihn. Er möge in Frieden ruhen wie alle anderen Toten auch.

Im Sommer streifte ich in den Wilkensteinen umher. Suchte nach meinem Rucksack. Aber ich fand ihn nicht. Meine Skier ebenso wenig. Um die ist es ja nicht schade. Um Opas Fernglas von Zeiss schon; der Finder wird sich gefreut haben. Mir tat es allerdings vor allem um Papas Rucksack leid.

Paulicks, nein, Opas Werkzeug lebte sicher in den Händen der Forstleute weiter, die noch bis weit in den Herbst hinein mit dem Ausräumen des gewaltigen Schneebruchs zu tun hatten.

Als im November abends auf den Wiesen dichte Nebel in der kalten Luft, die von den Berghängen herabsank, gerannen und sich mit dem Rauch der vielerorts brennenden Laubfeuer vermengten, ging ich noch einmal hinauf in die Wilkensteine, zum letzten Mal für lange Zeit. In der Tasche trug ich den Schlüssel zu Paulicks Hütte, ich hatte ihn unter seinen nachgelassenen persönlichen Sachen gefunden. Und Streichhölzer. Unterwegs sammelte ich Birkenrinde auf.

Dass Paulicks Stiefel nirgends aufgetaucht waren, blieb mir noch lange rätselhaft. Bis ich bei uns im Forst eine seltsame Beobachtung machte.

In der Nähe einer ehemaligen Müllkippe sah ich einem Fuchs zu, wie er einen alten Schuh hervorscharrte und wegtrug. Ältere Kollegen erklärten mir, dass Füchse oftmals für Schuhwerk eine seltsame Vorliebe hegten.

So klärte sich auch das.

Sonnenkringel tanzen auf meiner Haut. Ein lauer Wind weht vom Wald herüber und rauscht in den Birkenkronen. Wieder keckert der Specht im Buchenhain.

Der Frühling hat's geschafft. Wie jedes Jahr.

Die Uhr hoch im Turm der nahen Jakobikirche schlägt zweimal. Halb also. Halb wieviel? Ich blicke hinüber – halb fünf schon. Ich muss mich sputen.

Ich nehme einen Arm voll Reisig und gehe los, zum Komposthaufen. He, Rotkehlchen, halt dich ran!

Zeitfracht Medien GmbH
Ferdinand-Jühlke-Straße 7
99095 Erfurt, Deutschland
produktsicherheit@kolibri360.de